High Plains Tango

Robert James Waller

陈羡 译
[美] 罗伯特·詹姆斯·沃勒 著

高原上的探戈

人民文学出版社

著作权合同登记:图字 01-2012-5048 号

Robert James Waller
HIGH PLAINS TANGO

Copyright © 2005 by Robert James Waller
This edition arranged with Shaye Areheart Books,
an imprint of The Crown Publishing Group, a division of Random House, Inc.
Simplified Chinese edition Copyright ©
2013 Shanghai 99 Culture Consulting Co., Ltd.
All rights reserved.

图书在版编目(CIP)数据

高原上的探戈/(美)沃勒著;陈羡译. —北京:
人民文学出版社,2013
ISBN 978-7-02-009650-3

Ⅰ. ①高⋯ Ⅱ. ①沃⋯ ②陈⋯ Ⅲ. ①长篇小说-美国-现代 Ⅳ. ①I712.45

中国版本图书馆 CIP 数据核字(2012)第 312652 号

特约策划:邱小群
责任编辑:马爱农
封面设计:董红红

出版发行		人民文学出版社
社	址	北京市朝内大街 166 号
邮政编码		100705
网	址	http://www.rw-cn.com
印	制	宁波市大港印务有限公司
经	销	全国新华书店等
字	数	212 千字
开	本	890×1240 毫米 1/32
印	张	11
印	数	1—10000
版	次	2013 年 3 月北京第 1 版
印	次	2013 年 3 月第 1 次印刷
书	号	978-7-02-009650-3
定	价	32.00 元

献给我母亲露丝，多年来她一直患有老年痴呆症，可是看见我时仍然会示意微笑，她还喜欢在冬日的午后让我抓紧她的手。

"在某种程度上,与卡莱尔·麦克米伦的经历相比,乔治·阿姆斯特朗·卡斯特在河畔的漫步很愉快,那以后,再没有人在耶基斯县贫瘠的红土中划下白色的标记。从没有过这样的地方,至少,这里还从没有过……很可能别的地方也没有。你讲得出名字,我们就有:战争,魔法,印第安人……看在上帝的分上,还有所谓的女巫呢。"

"介意我在本地的各种媒体上引述您说的话吗?"我问道。

"只要一直给我买野火鸡酒,你可以随便引述我的话。你还可以去找卡莱尔·麦克米伦,直接问这个经历了所有一切的男人。"

——在斯里比醉翁客栈后排雅座里的对话

天啊,我们都只是一群苦行僧而已,唱啊跳啊,直到音乐终止。但你得明白探戈舞曲会永远演奏下去。苏珊娜·班廷明白这一点。不清楚其他人是否也明白。她并不像人们所说的那样是个女巫,至少我不这么认为,不过,我得说,她的探戈跳得很不错。

——盖博·欧卢克,手风琴手

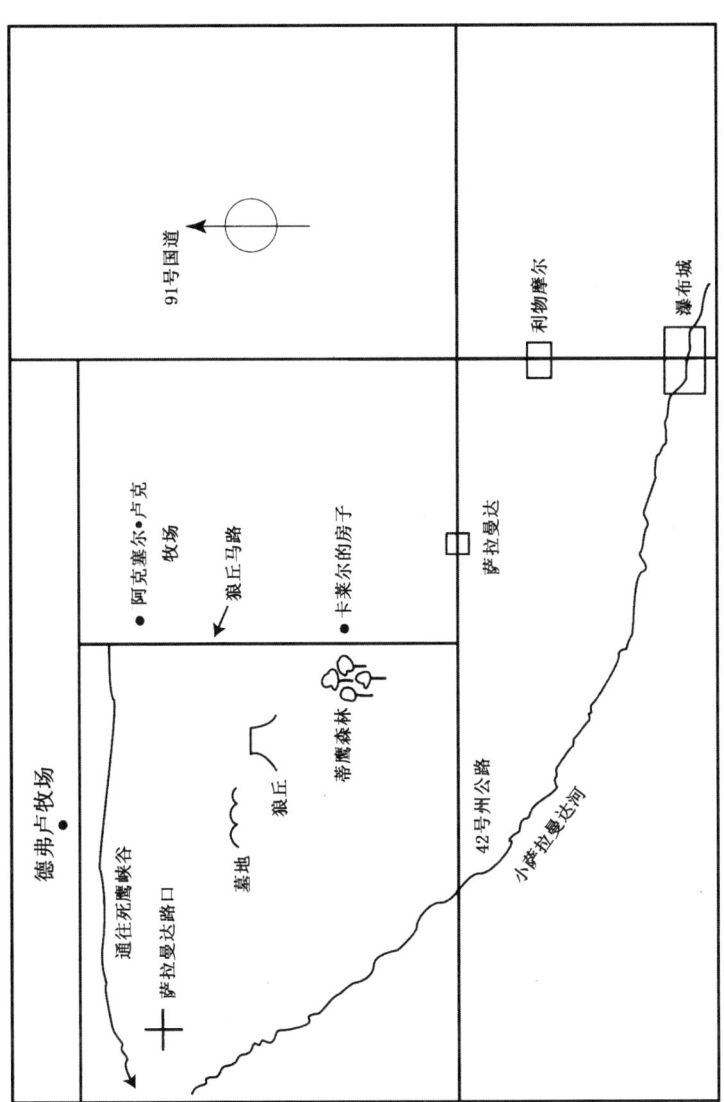

第 一 章

确切地说,那个夜晚还不算很黑,暴风雨也不很猛烈,然而不管怎么说,那都是在遥远陌生的时间,遥远陌生的空间里:孤丘疏疏落落的,起伏不平的表面上萦绕着低湿的云层,笔直的公路通向远方,似乎永远没有尽头。在人类安居乐业的土地上,再也没有人会去寻找真正的荒郊野地了。而这里,便是荒郊野地。

神秘的路标,指向西方。

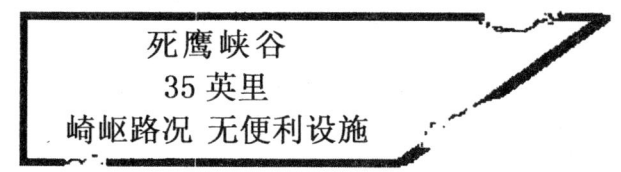

鹰为什么会死呢?有人记得么?有人记得,可是没人说起。

红土大道与公路垂直相连,一头没入矮草丛中,又在半英里外微微高起,然后就消失得无影无踪了。

路上每隔大约三十英里,就竖着一块路标,指向一条道路,仿佛示意行人穿过无形的墙壁,经历一番遭遇。如果你驾驶的汽车马力十足,或许可以仅仅因为一时兴起,寻求刺激,而在其中某个路标前打个拐弯。我们大家都会有那么一瞬间的冲动,想要干出这样的事来。

卡莱尔·麦克米伦就是那么干的。他并不急于赶路,只是漫无目地地前行,一时间随心所欲地在路上漂泊。他那辆褐色的雪佛兰皮卡驶离了西行的路面,开上本地人所说的"狼丘公路",向南经过死鹰峡谷的路牌。过了一会儿,他停住卡车,走下车来,这里距离最近的小镇有数英里。

凉爽的八月底。薄雾天。卡莱尔·麦克米伦在那里站了一会儿,靴子就被草浸湿了,脸上和手上布满了雾水。

微风袭来,又飘走,继而又来。寂静无声。风过之处,香蒲欠下身子,黄苜蓿泛起涟漪。这情景就像一场无声电影——寂静——愈来愈浓的寂静;又更像是暗夜降临下的一口石头棺材,哀悼者已然离去,泥土一铲铲地覆盖在你身上。

夏安人相信这是一块神圣的土地。甜美医者①就是这么说的。栖息在卡莱尔·麦克米伦南面,相距三十根篱笆桩的老鹰也相信这一点。任何一位恰好来过此地的人也都相信这一点。明智的消费者应该带上食物和水,或许还得带只睡袋,以防引擎熄火、轮胎爆裂而又没有备用胎之类的不时之需。有一点是清清楚楚的,这儿可没什么会在乎你。没有什么会在乎你是死是活,没

---

① 甜美医者(Sweet Medicine),夏安人传说中的古代先知。

第 一 章

有什么会在乎你是否付了账,没有什么会在乎你是否在温暖的太平洋海滩上先跳舞,后做爱。这儿除了寂静和微风,什么也没有;你经过此地之后,寂静和微风仍会长存在此。

先人们埋葬于此,形成一个个土堆,看起来像是大草原上翻滚着海洋。这些先人是在极北方的大陆依然连接在一起的时候,从亚洲通过古老的大陆桥来到此地的。一个世纪前,这里又埋葬了其他人。在那场伟大的西扩运动中,在那一场场"天命昭昭"的战争中,他们被埋葬在倒下的地方。如果你在沙砾堆里仔细翻寻、凑近观瞧,仍然能找到骑兵战袍上掉下来的金属纽扣。还有别的东西:破旧的刀柄,烟斗的管子以及被长矛和子弹射得粉碎的人类肩胛骨。如果你挖掘下去,你就会发现更多的东西,多得多的东西。

卡莱尔·麦克米伦的左后车轮后方六英寸处的泥土中,半掩着一枚束腰外衣纽扣。千百阵春风拂过这枚纽扣,雨水将它冲进一条小溪。小溪又把它带到了沙洲上。一只鸟叼起它飞向巢穴,却又把它丢掉了,因为它不但坚硬,而且毫无味道。这枚特别的纽扣曾经系在第七骑兵部队的骑兵吉米·C.诺尔斯的外套上,诺尔斯追随的人被他们称作"晨星之子"。骑兵诺尔斯十分崇敬那位黄头发的将军,渴望成为他剪贴版的复制品。他愿意与晨星之子共赴死地,最终他真的做到了。

如果你能避开风的干扰,聆听寂静之外的东西,你就能听到古老的声音在回荡。遥远的军号声,骑兵皮革的摩擦声,也许还有时间本身低沉的敲打声。朦胧中可以看见很久以前的老骑手们,骑在阿帕卢萨马上,冲破死鹰峡谷的阴影,铁骑踏过绿波荡漾的大草原,接着在秋色中调转马头,马的鼻孔和口中都冒出了水汽。

有时风向合适,你甚至能闻到更远的气息。他们都是那么说的,如今仍然那么说。你得全身后仰,张大鼻孔。仔细地闻,然后就可以闻到了。首先是广阔的乡野平凡的气息,然后是古老的骗术朦胧的气味。

卡莱尔·麦克米伦站在细雨中,前方的视野范围内一无所有,离他不远处的一座较小的孤丘上,一位人类学家曾经从那里坠落而死。先是一道划过空气的声音,接着他的背心发出砰的一声,于是他就从站立的地方跟跟跄跄地向前跌倒,向下飞去。开头的八十英尺左右,他下落的姿态和速度都相当稳定,差不多算是优美,然后他便撞上了一块凸出地面的岩石。此后的六百英尺,他就像破烂娃娃①一般跌跌撞撞滚了下去。唯一听得见的就是他的尖叫声,而他唯一能看到的便是掠过他身前的峭壁表面模糊的白砂岩。峭壁下,他狠狠地撞在了岩石和沙砾堆里,脖子向后扭去,下巴都能碰到右肩胛骨的底部了。他在平原上的同事们没有看到事情的经过,也没有听到他的叫声。

有一双黑眼睛目睹了当时的情景——他目睹了那人坠落在冰凉的阳光里,坠落在春天照耀这片土地的微薄黄色的阳光

---

① 破烂娃娃(Raggedy-Ann),破烂娃娃是美国画家和作家约翰·格鲁埃尔儿童读物中的一个虚构角色。

第 一 章

中——但他什么也不会说的。一点都不会,永远也不会。这里的事情本就如此。早在骑士们前往小大角的途中经过这里以前,这一点就已是众所周知了。这在很久以前就已是众所周知了。

卡莱尔·麦克米伦靠在栅栏柱上,面向西方,凝望远处。天高地阔,孤零零的只有一座孤丘。他右面半英里处的孤丘高达三千二百三十七英尺,名叫狼丘。一个女人在狼丘顶上跳舞,不过卡莱尔无法看见她。

她赤裸的双脚踩在浅草上,跃动着身子。她只能依稀分辨出遥远的山脚下有个身影站在一辆皮卡货车旁。她身后二十英尺处,有个印第安人在吹笛子,他背靠着一株死去多时的矮松扭曲的树干。

低沉的云朵飘到孤丘上,冰冷湿润地触碰到女人背部优美的拱形,触碰到她腿部的曲线。触碰到她的面颊,触碰到她左手中指上的猫眼石戒指,触碰到她右手腕上的银手镯,触碰到她脖子上挂着的银鹰项链。印第安人也不再能看清她的样子,只能转瞬即逝地透过云朵,看到她的腿,她的乳房,还有她转身时飘舞的红褐色长发。但他仍然在伴奏,因为他知道云朵总会散去,而她会来到他身边。

遥远的山脚下,卡莱尔·麦克米伦把车子换到倒挡,退回到马路上,车轮碾碎了泥土中的束腰外衣纽扣,就是系在第七骑兵部队骑兵吉米·C.诺尔斯蓝色外套上的那枚纽扣。云朵飘离孤丘,女人又能看见脚下平原上的一切,那个身影不见了,只能依稀看到一辆皮卡货车的影子向南而去。

笛声渐渐退去,归于寂静。她透过薄雾,向空中高抬双臂,然后放下来,走向印第安人。印第安人上了年纪,但身体还像围栏铁丝那样硬朗,她在他身旁坐了下来。微风轻柔、凉爽、湿润。印第安人离她很近,能够闻到她早上洗澡时所用的檀香木的气息。一会儿雨散去了,她看见印第安人身后的一只老鹰飞向峭壁,就是从这座峭壁上,她父亲跌落下去,眼见着地面向自己袭来。

第 二 章

阿克塞尔·卢克并不愚蠢,他只是举止显得愚蠢而已。他骨子里明白那位科学家是对的,但他从来就不喜欢科学家。不喜欢他们,是因为他们明显就是一伙靠阿克塞尔·卢克的税收养活,却不干活儿的激进分子。不喜欢他们,是因为他们让你坚持逻辑,追寻证据,不允许你通过饭桌上的交谈侥幸得手,而在饭桌上,利己主义的谬误会像番茄酱一样传来传去。传到最后,大家赞许地低声点头,达成一致,最终就诞生了一条旷日持久、广为接受的谬论。任何一名想背离这一共同观点的人,都得冒着遭人非难的危险,更不用说还会从丹尼餐馆的后桌上被轰走。

那位生态学家曾经说过,他们呆在这儿的日子行将结束,除非他们能够彻底改变原先的方式。他对他们说,他们正在排干大奥加拉拉蓄水层的水,而且还在大草原上过度放牧。还说他们正在让原本就很贫瘠的土壤随风飘逝。

他们第一次听到此番言论,是在利物摩尔体育馆他所做的讲座上,当时他差点儿就从台上被轰下来。演说之后,当大家出门上车的时候,还有人说至少得浇他一桶热柏油,叫他夹着屁股滚回到东部的老家去。后来他在萨拉曼达的克莱德射手军团二二七邮区再次现身时,情况并没有好转。不过,这次要想把他赶下台比较困难,因为听众不多,他们能看见他的眼神,他也能看见听众的眼神。他身材很瘦,态度真诚,讲起话来很温柔。他有图表,有数字,面对他们的质疑,以铁证作答。对于他们为了坚持谬误所提出的批驳,他似乎早已了然于胸,而且丝毫也不同意。他们坚持从他的论述中寻找漏洞,却一无所获。这就使得他们更加厌恶他。

对于大多数人,不管他们有多么聪明,阿克塞尔·卢克都保持着一套自己的方式,将那些令人不快、违背意愿的证据丢在一边。因此,尽管阿克塞尔明白那位科学家是对的,而且从内心深处就明白这一点,但他不会向任何人,乃至于他自己承认。在丹尼餐馆喝完早茶,大伙儿一边戴上歪歪的帽子,谈论生活中的八卦,一边把手伸进衬衣口袋里,摸索农作物补贴支票。

在回家路上距离萨拉曼达以西六英里的地方,阿克塞尔驶离了42号公路,向北沿着那条红土大道,开往他和依琳娜耕作放牧了三十四年的地方。红土在夏末的雨后变成了黏乎乎的土壤。他遇上了一辆挂着加利福尼亚车牌的褐色皮卡,便逐渐放慢速度,几乎停了下来。

"那人究竟是谁?"他不禁大声问道。明天他会去丹尼餐馆或者谷物仓库,打听一下有谁知道。车轮后面站着的好像是个印第安人,也许又是某个煽动者,整天要求把外头的土地归还给他们,他们还起草诉讼文件,声称那是他们的土地,早在一百多年前被

第 二 章

偷走了。简直就是一堆牛屎。对于科学家阿克塞尔或许只是不喜欢,而对于印第安人,他则是完完全全的痛恨,尤其是那些坚持认为他耕作的土地是偷来的人。

到家后,他对依琳娜说,也许现在可以考虑退休搬到佛罗里达州去定居了。他并没有跟她提起从萨拉曼达回来的路上遇见的那辆皮卡货车。他不想让她担心。

回头想想,如果卡莱尔·麦克米伦早知道摆在他面前的会是什么,那第一天晚上他或许根本就不会在萨拉曼达停车。或许他会一直穿过整个地区,从耶基斯县的另一端离开。

"事实证明,这一切对于一名啥也不想做、一心寻求平和与安静的男人而言,太他妈让人伤心了。"有一次他是这么说的。

很容易理解他说这番话的原因。当时的情景,他回忆起来仍然十分清晰,历历在目:鸟儿随着掠食者的叫声在空中飞散,战士们冲向四月的树林。猎枪的隆隆声里交织着一支远程步枪的击打声。警笛声,男人们的喊声,飞扬的尘土,很快就弥漫在清晨的天空,熊熊烈火在狼丘山顶燃起。各式各样缓缓滑落的碎块看起来就好像正义与坦率。

谈到这部分的时候,卡莱尔的下巴都绷紧了,然后,他会换作似笑非笑的表情。"不过呢,我得到了补偿。权衡利弊,如果再来一次的话,我还是会那么做的。"

他当然会那么做的。你能找到多少像苏珊娜·班廷这样的女子?或者说,像嘉莉·德弗卢那样的女子?可以说几乎没有。

苏珊娜和嘉莉以及那场所谓的"耶基斯县战争"把一个小伙子逐渐锤炼成了顶天立地的男子汉。卡莱尔承认这一点。

八月的那天傍晚,他从北方进入了耶基斯县,停下车环顾着四周的荒郊野地。翻滚的矮草,右侧就是狼丘。薄雾,微风,静谧。他沿着红土大道继续行驶,一路南去,几英里后开上了沥青铺成的42号公路。他倚着方向盘,看着地图,寻思应做的选择。过一个小时左右天就要一片漆黑了。东面大约六英里有座小镇。而另一个方向呢,不管大小如何,能去的地方只有西南方向三百英里以外,怀俄明州的卡斯珀,从这儿到卡斯珀之间,几乎一无所有。朝东走吧。

开了十五分钟之后,卡莱尔透过雨刷器拍打的间隙,看见前方有一座四个圆柱形高塔组成的升降谷仓。一块标牌立在小镇的边缘:"欢迎来到萨拉曼达。人口:942,海拔:2 263英尺"。

标牌破破烂烂的,需要重新粉刷。"欢迎"中间的字母"O"上聚集着三个弹孔。这样的问候颇令人生疑。

还有更多标牌:教堂的时间表,雄狮俱乐部每周二中午集会的通知。他慢悠悠地行驶在公路上,这条公路同时也是小镇的主大街,小镇商业区两边各伸展出一两个街区,而从商业区到小镇的尽头还有五个街区。经过了杜安皮卡车库和割草机修理店,经过了蓝色广场露天电影院("劳动节关闭"),又经过了长耳兔巷("关闭",窗户上封着夹合板)。他把变速箱降到二档,卡车引擎发出一阵哀号,雨水渐止,雨刷器开始在车窗上拖动起来,黄昏的阳光穿过遥远西方的层层阴云,射出光芒。

第 二 章

一天的工作即将结束,主大街沿路的商店准备打烊。这些正在上锁的建筑,大部分是白色框架结构,有些建筑原先修建得十分精良优美,但如今则需要重新刮擦粉刷,有座建筑的屋顶部分坍塌了,那里曾经是萨拉曼达大酒店。这许多木头建筑中,混杂着好几幢精美的砖砌建筑,都是维多利亚晚期的风格,比如梅里克药店的旧址。通过建筑之间的空隙,卡莱尔可以看见小路上的房屋以及房屋后面的空旷地带。没有多少树木,只有一些小树而已,大多数地方的水分已经枯竭,土壤层太过稀薄,无法支撑粗长的树根。那些长成规模的树木,不论大小,早已在多年前就被砍伐用作建材和柴火了。

卡莱尔·麦克米伦把车停靠在一座名叫勒罗伊的酒馆前,车胎紧挨着路肩,路肩上缺失了好几块混凝土。他走下车,弯弯膝盖,摆摆手臂。漫长的一天啊,口干舌燥的一天啊,自天明至今,已经开了三百九十七英里了。

他走进勒罗伊酒馆,一屁股坐在头一张吧椅上。此时正值太阳落山,他感到这里沾满污垢。老板勒罗伊正在这间木屋酒吧的另一头,跟一名头戴高顶牛仔帽的高个儿牛仔交谈。"酒色之徒"很久以前就是这名牛仔的别名了,但现在看来,"暴躁之徒"的名字或许更为合适。他抽着一支小雪茄,看起来仿佛是在世界末日后的第四天。两名男子戴着帽子,帽顶上印着化肥的标志,他们趴在一张台球桌上,摆出卡莱尔平生见过的最蹩脚的姿势。台球桌歪倒一边,破破烂烂,桌垫内衬上尽是深深的香烟烙印。

不过,这还不是此处最丑陋不堪的东西。这项殊荣当属与卡莱尔相隔两张吧椅的那个老笨蛋:他的左臂弯曲着摆在吧台上,一张老脸靠着手臂,脸上长满了一星期积攒下来的灰胡茬子。然后是脑袋,或者说那个长得像脑袋的东西。他那双阴影交织的红眼睛瞪着卡莱尔:"你是谁?"卡莱尔没有理睬他,这反倒激起了他的好奇心,他又大声问了同样的问题,为此险些从吧椅上跌落下来。

勒罗伊从吧台后面走了过来,嘴里叼着香烟,双手擦着围裙,这条肮脏的白围裙系在腰间,直拖到膝盖以下两英寸的地方。褶边撕开了一条大口子,以至于一部分围裙拖得更长了一些。勒罗伊从老家伙身边走过,拍了拍吧台说道:"闭嘴,弗兰克!"

"干你娘的勒——罗伊!"弗兰克朝着勒罗伊离开的方向刚骂了一句脏话,脑袋就啪的一声撞在吧台上,然后才安静了下来。

勒罗伊点了点头,既不友好,也不敌对,既不中庸,也不极端。平平淡淡的,就好像对人情世故都毫不关心。

"给我来杯米勒啤酒。"卡莱尔说。

勒罗伊滑开吧台下面的金属小冰箱的门,检视一番里头的存货,扭过头来说:"米勒啤酒卖完了,我这儿有百威和格兰贝尔。"

"百威好了。"勒罗伊酒馆的气味跟卡莱尔曾经去过的所有啤酒酒吧一样,甚至更加难闻。酸味刺鼻,这是一个男人们醉生梦死的好场所,萨拉曼达所有又老又蠢的大象们的葬身之地。

勒罗伊打开酒瓶放在吧台上,旁边还摆了一只小酒杯,酒杯的底部窄小,杯身呈花瓶的曲线,杯口大开:"七十五分钱。"

卡莱尔摆出一元钱,勒罗伊敲打收银机,顺着吧台递还给他二十五分,然后走回去跟那名牛仔继续攀谈起来。

第二章

"最近见过那个女巫么?"他问牛仔。

"干那个女巫。"

勒罗伊大笑:"哈哈,我们这儿有好些人都跃跃欲试呢。"

"没错,就是没机会而已。"他说着,低头看了看掺了水的威士忌,把右手食指伸进去搅了搅,一只高跟靴子靠在吧台的栏杆上。

"是否注意过跟她厮混的那个印第安人?"

"没有……什么印第安人?"他脑袋一动不动,只是抬起双眼盯着勒罗伊。

"老印第安人。就住在孤丘那一带。"

牛仔狠狠地咳嗽了几下,把酒杯推向勒罗伊:"那就再干那个老印第安人。说起变老被干,给这里再添点儿吉姆宾姆吧。"

勒罗伊又大笑起来,伸手去拿酒瓶:"杰克,就算我在你的酒杯里放两百度的酒,恐怕你仍然会觉得我掺了水吧。"

牛仔朝着卡莱尔歪了歪脑袋,半压低嗓子,叽里咕噜地说着话,像什么"头发那个比女人还长啊",全然不在乎卡莱尔是否听见他的话。勒罗伊朝吧台下面瞥了一眼,牛仔则摇摇头,搅拌手中的酒。卡莱尔一边喝他的百威啤酒,一边寻思他所到的究竟是一个怎样非同寻常的地方。有寂静,有风声,有女巫,还有印第安人。

尽管酒吧里的气氛阴森压抑,但啤酒还是够冰,味道也不错。百威在他的啤酒等级排行榜中只能排到第六十四位左右的位置,不过格兰贝尔的排名比垫底还糟。弗兰克距他六英尺远,不是在打鼾,就是在哽咽,卡莱尔分不清是他究竟是在打鼾还是在哽咽,因此判断两者兼而有之。台球桌上的一名玩家大声叫道:"你这走运的家伙!"而另一名则洋洋得意地说道:"阿洛,计算一下分数吧!"外头有人发动了汽车引擎,消声器的空洞中发出隆隆的轰鸣声,震彻整条主大街上的建筑。

"杰克,嘉莉最近怎么样?"勒罗伊问道,"除了偶尔瞥见她开着野马匆匆穿过小镇,我已经有好久没见到她了。"

"她还行吧。你知道女人的啊,整天就他妈的抱怨这个,抱怨那个,从来就没有满意的时候。她觉得我们应该把这块地给卖了,换点别的事儿试试。上帝啊,等我们还清了第一期和第二期的抵押贷款,就没什么剩下来的了!"

勒罗伊以前就听过这一套了,他将空酒杯排成一排,摆在吧台后面的毛巾上,心中祈祷他的腰痛别再发作。他给自己倒了一小杯烈性威士忌,以减轻疼痛,效果只持续了一会儿,之后似乎疼痛更加厉害起来。

卡莱尔寻思再要一杯啤酒,但公司不允许这么做,他也不想再麻烦勒罗伊了。勒罗伊站在那里,一只脚踩在小木桶上,跟牛仔谈笑风生,卡莱尔喝完啤酒出门的时候,他都没有转过头。卡莱尔关上身后的门,桌上的台球正相互撞击着,老弗兰克一阵儿打鼾接着一阵儿哽咽,以他的方式进入了忘我的境界。

"刚才坐在吧台下面的那个人究竟是谁?"杰克·德弗卢侧过脑袋,望着卡莱尔刚刚离去的门口问道。

"不清楚,"勒罗伊转身继续清洗酒杯,"别处来的文人吧。他们时不时地会来这儿。没什么大不了的,只要他们保持安静,喝

第 二 章

完走人就行。"

卡莱尔穿着红翼系带靴踏上勒罗伊酒馆外的人行道,第一眼就看到街对面二楼的窗户里,有个老人正注视着他,老人的楼下曾经是莱斯特电视电器商店。而他的第二眼,发现萨拉曼达和太阳差不多是同时"下班打烊"的。

过去几个月里,卡莱尔见过数以百计的小镇,萨拉曼达这样的小镇并不少见。别的地方,有许多处看起来都是一个模样:空荡荡的店面,木板装修的学校,街上零星有几个年轻人。给人的感觉就是萎靡不振、毫无生机、不太对劲。

不过,日落却很美,这是他在萨拉曼达的第一晚。这样的夜晚适合走入广阔的狂野,西方的天空渐渐泛起粉紫色,与北方那一圈蔚蓝色形成鲜明的对比。

现在肚子开始饿了,可以吃的却很有限。勒罗伊酒馆的广告里提到了图姆斯通比萨饼,卡莱尔环顾萨拉曼达主大街四周,觉得这只是预告。勒罗伊酒馆的其他特色菜就是瓶装的牛肉干和袋装的下酒小干果了。这些全都加在一起,还是不如五类基本的健康食品。

暮色降临,伴随着逐渐消退的寒意,这片地区夏末典型的夜晚便是如此。卡莱尔从卡车上抽出一件旧皮夹克,飞快地套在身上,然后沿着主大街向前走。E. M. 霍利家具店兼殡仪馆的橱窗里摆着一个又软又厚的双人沙发,靠垫的白色背景上点缀着血红色的花朵。根据萨拉曼达的所见判断,他觉得霍利殡仪馆的生意要好过家具店。

莎琳杂货店的橱窗上贴着"即将停业"的海报，宣称尼龙、针线和礼品可以用最低价格购买。三家加油站里有两家已经倒闭，原先油箱的位置杂草丛生。剩下的一家企图兜售无铅汽油，价格要比哈维随取随走便利店贵三分钱。斯维尔农用品商店看起来似乎卖些铁丝网，也许偶尔还卖食物饲料，但除此之外就没什么别的东西了。斯维尔商店卸货区的泥土上没有新近留下的车胎印。奥利肉品和寄存服务店还坚持没倒，韦伯斯特的郎才女貌杂货店也是如此。

曾经的施尔德荒原休息室门上挂着一块牌子："我搬到利物摩尔去了。"牌子的正下方还有一块牌子，已经钉在那儿很久了，下面的两个角卷了起来。卡莱尔蹲下身子，念道：

小　镇

几乎听不到罪恶，罕有违反秩序的事情，我们的社会即便不算完美，至少也是理智、道德、友爱的。

——托马斯·杰斐逊

萨拉曼达的商业区有两个街区长。第二个街区的中间，就在卡莱尔路过的地方对面，有一块又小又暗的霓虹灯招牌，黄色的背景上闪烁着黑色的字体："DAN Y's"。卡莱尔穿过大街时，看见中间还有个烧坏的字母"N"[①]，这才解开了他在那个特别的时

[①] 因此这块招牌实际应为"DANNY's"，意为丹尼餐馆。

第 二 章

刻最大的人生疑惑。

丹尼餐馆正门的下半部由一条条白木组成,上半部则是一块玻璃框。玻璃上贴了幅褪了色的库尔斯香烟广告,广告的正上方还有一张百事可乐的标签。广告和标签上方的招牌表明,丹尼餐馆确实还开着,而且一直营业到晚上八点。

柜台前摆着七张红色坐垫的铬合金长凳,屋子中央是三张福米卡胶面的桌子,旁边隔着过道一溜儿有六张破旧不堪的雅座,摇摇晃晃的。其中一张雅座上坐着四个十来岁的孩子,他们正在经历人生中最烦人的时期,看起来死亡永远不会到来,而丘疹则永远不会消退。

卡莱尔在里姆和麦克米伦建筑公司的老合伙人巴迪·里姆曾经提出许多好主意。他那些最好的主意中有那么一个,认为应该把所有十来岁的孩子送到某个荒无人烟的地方,比如北达科他州。巴迪考虑得很周详:把整个州都安置上快餐店、滑板公园和露天电影院,此外什么都不给。

然后,巴迪会摆张小桌子坐在州界线上,那些被关在州里的孩子们必须通过他的成人资格面试才可以离开。有些孩子,或者许多孩子,乃至大多数孩子永远都不可能通过考核。那些通过的孩子会在额头上烙上一个代表"成人"的"A"①,如此一来全世界的人就可以识别他们,把他们看作神志正常的人。对于他这项卓绝的创意以及在面试桌上的工作,巴迪所要求的全部回报,是在

---

① A 为英语"成人"(Adult)的首字母。

整个州拥有去痘膏的特许经营权，时限永久，并且有权经营一家无聊的游乐园，名字就叫巴迪乐园。

卡莱尔听巴迪谈论这些的时候，心想如果能够接受表面的荒谬古怪，这个主意其实有许多优点。汽车保险费率会暴跌，犯罪率也会暴跌。烦人的音乐会消失不见。此外还有更多的好处。巴迪曾经列出一长串，可如今卡莱尔却有许多记不起来了。真是该死，有的时候他会想念巴迪·里姆，想念他的公司，还有他的那些好主意。他除了是个不错的木匠和酒伴以外，还是品质第一流社会理论家——嗯，也许还差那么一两点吧——而且处事方式跟卡莱尔截然相反，他会说一些卡莱尔说不出的话，做一些卡莱尔做不出的事。

餐馆的自动点唱机里传出《威龙和威利》的吼声，自吹自擂说什么虽然他们行事出格，却依然受到那些哼着酒吧小调的男人和好心肠的女受虐狂的爱戴。柜台上摆着一只两尺高、长管状的塑料馅饼盒，盒子里可以装下十片馅饼，六片已经没了，剩下的只有苹果馅饼和某种奶油馅饼，一天行将结束，馅饼们也显出哀怨的样子，早晨出炉时的新鲜已成回忆，傍晚取而代之的是松弛的容颜。卡莱尔觉得这些馅饼仿佛就像他自己，或者，像是从厨房里出来的那名女子，她正目视着卡莱尔坐在柜台前的长凳上，缓缓地摆动身体。

"哎呀，你好啊！我不知道外头有人呢。你需要点什么？"

嘉莉·德弗卢给人的感觉有些疲惫。她的嗓音动听适中，脸上有一小块风吹坏的痕迹，还有一点悲伤。身子或许有些瘦，又或许不瘦。长长的黑发夹杂着几缕银丝，用橡皮筋扎成了马尾辫。她的眼神中带着一种令人难忘的颜色，是灰色，或者说接近灰色。很久以前她或许很漂亮，而如今却也像他们周围的旷野一般，贫瘠而衰弱。

"唉，我正想找个地方吃正餐呢，这里看起来是我在萨拉曼达最后的希望了。"

嘉莉·德弗卢笑了，她的笑容很动人，很真诚："我们这儿是在中午前后吃正餐的。夜宵的时间大约是晚上六点，早餐则在夜宵之后十二小时。所以你基本上是错过了时间，最后的希望恐怕也随着时间流逝而快没了。这样吧，看一下菜单，也许咱们还能弄点儿吃的。"

菜单是手写的，塞在一个有裂痕的塑料套里。上面的内容卡莱尔在美国该地区随处可见的小镇餐馆里都能看到：汉堡包、奶酪汉堡、蔬菜汉堡、汉堡牛排、猪肉里脊、烤奶酪三明治、吞拿色拉三明治、鸡蛋色拉三明治、炸薯条……鱼肉三明治的定价曾是二点四五美元（包含一份炸薯条），但现在却被划掉了。

卡莱尔合上菜单，轻松地朝她笑道："大厨有什么建议吗？是不是建议我点迷迭香拌散养杏仁鸡丁，再加中度的白葡萄酒，或者白酱小牛肉？"

她又是莞尔一笑："如果是我，我会点一份热火鸡三明治，再配上一份油拌色拉，尤其是我刚清理了烤架，可不想这么快又把它给弄乱了。而且，这样的食物我做起来也容易，不至于回头跳起来狠狠地咬你。我主要还是担心烤架。"

"好吧，就要这个吧。"卡莱尔对她还以一笑，"饮料方面我要纯咖啡，再加一杯水。色拉上头不要加大厨酱，给我拿一瓣柠檬，能把汁浇在上头就行。"

嘉莉给他倒了一杯咖啡，很好的咖啡，然后进了厨房。他可以听见她开关冰箱门的声音，他将一只脚轻轻踏在自动点唱机上，尽力不去理会那个油头粉面的男孩子，他正用手掌猛击弹球机。另外几个十来岁的孩子暂时停下自己专注的事情，看着他神经质地咯咯笑起来。要是巴迪在这儿，他准会朝这堆孩子撅屁股表示鄙视；他在弗莱斯诺就这么干过一次。

他听见微波炉发出的嗡嗡声，嘉莉用了几分钟就做好了三明治。两堆捣碎的土豆泥，白面包夹大块火鸡肉，最上面舀了一勺感恩节风味的肉汁酱。

色拉是卷心莴苣拌胡萝卜粒。还有他点的柠檬，羞涩地看着他，仿佛在说："你本可以点千岛色拉酱的，可是你却选择了我。"

色拉餐具是那种塑料制品，设计成木碗的式样。卡莱尔以前见过这种餐具，他估计大约在一九五五年左右，有一位油嘴滑舌、能说会道的家伙，运着一卡车这样的宝贝，沿着中部各州的边境奔走，给所有这些小镇里所有的小餐馆兜售了成千上万的餐具。"它们永远不会碎，也永远不会脏，看起来就像精美的木制碗。我敢保证，你们用起来一定会很满意。"于是乎，这些小碗碟装着一碟碟卷心莴苣，披挂上阵，相信自己比任何东西都耐用，可以存活到太阳爆炸的那一天。

卡莱尔鼓足干劲认认真真地吃了起来。嘉莉给自己倒了一杯咖啡,身子倚在饮料冷藏柜上。

"你不是这附近的人,对吧?"

他嘴里塞满了土豆泥和肉汁酱,摇了摇头。等到咽下了口中的食物,他才答道:"没错,我不是这附近的人。你是怎么猜到的呢?"

"哎哟,首先呢,你总是说完整的句子,又使用银器吃饭。这就马上在我面前露馅了。"

解释得漂亮!她反应敏捷,聪明伶俐。卡莱尔一边品尝肉汁酱,一边大笑起来:"我曾经是加利福尼亚人,现在呢,则住在我的皮卡货车上。"

说着就是一口火鸡肉,一口咖啡,把肉送了下去。事后想来,不记得是出于什么原因,他当时问她,如果有人要在这一带买一小块地,应该去找什么人。

"塞西尔·麦克林在他家里开了间事务所,就在餐馆后头的小巷对面。在利物摩尔有一家名叫'更好的家园'的房地产机构。在这儿的东南方向大约十英里,他们代理萨拉曼达的业务。塞西尔也是为他们工作的。"

"哦,我还是宁可不找什么房地产商,有没有别的什么在附近找地的方法呢?"

她用一种质疑的眼光看着他:"别人都在忙着搬走,或是打算搬走,你反倒想搬到这里么?"

"只是在考虑。我只是想尽量摆脱所谓人类文明的侵扰,时间尽可能的长。萨拉曼达看起来像是一个不错的地方,能够让人抛弃那些阻碍。"

"你说对了。你只要走到大街上,挥舞一块牌子,上面写着'寻找住处',马上就会有人簇拥上来,在你面前摆满房产契约。"

她给他重新倒满咖啡,然后又倚在了冷藏柜上,观察这名男子吃东西的样子。的确是与众不同的类型,穿着皮夹克、旧牛仔裤和牛仔衣。一头棕色的披肩发,差不多跟她的头发一样长,头上系了块黄色的花手帕。乌黑的眼镜,纤瘦的身材,宽大的肩膀。举止得体,很明显受过教育。三十来岁,或许更老些,橄榄色的皮肤,双眼和嘴角周围是岁月和阳光留下的皱痕,那双手一看就是干过许多体力劳动的。

有一会儿,有那么一小会儿,嘉莉·德弗卢幻想起跟他干那事的可能性,然后又不去想了。两年前她曾跟镇外采石场的老板哈维·古思里奇干过那事儿,哈维懂得如何取悦女人,于是嘉莉在丹尼餐馆关门后,在利物摩尔他床上待了一夜。那事后来又有过两次。就性爱的品质而言算不上多好,只是因为她丈夫杰克很久以前就对她没兴趣了,而哈维至少还会不断对她说,她是他所见过的最完美的尤物。

后来,哈维开始吹嘘起自己征服女人的经历,而嘉莉则不喜欢在丹尼餐馆的常客面前上肉包时,看到那些心照不宣的神情,因此就不再与他交往了。杰克即便知道这一切,也从未说过什么,哈维还是时不时来他家串门,跟杰克喝酒。哈维并不喜欢被女人晾在一边的感觉,如今他朝她笑的时候,就好像一个背着皮毛的猎人回家路上笑呵呵的样子。他曾经得到过她,并不介意告诉那些洗耳恭听的人们,她衣服被扒光躺在床上的时候是个多么性感的玩意儿。

她注视着卡莱尔·麦克米伦,明白幻想一下也没有用。闭上嘴,闭严实了。把食物放上柜台,感受自己作为女人的部分缓缓消逝。她正在成为一名男孩子,丹尼餐馆的常客们是那么看她的,而杰克当初与她交往的时候,也是那么看她的。眼前所见的,只有一个陷阱。现在所能做出的最佳选择,就是在这遗忘的边缘慢慢地向左转。不过,她仍然后悔今晚没能穿得好看一点,也许可以穿上几周前在莎琳杂货店大甩卖时买到的那件新衬衫和牛仔裤。她还后悔没能在一小时前梳理一番头发,当时她曾有过这个念头。不知为什么,她就是后悔自己没能那么做。

可是她累了,这很可能就是她产生这些想法的原因吧。八小时前还没来上班的时候,她一直注视着老鹰在夏日最后几阵风中翱翔。下午一开始她就站在那里注视着那只老鹰,看了很久,同时可以听见身后三十英尺远的厨房里杰克咳嗽的声音。他咳嗽得比昨天厉害了,而昨天比前天要厉害。香烟和威士忌充斥了他的喉咙,控制了他的意识。他处于濒死的状态,可是过去十年里他一直处于如此濒死的状态。长久以来,嘉莉·德弗卢也以她自己的方式处于濒死的状态。也许从二十年前她嫁给杰克,来到这片高原时,就开始了那样的状态。

厨房里的那名男子与当年她嫁的那名男子相去甚远。有时候她回想当年,眼前仍然能够出现那个早年的杰克,那是在明尼苏达埃菲的牛仔节"北方之星牛仔竞技会"上,他倚靠在栅栏上,挥舞着拴马的套索。一副精瘦的硬汉流氓相，脚踩长统靴，头顶牛仔帽，身上披一件珍珠扣子的西部草原风格的衬衫，浆挺的牛仔裤上系紧一条粗大的皮带，黄铜扣环上印着"恶魔杰克"。想当年，杰克·德弗卢就是一名放荡不羁的骑士，驾驭着野马和公牛，年轻女子都忍不住朝他微笑。嘉莉和她的两个来自伯米吉州立大学的朋友就曾朝他微笑。

他以他独有的慢条斯理的流氓腔调朝她们笑道："晚上好，女士们。"一双漂亮的眼睛，湛蓝而率直。

嘉莉离家上大学的时候，母亲絮絮叨叨地给她列举了一大堆年轻女子应该避免的坏东西，这样才能够保留住所有年轻女子应该保留的好东西。那个坏东西的列表十分冗长，包括了明星四分卫，却在无意间漏掉了牛仔。那晚在埃菲看完杰克骑公牛的表演后，嘉莉又喝了他货车冷藏柜里的三罐啤酒，于是便心甘情愿地脱下了牛仔裤，嗅着他皮肤上沾染的尘土，爬到他的驾驶室里，跨坐在他身上。第二天早晨杰克便启程前往波兹曼，嘉莉就跟他一起去了。

"小骚货。"这是当时杰克给她的称呼。她对此毫不介意，因为那时候这对她就是一个相当棒的称谓了。何况，在他们刚结婚的那段时间，她很喜欢杰克使用这个称谓时的样子，有点温柔，爱意浓浓，比如说："嗨，小骚货，今晚想去跳舞吗？"他们婚后几年，他都是这么叫她的。如今他却再也不这么叫她了，甚至什么话都不对她多说了。

老鹰消失在北方一片雨云的后面，嘉莉再也无法看见它了。

第 二 章

她穿过满是灰尘的矮草坪,回到房子里,打开冰箱,朝里头看了一会儿,然后看着坐在厨房餐桌前的那个冷漠傲慢、不停咳嗽的男人。

"杰克,要我给你弄点儿吃的吗?我可以煮些蔬菜,烤点儿星期天的剩菜。"

如今他的双腿和肩膀依然精瘦,却挺了一个松松垮垮的啤酒肚,与之相称的是那张长满花斑、浮肿膨胀的脸庞。今天早上他就对着酒瓶直接喝威士忌,现在脑袋向后一甩,又拿了一小杯。他将酒一饮而尽,一言不发。

"你的胃真的需要吃点东西了,看起来你就好像再也不吃东西一样。"

"如果我感觉不想吃东西,我就不会吃的。看在上帝的分上,别这么逼我啦!"

桌子上堆满了空啤酒瓶,还有两只烟灰缸,里头装满了香烟屁股。杰克和他的死党们在那儿又待了整整一夜,一个劲地抱怨艰难的时世,指责政府机构、臭嘴脸的环境学家、银行家以及欧洲农场政策对他们的生活造成的恶劣影响。

"也许你可以把这张该死的餐桌打扫得干净一点儿,说不定我还会更有吃东西的食欲。"

"杰克,你自己打扫干净!是你和你的那些狐朋狗友把这儿搞得一团糟的。"

昔日的杰克几乎已经不见了,可是脾气还依然在那儿。他挥起前臂,将一排啤酒瓶猛地推到了地板上,然后进了客厅。一只酒瓶原地转了许久，最后咚的一声撞在桌腿上，才停了下来。

嘉莉抱拢双臂，倚靠在房子的门框上，这座房子是杰克的祖父在一九一五年建造的。房子已经在掉白漆，需要修复保养了，然而杰克却没有动力去做。他的动力只针对威士忌——千方百计地弄到酒，然后喝得烂醉——对房子却没有一点动力。对她也没有一点动力。而且，他也没有钱。两年前她最后一次给自己买了套新衣服，那天他们出去庆祝杰克的生日，可他却在大下午喝得酩酊大醉，昏昏睡去。今天下午，她靠在门框上，低头看着自己，一身粗旧的牛仔衣，褪了色的牛仔裤，鞋跟破损的长统靴，她的感觉比两年前还要糟糕，糟上六倍，她觉得自己要比三十九岁老得多。

她不知道小杰克现在过得怎么样。他今年十九岁，正跟随一个二流的牛仔表演团巡回演出，不时地会从拉斯克鲁塞斯、阿德莫尔或者其他地方捎来一张明信片，在那些地方，公牛们被绷带勒紧了生殖器，企图猛烈跳跃，把身上的牛仔甩下来，那些牛仔其实根本不是真正的牛仔，只不过是牛仔表演的骑手而已。莎伦也不在了，她嫁的丈夫是个在卡斯珀外面驾车跑运货路线的人。起初，她还会在他载货去法尔戈的时候搭车来跟嘉莉和杰克住几天，她丈夫回程的时候又会把她带回去，但她已经不再来了。现在她的两个小孩把她牢牢地拴在了卡斯珀。即便没有小孩，她现在也不会来的，因为杰克饮酒无度，还有好多的坏毛病。

中午前后，嘉莉穿过门廊走了出去，上了福特野马汽车，启动引擎，沿着小路开了出去。她刚转上狼丘公路，雨就下了起来。

第 二 章

四个小时后,杰克也跟着她的路线,进了勒罗伊的酒馆。

丹尼餐馆里,自动点唱机里播放出另一首乡村曲调,夹杂着撞球机的声音,相映成趣:"我无话可说(乒!),却(乓!)爱意(乒!乓!……乓!乓!乓!)绵绵……"

卡莱尔觉得有一位当代作曲家(也许就是约翰·凯奇吧)可以截取这些声音,作出一段乐曲之类的东西。也或许凯奇会认为这段声音就是极品,可以原封不动地保留。

"你是这儿的主人吗?"他看着眼前这个女人,她穿着一身粗布牛仔衣,一条褪了色的牛仔裤,和一双鞋跟损坏的破旧牛仔靴。

"不是,就冲着这地方的烂事儿,我真庆幸我不是。这儿的主人是个上了年纪的老妇人,名叫塞尔玛·恩格斯特罗姆,丈夫死后她接管了这里。最近几周她都住在瀑布城的医院,因此我比以往还得多干点儿。我和麦克林夫人,也就是塞西尔的妻子,算是在她身体尚未恢复的这段时间里,代她经营这里的事儿。平常我一周只有几天在这儿上班,大部分时候是早上,有时则在下午和傍晚。"

卡莱尔盯着那只馅饼盒。

"那些小东西看起来有点坏了,是吧?"嘉莉·德弗卢顺着他的眼神说道,"麦克林夫人每隔一天就会把它们烘烤新鲜,可是水汽会渗进面皮里,最终会变得干瘪松垮,就有点儿像萨拉曼达。"

她说的话有那么一点儿直接真切。有那么一点儿。他以前就这么想过。"没错,看起来是有点儿像呢。不过我还是想吃个苹果馅饼。"

"直接吃，还是加些冰淇淋呢？"

"搭上点香草冰淇淋吧，都已经快见底了，对吧？"

一大块苹果馅饼，一大勺冰淇淋。她肚子贴在冰淇淋冷藏柜上，牛仔裤紧紧裹着漂亮的臀部。她挖出好大一勺冰淇淋，又摆上一把干净的叉子，然后端起他吃剩的那盘肉汁酱，进厨房叮叮当啷的忙活起来。他竟喜欢有她陪伴了。此时他正处在世界中心的美国中心的萨拉曼达的中心，这里是这个仍在持续膨胀的宇宙中的某处。跟她聊天真是不错。

外面传来轮胎的尖叫声，那些十来岁的孩子们正要离去。

付账的时候，嘉莉抬头看了他一眼，笑道："知道吧，我一直在思考你的问题……那个找块地的问题。有个名叫威利斯顿的老家伙曾经住在离这儿西北八英里的一亩地上。那里的土地挺贫瘠的，不过隔着马路就有一片漂亮的小树林，还有座像模像样的小房子。目前房子很可能只有个大致的框架，其实那房子一开始就只有个框架。不过我记得有人说过，有个不知是在利物摩尔还是瀑布城的律师正打算把那块地作为房地产的一部分出售。如果你真的要找块地，我可以帮你打听一下。"

"我是半认真的，你给我提供的任何信息我都会表示感谢。"

她在一张纸巾上画了几道线，递给了卡莱尔，纸巾的右上角印着"购买美国货"几个大字："这张地图免费。你会发现那里还不错，就在去狼丘的方向，相传狼丘那一带闹鬼，而且会让东西猛地坠入黑暗。几年前，有个大学教授从附近的悬崖上坠落摔死，那个传说就更加得到应验了。不过，你给我的印象不像是个会信

第 二 章

那种事情的人。"

她露齿一笑,继续道:"那座房子坐落于离路一百码的地方,也或许是一百五十码,附近有两棵漂亮的大树。我觉得旁边还有间小平房之类的建筑。我进城的时候总会经过那儿,可你也知道是怎么回事,有时你看过一个东西千万次,却记不起它的样子。"

卡莱尔看着地图:"万分感谢。这张地图上的东西看起来有点儿熟,我想我可能也是那样进的城。"

卡莱尔的脚步刚迈到外面,嘉莉·德弗卢就关掉了餐馆的灯。寒风凛冽,他竖起了外衣的领子,在那里站了一会儿。除了他的货车外,主大街上还停了四辆汽车,全都斜靠在勒罗伊酒馆门前的水银蒸汽街灯下,就像马匹在水槽前饮水。一团风滚草被西方刮来的轻风卷到人行道上。卡莱尔看着草儿飘过莎琳杂货店,随着轻风消逝,停在了奥利肉品和寄存服务店的门前。

一辆噪音刺耳的道奇皮卡从风滚草的反方向缓缓驶来,驾车的是一名戴着牛仔帽的男子,车灯照亮了沿街空荡荡的店面。帽檐下是一张黑色的面庞,让人无法辨认。那名男子朝卡莱尔看了一会儿,然后直勾勾地盯着前方,手中夹着一支香烟,压在方向盘上。他身后车窗的另一边架着一把步枪,个性化的汽车牌照在耶基斯县看来是司空见惯的,这块牌照上写的是"DEVLJK"①。

风又刮起来了,那团风滚草开始向东飘去,静静地沿街飞舞在尘土之中,飞舞在这个名叫萨拉曼达的地方。勒罗伊酒馆里的

---

① 英语"恶魔杰克"(Devil Jack)的简写形式。

某处回荡着轻轻的欢笑声。卡莱尔听着欢笑声，听着风声，听着过街时靴子走在铺满沙砾的柏油上发出的嘎吱声。你可以闻到冬天的气息渐渐强烈，而卡莱尔距离那个叫家的地方仍有一段很长的路。

　　他发动引擎，打开了前车灯，就在这时，一个披着斗篷的身影从他的车前经过。这名女子被声响和灯光吓了一跳，朝着驾驶室里的卡莱尔看了一小会儿。她的风帽下飘扬着红褐色的头发，而他所能看到的那张面孔非常奇怪，这是一个非同寻常的美人，可以让一个男人的双眼受到震动，然后掉到肚子里。她转过头，继续沿街而行，斗篷在风中轻柔地起伏，夏末的尘土瞬间融入了初秋。

　　他掉转车头，沿街开了回去。女子退到路肩上，让他通过。他又看了看她。许多人都会对苏珊娜·班廷看上不止一眼，有些人甚至把她叫作女巫。

第 三 章

利物摩尔的斯里比醉翁客栈。老人双手抱紧右腿,移到桌下更合适的位置上,口中发出轻微的哼哼声,既有些费劲,又显出痛苦的样子。

就在继续开口讲述之前话题的一刹那,他的脸抽搐了一下。

"从没有过这样的地方,至少,这里还从没有过。"

他用手指端起酒杯,倾斜成一个角度,然后直勾勾地低头看着杯中的威士忌,点酒的时候他把这酒称作"琥珀的真相"。他前前后后地来回摇着脑袋:

"你讲得出名字,我们就有:战争,魔法,印第安人……看在上帝的分上,还有所谓的女巫呢。"

"介意我在本地的各种媒体上引述您说的话吗?"我问道。

"只要一直给我买野火鸡酒,你就随便引述我的话。你还可以去找卡莱尔·麦克米伦,直接问这个经历了所有一切的男人。"

老人很爱说话,于是我打开了磁带录音机,由着他说。

"那第一天晚上,卡莱尔·麦克米伦驾车驶入萨拉曼达的那一刻,不知为什么,我就知道这儿将会发生多么刺激的事情。不知为什么,我就是知道。

"想想看,假如你六十四岁,跟我当时的年纪一样,住在一间两居室带浴室的房子里,楼下以前是莱斯特电视电器商店,终日无所事事。特别是你无法随心所欲地到处走动,因为你的腿七五年的时候在古思里奇兄弟采石场夹在了翻斗铲车的铲身和一大块石灰石之间,给压断了。每天早上我都会一瘸一拐地去邮局收取垃圾邮件,然后在我的客厅窗前观看主大街上发生的一切。大体上就是如此。

"不过主大街上几乎不会发生什么事,因此你的脑子会从关注一些无聊的事情,退化到一片空白。可是除此之外的选择只有电视而已,大街上的风景显而易见要强得多。

"不管怎么说吧,卡莱尔走进了勒罗伊酒馆,二十分钟后又走了出来。他在人行道上站了一会儿,然后从货车里拿出一件外衣。他一直往前走,朝街边的橱窗里看了看,不怀好意地穿过大街,朝丹尼餐馆的方向走去。他来到大街靠我的这一侧,观察他的视角就被挡住了,不过丹尼餐馆是唯一开门的餐馆,所以我猜他一定是进了那儿。

"我也在丹尼餐馆吃饭,吃过不少,每天早上我去邮局之后就会去那里吃。这么一来,我每天回住处只需要走一趟楼梯就行了,即便如此,对于这条该死的腿已经够多了。嘉莉·德弗卢在餐馆里上班,她人很好,偷偷给我的午餐特色菜提供打折。她还会让我带上不新鲜的面包卷和早餐剩下来没吃完的果酱盒,免费

第 三 章

送我回家。有时她还会怂恿我尽量多拿几袋糖、盐和胡椒粉。

"所以只要我中午吃得多,到了晚上就能靠燕麦粥加面包卷过活,面包卷里可以夹奶酪,或是少许花生酱和果酱。哦,除此之外,还会有一小杯'老宪章'威士忌①,我女儿每年圣诞节都会从奥兰多给我捎。当然咯,三月底之前我就把她的礼物给享用完了,而十二月看起来还遥遥无期呢。

"不过,摩特陪他老婆去利物摩尔的诊所看病的时候,我也会帮着照看一下他的德士古加油站,他则会从那儿一家很大的皮格利·维格利商店给我带五分之一的便宜货回来,作为对我的回报,而我所要做的,就是一屁股坐在那里,嘱咐人们自己往车里加该死的油,每加仑的油价要比哈维随取随走便利店贵五分钱。国税局坚持认为我应该把威士忌酒申报为实物交易收入,但我总是说去他妈的。即便如此,我还真希望他们能来查我的账,如此一来我至少可以有个还算聪明的人说说话,就算这个人是个会计也好啊。你也知道,这些家伙要是不那么烦人,还是蛮有意思的呢。

"那么,我是怎么知道卡莱尔会在萨拉曼达掀起轩然大波的呢?我也说不清楚。也许是因为他头上系的那块黄色花手帕以及手帕底下露出来的棕色长头发,头发一直披到了肩膀上。暮色下的他穿着皮夹克、旧长统靴和褪了色的牛仔裤,看起来就像是保留地里跑出来的印第安青年,想要努力忘却伤膝地大屠杀②,避

---

① 一种产自美国肯塔基州的波本威士忌。
② 1890年在南达科他州发生在美国军队与印第安苏族之间的战役,约有一百多名印第安平民在被屠杀。

免啤酒肚,重新找回他的遗产。

"还有就是他走路的样子。有点儿从容,有点儿坚定。像他那么走,可以在一天之内走许多路,却不需要费太大的力气。卡莱尔的身上能给我留下一种印象,尽管岁月坎坷沧桑,但我依然看得出他是个第一流的人物,只要不对他施加真正的压力,他是不会弯腰的。当然啦,我们这儿的人也不是很轻易地就弯腰屈服的。

"基于所有这些原因,我决心留意卡莱尔·麦克米伦,看看他是否要在这一带逗留。正如我所说的那样,我们这儿相当缺少刺激。在'耶基斯县战争'把一切搞得天翻地覆以前,除了萨拉曼达需要像卡斯珀那样建造一个城市机场外,这一带只有两件事情值得一提,其中一件与卡莱尔并没有直接关联,而另一件则与他有关。

"第一件事情嘛,是跟苏珊娜·班廷有关的。你必须让头脑保持冷静规矩,才能够理解苏珊娜的为人。不然的话,你就会错看她了,比如说你可能会以为她是六十年代学生骚乱时代留下来的幸存者。曾几何时,我们每晚都会在电视上看到那些骚乱,现在我甚至还有点怀念那个年代了。当然,勒罗伊酒馆那边的所谓波波族①是不会对那些到处示威抗议、焚烧旗帜的学生们表示多少同情的,但他们多多少少都会痴迷于我们所听到的那种'自由恋爱'的思想,而这种思想明显就是当年的游行焚烧运动中的精

---

① 指融合布尔乔亚和波希米亚生活风格的新中产阶级。

第 三 章

彩部分。

"一旦你克服了那样的成见,真正着眼于近距离地观察苏珊娜,我想,你所产生的反应就得取决于你是男人还是女人了。我们有很多人仍然记得第一次看见她的情景。之所以这么容易记住,是因为苏珊娜·班廷来的时候坐的是最后一班停靠萨拉曼达的灰狗长途车①。当时她一手提着一只破损的手提箱,肩上挎着一个编结袋。丹尼餐馆后排桌子上的小伙子们纷纷从手中的牌局中抬起头来,把脑袋伸出前窗观看。有人说:'耶稣基督啊!你们看见公交车上走下来什么了吗?'于是我们大家都不约而同地转过身去,整齐的动作就仿佛已经排练了很久一样。

"苏珊娜·班廷迈步走下公交车,上了人行道,轻盈的动作随你怎么想都行。她穿着一条颜色类似熟麦的连衣裙,身上围一条深绿色的披巾,黑色的长统马靴,一头红褐色的长发梳成一条别致的辫子。她走进餐馆,要了一杯凉茶。她讲起话来非常轻柔文雅。在萨拉曼达没有什么人喝凉茶,嘉莉跟她道歉说餐馆里没有。完全没有关系,普通的饮料就可以,我们都听到了苏珊娜·班廷说的话。我们都听到了她的话,因为我们都在密切关注她。

"嘉莉给她倒了一杯热水,配上一袋立顿茶包,再加一把勺子。她尽力不去看这个从灰狗长途车上飘进来的尤物,但后排的小伙子们都盯着看,他们当然盯着看了。你的年龄越大,也就越可以不讲礼貌,即便这样的不讲礼貌得不到宽恕,至少也可以得

---

① 灰狗长途车(Greyhound),运营于美国全境的长途汽车公司。

到某种程度的特许。这是上了年纪、步入暮年的人们为数不多的优势之一。我坐在柜台前,与苏珊娜隔着几张长凳,假装在看报纸,其实也在盯着她看。虽然我不是诗人,也从来不曾做过诗人,我还是想斗胆作一句动听的诗:一只燕子停在了曾经只有乌鸦出没的地方。

"苏珊娜到这儿一段时间以后,萨拉曼达就有不少人开始叫她女巫了。有些人现在还这么叫她。这种处事的方式你无法理解。某种程度上说,这种叫法源自她的长相,感觉你就像在看一个以前从未见过的东西一样。那是一种超越平常行事界限的东西,而我们确实会讨厌任何违背常理的东西。有些地方我们大多数人都想去,却又害怕去了就再也回不到原先熟悉的环境里,而她正是代表了那些地方的对立面。说起苏珊娜,我觉得有些说法自有一些道理,我觉得不管她把你带往何处,你都无法从那里回来了。卡莱尔·麦克米伦最终明白了这一点。

"尽管从一开始,本地人就对苏珊娜有所怀疑,但许多关于女巫一类的说法还是从阿洛·格雷戈里安的妻子凯西怀孕开始的。她怀孕这件事本身就足够了,因为镇上的新生婴儿已经很是稀奇了,这里的大部分居民都是老妇人,有的靠政府失业救济过活,有的长期吸取存单的利息,有的则受惠于沃尔、弗洛伊德、莫里斯、哈罗德以及其他所有那些倒霉蛋,他们为了支付土地,辛辛苦苦一辈子,几乎就在焚烧房产抵押契约的时候,他们却死掉了。此后呢,妻子就会理所当然地变卖她照料不过来的房产,搬去城里住了。

第 三 章

"啊,正像他们所说的那样,事情真正有趣的地方,在于凯西·格雷戈里安怀上孩子的方式。这事儿肯定跟苏珊娜·班廷有关系。你瞧,阿洛和凯西结婚已经三年多了,看起来将来也不会有生孩子的迹象。他们都是身体健康的年轻人,每到独立日野餐之类的活动上,他们总是形影不离的。因此,人们猜测他们在家的夫妻生活也很规律,虽然竭尽全力,但却毫无结果。

"在任何情况下,生不了孩子都是让人心痛的,不应该轻视。可是在这个镇上,满是一些自以为是种马的男人们,当然了,他们根本就不是什么种马——问问女人们就知道啦——因此不能繁殖后代在这里就等同于是个秃头的太监。因此阿洛在勒罗伊酒馆一直因为这件事倍受打击:'阿洛,你们将来会有小家伙么?需要帮忙么?'这些都是他们在吧台上对他叫喊的话语。

"凯西拖着阿洛走了三百里路,去市里的一家大医院检查,对于这次经历,阿洛宁愿它一直是个秘密。要不是他在那儿碰巧遇上了勒罗伊,这件事真有可能一直是个秘密,勒罗伊正好去做全面的身体检查,以便更新他的肝病医疗处方。勒罗伊凭借多年为酒鬼供酒所积累下来的职业习惯,练就了敏锐的洞察力,一下就猜出阿洛为什么会等在生育科的候诊室里。他一回来,立刻就把这次遭遇告诉了所有的酒馆常客和台球高手,还自我臆测说医生建议阿洛穿宽松的内裤,还有可能需要通过手淫来培养试管婴儿。

"这样一来只会让阿洛的情形更加糟糕了,他变得越来越绝望,人也越来越消瘦下去,白天要在农场合作社里工作一整天,晚上还得上缴可怜巴巴的一点点精子,身上背负着自己的缺陷,活得就像一只甲壳动物。那时凯西倾向于采用人工授精,但阿洛是不会同意的。

"'哎哟我的天啊,我的烦恼事已经够多了,'阿洛对她说,'那样一来,那些脑袋里装满大粪的家伙就会问是不是"种猪动力"货车装满冰冻的公猪精子到镇上来了,不然怎么会这样呢?'

"凯西又哭又闹,差不多要崩溃了,她想听取最好的朋友莉安娜·威廉姆斯的意见,需求她的支持。莉安娜建议她找新来的女人苏珊娜谈一谈,那个女人看起来好像无所不能。这个建议初看起来,对凯西这样的人似乎有点激进,但是女人天生就有种要想方设法把事干成的特质。这种特质,要我说嘛,在大部分男人的基因里是完全缺失的,男人们总是用自尊心把自己完完全全包起来,表现出雄性激素旺盛的样子,这样的表现往往使我们显得不那么有修养。

"于是凯西就去拜访了苏珊娜。苏珊娜说这个问题也许可以解决。遗憾的是,阿洛必须参与这个过程。为此凯西很是担心,而苏珊娜却并不在意。

"凯西把这个与苏珊娜有关的新计划告诉了阿洛,阿洛就上了他那辆拥有世界上最大引擎的绿色 GMC 皮卡,绕着镇子开了半个小时,不停地考虑是离婚还是自杀。接着他想到了赡养费、试管婴儿、脑袋里装满大粪的家伙们、'种猪动力'货车,还有手淫,先后顺序差不多就是那样子。展望了一番之后,他多多少少对于那些新主意有些开窍了,至少同意约苏珊娜谈一谈。

第 三 章

"到了第二天晚上,苏珊娜就敲响了格雷戈里安家的门。凯西脚踩高跟鞋,身穿连衣裙,把她迎进屋里,请她坐在织锦沙发上,那条连衣裙是凯西前一年为参加'消防志愿者慈善舞会'而买的,而沙发则是阿洛的父母所送的结婚礼物。阿洛一想到关于苏珊娜的那些流言蜚语,就显得非常紧张。当然咯,所有那些流言蜚语都从未得到过证实,可事实在萨拉曼达是没有市场的,以前没有过,将来也不会有。因此阿洛有些心神不安,不知道该说些什么,做些什么,最后主动给她倒了杯格兰贝尔,但她婉言拒绝了。

"开头几分钟的交谈很拘谨,凯西试图寒暄几句,可苏珊娜却只是坐在那儿愉快地微笑。阿洛蹲在麦格纳沃克斯家庭娱乐机的脚凳上——这是他一辈子都在玩的娱乐机,而始终避免直接地目视他们的客人。

"当然了,自从苏珊娜来到萨拉曼达,在镇边升降谷仓南面的老尼尔森区里开了一家商店,阿洛就从来没跟她说过一句话。然而,近距离观察后,他觉得这个女巫长得还蛮漂亮的,也不像什么坏人。

"尽管如此,她还是让阿洛感到不安。之所以会这样,一是因为她身上的暗黑披风,那是某州公民授予的,声称她获得了 SAT 考试全美第十四名的好成绩①。二来嘛,不过是因为她无疑就是萨拉曼达最漂亮的女人。其实,过去现在,不论何地,苏珊娜都是

---

① SAT, Scholastic Assessment Test 的缩写,是美国高中生进入大学需要参加的评估考试。

你所能见到的最漂亮的女人之一。

"说到这一点,在这场萨拉曼达选美大赛上,有少数小伙子坚持选择阿尔玛·希克曼,她在自家的地下室开了一间名叫'漩涡卷发'的美容店。不过这样的选择更多的是出于他们的爱乡心态,而不是通过正确的判断得出的,凡是来过这一带的人,或者说,只要那个人看的杂志不是《农具文摘》,那么他都会明白把阿尔玛·希克曼跟苏珊娜相提并论,根本就是一坨……呃……你明白我的意思。

"飘动的长裙和披风下隐约闪动着浪荡的身体,一张绝对美妙的面庞,还有那头红褐色的头发,梳成一条耀眼的辫子垂落下来,除此之外,苏珊娜还有一种阿尔玛永远也不会拥有的东西:高贵。当她去镇中心取邮件的时候,小伙子们都会不由自主地把口中的牙签从一边转到另一边,没有一个人不会私下幻想跟苏珊娜·班廷女士在床罩底下爬来爬去会是个什么感觉。但她不会关注任何人,她以自己的方式明确地表示,他们跟圣母马利亚上床都要比跟她上床容易。

"他们一致认为很难确切说出苏珊娜有多大年纪。平常那些判断年龄的线索似乎都不适用于她。二十八九岁到三十五六岁之间的某个年龄,大概是他们所能猜出的最接近她真实年龄的数字了,而最大的赌注,可以压在这个范围的中间点上。她到萨拉曼达一两个月的时候,有个东方来的家伙曾经短暂拜访过她。像只骨瘦如柴的公鸡,也看不出确切的年龄。有人猜测他们在这一带从事完全非法的毒品活动。鲍比·埃金斯一如既往地毫不留情、不讲证据,把苏珊娜的合伙人称作'贩毒的越南猴子',当然啦,不是当面说的。东方人呆了几周后就撤了。

"大家认为苏珊娜的大部分日用品都是从西海岸的天然食品店里买的,UPS就是她的补给车。其他的东西都在她花园里种。有几个老人开始去找她寻求草药,因为诊所里没法治好他们的疾病,而有些老人发誓说她的确能帮大忙。传说有些年轻的姑娘们也会光顾她的住处,讨论一些勒罗伊酒馆里不会讨论的话题。有些姑娘还会把一些令人生疑的物品带回家,比方香油、珠宝以及其他一些类似的东西。除此之外,她跟这个小镇几乎没有什么关系。

"阿洛和凯西·格雷戈里安夫妇的这件事情本来很可能至今还是个秘密,可是在苏珊娜帮助他们的几个月后,阿洛喝醉了酒,把发生的一切都告诉了鲍比·埃金斯。而鲍比则在一个炎热的星期六,在摩特加油站里一边吸吮着皇冠可乐,一边把这件事情添油加醋地讲给了我们好几个人听,其中包括奥利·哈蒙德,他当时正在摩特加油站等摩特从利物摩尔给他的雪佛兰车带零件回来。鲍比发誓说他所陈述的事情就跟阿洛那天醉酒后对他讲的一模一样。

"后来,阿洛发现鲍比把每个细节都说了,让我们听得如痴如醉,于是他说,如果鲍比再开口说这件事,他就会烧毁他那所单间活动房屋。因此,奥利和我,还有其他几个人一度就成了仅有的几个知道此事内情的人了,至少是跟鲍比知道的情况一样多。镇上的其他人就只能自己组合他们对此事的想法,想象得要粗俗下流得多,却跟事实相去甚远。"

"需要再来一杯野火鸡吗?"我问老人。

他晃晃下巴,点了点头,咧嘴大笑起来。我开始对这个老家伙产生了一种好感。他似乎说话很直,说着说着就会在叙述中添加一些色彩。我走到吧台前,从斯里比那里又拿了一小杯"琥珀的真相",把酒放在老人的面前。他抿了一小口,用沾满污渍的衬衫袖口擦了擦嘴,看着我。

"呃,我说到哪儿了?哦,对了,格雷戈里安家的客厅里。那晚的气氛平静了一点儿,苏珊娜就跟凯西和阿洛交谈起来了。阿洛说,她谈话的声音真的很柔和,有点像慈祥的母亲。她给他们讲的第一件事,是她并不是什么女巫之类的东西,与邪教啥的也没有任何关系。苏珊娜坚称,她其实回避所有的宗教组织,包括基督教、蔷薇十字会和职业橄榄球。关于宗教的最后一点让凯西和阿洛小有不安,其中的原因微不足道,因为他们俩自从结婚那天起就没进过任何一所教堂。不过,正像阿洛很爱说的那样,他本人就来自一个叛逆者家族,他祖母多年前就背离了祭坛,不再去参加弥撒活动,而是开始邀请民歌手们举行娱乐演出。

"苏珊娜谈到了自然治病的力量、月相的意义以及其他许多被阿洛称为神秘晦涩的理论,阿洛几乎听得云里雾里的。当苏珊娜谈到饮食的时候,他才重新回过神来。她对他们说,他们吃的牛羊肉和其他动物性的食物太多了。她认为这就是报应,那些被吃掉的动物会用自己的复仇方式来'回敬'你。

"我们中有些人对复杂多变的环境细节十分警觉,他们发现

第 三 章

苏珊娜总是背编织袋,却不背普通的皮革钱包。她在格雷戈里安家里的时候也带了这样一只编织袋,此时便开始从袋子里取出小纸包和小瓶子,里面装满了草药、香料和精油,一次取一样,一边还不停地讲解这些草药应该如何使用。凯西全神贯注地听着,这一点阿洛后来还真的表示感谢,因为这些讲解很快就被他忘得精光了。

"接着,苏珊娜开始谈论女人和男人,对此阿洛还能多懂一些。她使用了许多词汇,比方说体贴和理解,含蓄地劝他们要想办法让夫妻生活更加刺激和亲密。苏珊娜谈到色情方面的话题,特别是强调女性的需求时,阿洛和凯西的脸都涨红了。

"阿洛说他要去闩上厨房的门,再喝一夸脱格兰贝尔,或是雪碱水,或是随便什么找得到的东西,但苏珊娜却只是用她那双绿色的大眼睛,坚定平和地盯着他看。他觉得自己仿佛被钉死在了麦格纳沃克斯家庭娱乐机旁的凳子上。苏珊娜呆了将近两个小时,讲话的声音自始至终都非常温柔。

"除了草药、精油和其他那些东西,她还送了他们一本小书,讲的是关于一种叫作'道'的东西,还有一套用精致的字体书写的饮食指导。哦,对了,她还给他们提供了一组最有可能结果的日期——结果这个词看起来是个正确的字眼——我是指怀孕。这组日期中最早的一个也要等两周多,在这个日期到来之前,他们应该绝对避免任何在卧室中的无用功。对于阿洛而言,某种程度上这是类似存货的准备工作。

"苏珊娜站到门口正准备离开的时候,忽然看着阿洛说:'阿洛，我下面要说的话或许听起来刺耳冒失，或者会有类似的感觉，但我并没有那样的意思，而想要用含蓄的方式来表达实在是太困难了。说句实话，这地方的文化氛围使得一个男人很难做到触及他自己的内心，从而很难理解做个男人而不只是做个大男孩，到底意味着什么。但是只要你愿意，你就能做到的，一旦你做到了这一点，我想你就会更好地看待许多事物的。还有凯西，你可以帮助他做到这一点，而不是成天抱怨他带回家的钱太少，或者说要是他不在合作社工作就可以干得更好。阿洛有他自身的自我价值，你必须做好你的那份工作帮助他发掘他的价值。

"她离开后，阿洛就跟凯西说，这个女巫的最后那段话完全是多此一举。他知道他自己是谁，没错吧，她竟想暗示他不了解自己，她算是什么东西？他难道不是拥有一辆GMC货车，而且引擎盖下有台巨大的发动机？他难道不是在合作社工作么？他难道没有在一九七四年萨拉曼达老虎队对里德镇矿工队的淘汰赛上拿下制胜的得分吗？

"那个时候，似乎所有的消息对阿洛而言都不是好消息。不仅是本地的橄榄球队在赛季中只获得了一胜六负的战绩，也不仅是因为苏珊娜的指导里包括戒酒以及他和凯西都绝对不能看电视，最糟糕的是，他被要求在数周之内做一个食草动物。

"'见鬼啊，鲍比！'他会说，'我不是在吃，根本就是在啃草呢。我在这儿给合作社干活，可我又是在干什么呢？我是在支援圣华金的那些愚蠢的菜农吧，这就是我在干的事。要是有人传说我在遵循这套苦命的饮食规定，我不仅得丢了工作，人们还会以为我

是个原始动物之类的东西呢。'

"按照阿洛的说法，苏珊娜所规定的饮食很严格：没有牛羊肉，也没有任何别的肉，只有大量的蔬菜、水果、米饭和全谷类制品。阿洛十分渴望早餐时的香肠，可是饮食规定中没有这部分，而他晚餐的食物似乎总是放在那里，让他难受。凯西不断提醒他要是不吃这些东西，那就要不了孩子，而且，她也觉得这么吃比较好。

"阿洛承认说，他胃酸过多的毛病确实没有了，他也不会在晚餐后的傍晚时分就昏昏欲睡。由于他被许可一天只能喝一杯啤酒，也不可以吃小牛肉干串，因此他也不再去逛勒罗伊酒馆了。他编造各种借口来说明他为什么错过了大伙儿的年度秋天炸牛排大会，总而言之，他跟凯西在一起的时间多起来了。

"根据苏珊娜的严格规定，他们不得收看电视系列剧《达拉斯》，甚至，也不允许收看其他任何电视节目，每到傍晚他们就无事可做，于是开始一起去散步，或者驾驶GMC货车去小萨拉曼达河欣赏日落。

"最糟糕的，还是缺少了嘿咻，这可是鲍比·埃金斯讲述这事的时候所用的词语。如今阿洛总想要他的糖果，他说他的腹股沟区域所受的束缚苦不堪言。强迫他做到三个礼拜如此禁欲可不是什么容易的事情，但凯西有王牌，这张王牌要么是试管婴儿，要么就是人工授精，那样的话就有可能让另一个男人的基因流到他们的孩子身上去。后面这种可能尤其令阿洛感到恐惧，正如他对鲍比所说的：'我的上帝啊，鲍比，我们可能会生个爱因斯坦，也可

能会生个白痴,我都不知道哪个会更糟糕!'

"凯西把苏珊娜送的那本跟'道'有关的书中的警句都贴在冰箱上,还完全按照苏珊娜的建议,跟阿洛探讨这些警句的含义。这样做对阿洛而言有点儿困难,因为自从七年级开始对橄榄球、女人和内燃机(不过不见得完全按这个顺序来)产生兴趣以后,他的脑子就烂掉了。吃完早餐后,他不再在早间新闻里关注生猪市场和体育比赛结果,而是被凯西要求琢磨宝贵的小警句的含义,比如:

……圣人
不行而知,
不见而明,
不为而成。

"又比如:

锉其锐,
解其纷,
和其光,
同其尘。

"白天,阿洛驾驶着液肥货车走在乡间公路上,脑子里就在思考'不为而成'是什么意思。这句话真是艰深难懂,他怎么也摆脱不了这句话的困扰,不断翻来覆去地想。他甚至还向鲍比·埃金斯请教他认为这句话是什么意思,当然啦,这样做就是个错误。

"鲍比不假思索地解释说:'哎哟喂,阿洛,这句话很简单啊。意思就是说,女人在上面,男人在下面。'说完鲍比大笑起来,又说他上周六晚上在利物摩尔的露天电影院就那么干过,只要阿洛能够重新开始喝格兰贝尔,那么所有的东西都会变得清楚易懂的。'清楚得就像一杯朦胧的萨拉曼达河水经过了他妈的六百万次过滤之后,'这是他的原话。

"然而苏珊娜的方法奏效了,不管怎么说就是奏效了。不出六个月,凯西就穿上了孕妇装。流言蜚语说,苏珊娜在十月拜访了格雷戈里安夫妇,举行了一种仪式,仪式上,他们都光着屁股,在麦格纳沃克斯娱乐机旁的地毯上摆了一个上下颠倒的十字架,围着十字架跳舞。沃特金斯工厂的一名工人在萨拉曼达逗留期间听到了这一切,就把这事传遍了利物摩尔,乃至更远的地方。由于不少哥们儿都说过,如果苏珊娜真的具备女巫的法力,那他们对于指控他们精虫稀少或者其他任何罪行,都愿意放弃辩护,因此,精虫不足的说法一时间还真的在萨拉曼达流行起来。

"凯西在预产期生下了一个漂亮的女婴,她曾经想过向阿洛建议给孩子起名叫苏珊娜,但她刚产生这个主意的时候,阿洛正好在屋顶上换木瓦,因此她保持了沉默。最终,他们决定起名叫默娜,这是阿洛祖母的名字。洗礼仪式在利物摩尔的圣蒂莫西天主教堂举行,参加的人很多,当仪式举行到驱逐恶魔别卜西的段落时,不少信徒都用心照不宣的眼神彼此相望。他们中有些人宣称看到牧师在小默娜的额头多加了一块洗礼圣油，还发誓说他用拉丁语多说了几句他们以前从未听过的话。这些与小默娜相关事件的直接后果，都为苏珊娜在地区历史上写下了永恒的一笔，尽管没有这些她也能做得很好。

"关于这个女巫的说法，我一直认为有点苛刻。因此，作为一名善解人意、通情达理、具有高尚情操的现代男性，我更偏向用'女巫医'的称呼来形容她。当然啦，我从来就不相信什么女巫的说法。可是格雷戈里安夫妇的事件发生后，我不得不承认我有点动摇了，而且得承认，也许苏珊娜知道一些我们都不知道的事情。"

说到这里，老人忽然停下来，跟路过我们雅座的一名灰头发的家伙轻声说起话来，点了一小杯野火鸡。他从口袋里掏出两张皱巴巴的一块钱钞票，朝着斯里比大声喊着给弗兰克再来两杯。弗兰克含糊地说了声谢谢，便摇摇晃晃地走到了吧台前。

"弗兰克和我曾经一起在镇外的采石场工作过。那时候他是个勤奋努力的好工人，大约二十年前，他女儿嫁给了一个奥马哈来的伊朗人，老婆又跟一个空军基地那边的军官跑了，于是他就开始严重酗酒。通常他都去萨拉曼达的勒罗伊酒馆那边喝酒。"

他立刻皱了下眉头，回忆一下之前的故事说到哪儿了，然后继续说道："你可能还记得，我开始曾经说过萨拉曼达在这十多年的时间里，仅发生过两件令人兴奋的事情，当然啦，耶基斯县战争除外。之前所有的这些闲话都算是下面所要发生的重大事件的背景情况。

第 三 章

"第二件令人兴奋的事情大约发生在格雷戈里安为伟大的人口潮吞噬这个孤独星球成功'添砖加瓦'后的第三年。一天晚上,我正像往常一样看着窗外,因为我情愿那样,也不愿意看 ABC 电视台里一堆男人达阵得分后拥在底线区里跳舞。直到九点左右,我见过的唯一有点意思的只有卡莱尔·麦克米伦,当时他来这个地区已经大约七八个月了,他停好货车,走进了勒罗伊酒馆。

"几分钟之后,我看见休伊·斯维尔森的绿色老别克尖叫一声,停在勒罗伊酒馆门前。他把车并排停在另一辆的旁边,他确实是这么停的。然后跳下车,车门都没关。我看见他手拿一把切肉刀,刀大得足以用在瀑布城那边的炼脂厂里。他从杰克·德弗卢的货车旁走过,然后砰的一声打开了勒罗伊酒馆的大门,闪身而入,这个时候,恶魔杰克——他喜欢这样的称谓——正在车里倒头歇息呢。

"后来发生的事情我是从嘉莉和另外几个基本可靠的渠道得知的。几天后我在摩特加油站付钱时,他们的说法又得到了每一位在加油站停留的顾客的证实。看来事情是这样,比尼·维克斯,就是那个开过大豆货车的家伙,你可能猜也猜得出来,他趁休伊时常周末跟国民预备队外出的机会,暗地里跟他老婆上床。休伊发现了这件事,一口气喝了三四小杯吉姆宾姆,经过冷静周密的思考,决定跟比尼摊牌。

"比尼看见休伊进来,就明白将会发生什么,因为休伊一个劲地大喊:'我要把你的屁股切成十六块,你这个偷别人老婆的混蛋!'或者是效果类似的话语。比尼翻过台球桌就跑,把自己锁在了女厕所里。这样一来,情形暂时稳定下来,至少在勒罗伊酒馆里,那些哥们儿中没有一个愿意去平息休伊的怒火,他正像约翰·兰博那样挥着大刀舞来舞去。

"休伊对着女厕所的金属门不断地又敲又喊,根据旁观者提供的细节来看,喊的是他想要拿切肉刀干什么,尤其是说要对比尼的那话儿采取某些动作。正当他要这么做的时候,勒罗伊叫来了我们本地的保安部队,这个保安部队只有一个人,也就是无畏的弗雷德·芒利佩格①,镇上人就是这么称呼弗雷德·芒福德的。弗雷德六十九岁了,戴一面银徽章,开着他的奥尔兹到处搜寻那些惯犯,比如那位厄尼·格尔尼·彭罗斯,他是个喜欢趴在卧室窗前偷窥的弱智儿童。

"弗雷德来到勒罗伊酒馆,对围观的人们说,他也许老了,但却并不愚蠢。何况,就他所了解的情况,比尼差不多得到了他该得的报应。弗雷德如此的观点并不令人意外,他可是浸礼会的编外布道师。

"当时根据我的观察,卡莱尔·麦克米伦似乎是个安静的家伙,不怎么喜欢暴力。他说他在加利福尼亚那边和北卡布拉格堡附近的酒吧里做服务生的时候,见够了那样的情景。可是那晚我们所有的人都发现了,形势需要的时候卡莱尔还是会锋芒毕露的。

"他目睹墨西哥人平息事件的整个过程,还偶然听到勒罗伊

---

① 原文 Mumblypeg,与"芒福德"谐音,一种儿童使用小刀玩的游戏。

说要叫县执法官来。除了暴力,卡莱尔也极不喜欢任何形式的正式组织,除此之外,他也知道严格执法的话休伊将会面临什么。于是他让勒罗伊暂缓几分钟,然后平静地走到休伊听得见的地方,开始用平和轻柔的语气说了些话,想要劝他放下大刀回家,跟妻子弗兰重修旧好,忘掉白痴比尼的事。

"可是休伊当时正处于极度激动的状态下,而且由于在越南参加美军突击队的记忆而彻夜难眠,他开始对着卡莱尔叫'长头发嬉皮杂种'——我们后来发现,这句话里三分之二的部分是真的——说着便挥刀向他砍来。嘉莉朝卡莱尔尖叫着提醒他小心,卡莱尔则退后一步,伸手到身后抓起一根二十磅重的台球杆,这是刚才比尼翻过球桌后,有人留在桌上的。

"休伊情绪无比激动,并没注意到卡莱尔手里握着球杆,休伊刚一进入攻击范围内,卡莱尔就挥舞球杆,划出一道清晰优美的弧线,打在了他的左膝外侧。是用球杆粗大的一头击打的,力量十分大。

"休伊踉跄了一下,用他在突击队里所学的方式拖着伤腿,径直向卡莱尔扑来,与此同时,卡莱尔用相同的方式击打了休伊的右膝,力量更大。于是,休伊以每小时约三十英里的速度'轻吻'了勒罗伊酒馆的地板,脸孔朝下跌在乱七八糟的烟屁股堆里,其中有一支烟屁股还冒着烟呢,此外还有一堆残渣,包括一罐溅在地上的格兰贝尔以及一片夹着双份奶酪和拉香肠的图姆斯通馅饼。卡莱尔用一只穿着工作鞋的脚踩住休伊拿刀的手,另一只脚把刀踢开。一切搞定后,他让勒罗伊把比尼从女厕所里赶出来,再把他赶出镇去。

"就这么着,当晚的结局是,卡莱尔和休伊、嘉莉坐在同一张雅座上,一边喝着同一罐酒,一边谈天。嘉莉想要做得温柔体贴的话,是能做到的,她试图抚慰休伊,让他的心情平静下来,整个过程中还拿着一块吧巾擦拭休伊的脸。过了一会儿,休伊开始大哭起来,这场景有些令人尴尬,但鉴于当时的情况,而且他又是个退伍老兵,后来并没有人因为这事对他有意见。餐馆关门的时候,勒罗伊把那根用来猛击休伊的台球杆送给了卡莱尔,还说,卡莱尔帮他避免了许多法律上的麻烦。

"第二天,弗兰和休伊觉得必须挽回他俩的婚姻,于是离开小镇,去五旗游乐园玩,这是她多年以来一直想让他去的地方。很显然,自此以后,比尼就远离了休伊夫妇的婚床,只能到斯里比这边喝酒。

"因此,多亏了卡莱尔,一切都相当完美地结束了。在休伊的眼中,卡莱尔·麦克米伦当时的所作所为没有任何错误,他觉得那样做不仅让他摆脱牢狱之灾,避免了与弗兰离婚,而且还让他去了原本可能永远也不会去的五旗游乐园,游乐园里的过山车他一共坐了六次!"

第 四 章

根据我们所保留的情况来看,所谓的耶基斯县战争只是一场规模很小的战争。又小又原始。你很有可能在某张报纸上看到过关于这事的简短报道,或者在晚间新闻里看过一段电视片段,然后就像看待一件发生在遥远的地方,与你的生活毫无关联的讨厌的小打小闹一般给忘却了。只不过,这件讨厌事发生的原因很是复杂。很多原因混杂在一起,有些原因可以回溯到一个多世纪以前。假如卡莱尔·麦克米伦从未来过耶基斯县的话,这一切还会发生吗?很难说。现实就是他确实来到了这里。

来到萨拉曼达的第一天晚上,卡莱尔·麦克米伦在镇边上的便利商店逗留了一会儿,脑子里还想着从他的车灯前走过的那名女子,他掉转车头,沿着萨拉曼达的主大街一路向东的时候,那女子让在一边等他通过。他在脑海中搜寻词语,各种各样的词语不断涌来,都是些与鲜花、清风、喜忧参半的回忆相关的词。他实在弄不清楚,这些词语究竟是来自他的脑子,还是来自货车的收音机,抑或是他开车经过那名女子时,她口中轻声念叨的?真该死,他想，这个地方真是让我头疼！

他给货车加了油，然后进了便利店。一箱六罐的"老风度"啤酒加上汽油，一共是十七点八七美元。店里空荡荡的，只有一名衣着肮脏的四十七八岁的妇人站在收银机后面，还有个身穿工作服的男子正在门口的投币电话那儿打电话。这名男子被漫长的一天工作折磨得有些衰老，讲电话的时候身体瘫软地靠在墙上，右脚交叉摆在左脚踝关节上，一双带流苏的棕色平底鞋是价格昂贵的那种，因为白天的雨水变得灰暗。听到电话那一端传来应答机的声音，他的身体更加瘫软地对着话筒说道：

你好，凯尔，我是高原开发公司的比尔·弗拉尼根。我去了办公室，我秘书说我应该尽快给你打个电话。很遗憾咱们两个一直没联系上。现在是（他看了看手表）⋯⋯二十七号星期二，晚上九点十五分。我在萨拉曼达，距离利物摩尔东北约十英里。我是跟雷·达根一起来这儿看我们讨论的设计规划图的。明天一大早我就会去办公室，给我打个电话。我很想知道你那边的进展如何了，我们这边对于参议员心里的想法感到非常兴奋。

卡莱尔回到货车上，沿着42号公路开往与91号国道的交叉口，紧跟着一辆边上印着州徽的汽车。那辆车就在他之前驶离便利店的，踩在油门踏板上的正是一只带流苏的棕色平底鞋。

卡莱尔往南转上了91号国道，他估计下一个城镇利物摩尔

第 四 章

可能会有汽车旅馆。那里确实有。"首领汽车旅馆",一家典型的夫妻店,只要你在前台按响铃声,就会有一名女子从一扇门里走出来,女子身穿一件绣着橙花的绿棉服,那扇门就算是他们夫妻居所的入口。卡莱尔所住过的这类旅店里,有百分之八十都是这样,女子为你翻寻钥匙的时候,你可以看到她身后有个穿着背心和拖鞋的男子,在那儿看电视。他不知道,那样的场面一遍又一遍出现在他的脑海中,究竟具有什么含义。

女子抬头看着他道:"二十二号。出门左转,倒数第二间。"

卡莱尔累得晃了下身子,深褐色的眼睛与女子对视了一下。她迅速低下目光,重新抬眼时,只看见他离去的背影,他关上门,门上的小铃铛叮当作响。

她叹了口气,回到起居室里,重重地坐在了穿着背心和拖鞋的男子身边的椅子上,打开一包"黄油指"①,说:"你看见那个男人了?他身上有件东西似乎让我很不安。他似乎一半是嬉皮士,一半是印第安人,还有一半是别的什么,可能是郊狼吧。他没有住址,但他付的是现金。如今这年头,你怎么可能没有住址呢?"

背心男没有说话。

电视上说:"本地台新闻之后,马上回来。"

女子咀嚼的时候,"黄油指"粘在了她的牙齿上。

屋里的两张单人床铺着破损的雪尼尔,卡莱尔把他的帆布行李袋扔到一张床上,瘫软在一张包着聚氯乙烯材料的黑色旧靠椅

---

① 黄油指(Butterfinger)是雀巢公司出产的一种巧克力棒。

上，打开一罐啤酒。他抬起手轻轻关上顶灯，一辆辆货车正驶过外面的91号国道。房间里唯一的光亮来自于浴室水槽上方微微颤动的荧光灯。他正处于密西西比河以西，落基山脉以东，内布拉斯加以北，加拿大以南的地方。对面墙上的画里，一名身缠腰带的印第安勇士，骑在一匹枣红色的小马驹上，右手放在与眉毛平齐的地方，遮住了双眼。印第安人正在眺望夕阳，他身下的平原上不见一头水牛的踪影。

卡莱尔的身子从椅子上向下滑了一点，把靴子放在了离他最近的床上，萨拉曼达大街上的那名女子又在他脑海中出现了。那张面庞，红褐色的头发，绿色的眼睛看着他驶过。像那样的一名女子，竟然会在萨拉曼达，一个鸟不拉屎的地方？他以前曾在某个地方见过她，或者是见过一个长得像她的女子。不过应该不是在现实中亲眼见到，这点他知道。也许是在某个他本该记录下来的旧梦中。他双腿之间摆着一罐啤酒，他把脑袋慢慢耷拉在肩膀上，那名女子从他的脑海中消失了。

跟大多数人一样，卡莱尔·麦克米伦的人生轨迹中，既有机遇，又有规划，既有偶然的因素，又有巧妙的诡计。这儿一个决定，那儿又一个决定。回想起来，有些决定是对的，有些则很糟。有些选择的结果取决于理性的努力，还有些意外事件则是在毫无预见的情况下发生在他身上的。换言之，就是平常事情的反复变化，再换言之，也就是不确定因素。

从一开始起，卡莱尔·麦克米伦的生命就比大多数人充满了更多的不确定因素。他出生于将近四十年前,是一个名叫温·麦克米伦的女人的私生子,至于父亲的姓氏,她要么是从来就不知道,要么就是记不起来了。根据他母亲所能告诉他的那些只言片语,他对于自己的亲生父亲,只有一点模糊虚幻的印象。

因此,在他的童年幻想里,甚至在他长大后的岁月中,他只把亲生父亲看作一个骑着公路自行车的黑影,是那种为长途设计的大自行车。那名男子沿着卡梅尔以南的海岸高速公路骑行,背后闪耀着落日的光辉,穿过一座高高的大桥,身下的太平洋海水深深地涌入悬崖之中。还有他身后的那名女子是谁?她双臂抱在他的腰间,头发在风中向后飘散。那就是卡莱尔·麦克米伦的母亲,是她很多年前的样子。

她跟那名男子只在一起呆了两天,但两天已经足够了,足够诞生一个名叫卡莱尔的小男孩。

她记得,跟他躺在一起的时候,背后的沙子是热的。她永远也不会忘记,九月末的沙滩有多么温暖。她还记得他那古怪、安静的行为方式,她后来在她的儿子身上也找到了一些相同的性格。她感觉他知道很多秘密,还听来自于远古的微弱的音乐,那些音乐只属于他自己。可是她却记不得他姓什么了,她觉得他曾经说过一次,但当时他们正坐在一堆篝火边,处于人生的最高潮,还喝着自制的啤酒。于是她不记得了。

正如她曾经说过的那样:"不知为什么,姓名在那个时候似乎并不重要。卡莱尔,我知道这对你来说肯定很难理解。但这就是我们那时的感受。但那确实是我们当时的感受。现在我很痛苦,没有记住他的姓名,这样的痛苦,更多的是因为你,而不是我。"

接着她便讲述了这个故事。他十二岁那年,她就把一切都讲给他听了。当时,他们坐在门多西诺租来的房子前面的台阶上,她的怀中抱着瘦小、安静的男孩子,说话的时候把头靠在他头上,她刚刚洗净的头发散发出的气味里,夹杂着母性的气息。他听着母亲的故事,表现出对她的热爱,这样的热爱是因为她话语间所流露的毫不间断的坦诚,是因为她在把他带到人间的过程中所体会到的快乐,甚至还因为她在谈到那名男子时的弦外之音中,表达出神秘而性感的狂放,令人发麻。不过以卡莱尔当时的年龄,他还很难去想象那一类事儿,尤其是还与他母亲相关。

她的坦诚与她的关心,所有这一切都很棒,但还不够。在卡莱尔·麦克米伦心中的隐秘之处,他希望有个父亲能够帮助他树立信心,从而使他内心深处所有随机乱窜的强烈情感,最终形成一种稳重、有益的男子气概。

他生了很长一段时间的气。气的是那种稀里糊涂的感觉,气的是温·麦克米伦那么随便就跟一个陌生人发生了关系,而那个男人随后便在那个年代久远的秋天,骑车穿过色彩斑斓的森林,轻而易举地消失了。为此,他空耗了一些生命,思考了一些时间,不过,他最后还是勉强压抑住了气愤之情,嗯,是压抑住了大部分气愤之情。

然而稀里糊涂的感觉依然存在,是那种不完整的感受,还有就是好奇,他究竟出自怎样一个特殊的基因家族。有人说他身上有部分长得像印第安人,比如面颊骨和大鼻子,还有那一头棕色的长发,他有时会用红色花手帕把头发系成阿帕奇人的样子。尽管他无法知道那种说法是否正确,但他还是有些喜欢别人那么说。每当人们问起:"你有印第安血统吗?"他都会一声不吭地耸耸肩,让人们自己去得出结论。

还有就是敲击的声音。那是他的叫法。从他还是孩子时就开始了,跟了他好多年。声音来自很久以前,很远的地方,源头未知。信号微弱遥远,也许来自他的DNA螺旋体,当他内心安静的时候就会出现,与其说是听到,还不如说是感觉到。就好像一只野猫在一座鬼镇的火车站里敲击电报机的按键:嘀……停……嘀……停……嘀嘀……一连串的重复。这是一种类型,还有别的类型。

起初,他似乎难以置信,感觉很不真实,但他想象这是他父亲通过血缘关系在向他传递某种信息。他这么想道:我父亲本人并没有意识到我的存在,但他的遗传密码却知道,因为这些遗传密码也是我的一部分。密码知道我的存在,种族知道我的存在。我属于他的种族,携带着他的遗传蓝图。因此,从某种程度上说,他知道我的存在。逻辑不清晰,但只要他不寻根究底,还是有点说得通的。

于是,卡莱尔开始相信他父亲与那些信号有些联系,他就在心灵深处的某个地方。他努力倾听,回应道:"你是谁啊,哥们儿?他妈的,声音大点儿啊,给我现个形吧!跟我说说你,我也可以知道更多自己的事。有什么东西是我该知道,而我却不知道的呢?"然而信号很弱,几乎一出现就消退了,之后他总是隐约有一种被抛弃的感觉，为自己感到有点儿遗憾。

他觉察到这些信号大多是在自由自在的时候。一两年前，信号停止了。卡莱尔·麦克米伦来到的地方让他没有一刻的安静，也不再自由自在了。他正在迷失自我。

他在门多西诺还是个小男孩儿的时候，一位名叫科迪·马克思的资深木匠大师教他如何抡锤子，如何锯木板，技术几乎好过所有的人。二十年后，他知道自己正在违背老人的信任，这令他心如刀割。他时常在想，科迪·马克思想要他发展成什么样子，他已经偏离多远了呢？多远了？已经很远了。他原本致力于建造出美丽持久的东西，如今却已经偏离很远了。

回想起来，他都不知道这一切是怎么发生的。伴随着他人生的转折，小小的选择最后积累成为巨大的后果。专注于直接的后果，使他迷失在堕落与可怕的前途之中，这样的前途是他永远不愿经历的。总而言之，做一名手艺工人的梦想已经丢失，科迪派风格已被抛弃。

来了好多账单等待付款。真该死，做一份垃圾工作，只是为了钱。更多的账单，又是一份小活儿，平庸无趣的活儿。完成工作，得到酬金，出门继续下一份工作，支付下一份账单。就是这样的生活方式。

就叫现实的重压吧，卡莱尔心想，就叫在无情的世界中生存吧，想叫什么你就叫什么好了。不管怎么样都不可能美化生活，梦想被蚕食，寂静在蔓延，差不多是下意识地向陈腐的力量投降。不知不觉地，一味关注生存，使他一路下滑，失去了尊严与关怀，

第 四 章

最后竟然停在了他无法预想的水平之上。

他开始把自己看作狂欢节走在庞大无聊的游行队伍中间的一只小马驹,队伍里尽是些稍纵即逝、没人愿意买单的无用之物。市场会评估东西的价值,而卡莱尔明白,在这样艰难严肃的时代,市场很少会认为科迪·马克思制造的那种东西是有价值的。卡莱尔的语言、观点、态度,无一反映出对一种体系的默许,而这种体系正是科迪·马克思曾经无言对抗的。

甚至连卡莱尔生命中偶尔遭遇的女人也是同样的风格:没有永恒,永恒不顶用。换一个女人,稍纵即逝的一晚或者一周,然后继续前行,跟上游行队伍。

他曾经与负罪感抗争,压制内心虚弱而持久的抗议,告诉自己和他人,时代改变了,科迪·马克思不紧不慢,自我放纵的世界已经不复存在。那样的抗争有段时间起了点作用,为错误寻找借口的方式令他更加消沉,他每晚都喝太多的啤酒,在酒吧里谈天咒地,空耗周末。

他的合伙人巴迪·里姆有一次说:"卡莱尔,跟你观点相同的人与开发商之间展开了一场角逐,你的皮靴上沾满了混凝土。你在忍受现实与本能之间的巨大摩擦,你在掩盖我们所做的这份狗屁工作和真实的你之间的差距。卡莱尔,你在调整自己的人生。就像我们拍打模具,让两块木板拼合在一起,这样你就看不到裂缝了。"

卡莱尔清楚地记得巴迪的话,他知道巴迪是对的,然而他内心却有一部分思想要否定这种说法。他在市政支持者所谓的发展中受益,所有的建筑师都是如此。

巴迪发表这些意见的时候,他俩正坐在奥克兰一座房子的屋顶,这座房子就是他们造的。当时他们刚把屋顶罩钉在橡木上,在拖放屋顶板之前休息一下。卡莱尔和巴迪四周,许多新房子正在建设之中。他们从屋顶可以看见海湾对面的旧金山市中心,起重机正在空中三十层楼上作业,看起来就像夏日热浪中的大鱼竿,将混凝土和金属绕在高碳钢支架上。到处都是建筑工程在整地、浇注、敲打。

他和巴迪正在一列失控的货车上,货车行驶太快,无法下车。你怎么可能从车上下来却不摔倒呢?货车和工具要付钱。分包公司要付钱。房租。还有几块钱得留着在星期六晚上痛快地喝上几杯。他们正在火车顶上走钢丝,没有保护网。他们知道只要一名客户不支付木料账单,就能叫他们跌落下来。

不过,巴迪还是纵身跳下了火车,加入了新墨西哥州的一家公社。他结识了一名陶斯的姑娘,按他的说法她的腿比上个礼拜更长了。他还说如果卡莱尔也去那儿,他会本着真正的公社精神跟卡莱尔一起分享她。

他们保持了一段时间的联系,但最终那家公社内部分裂,卡莱尔也与他失去了联系。卡莱尔继续建造他不喜欢的房子,给那些他更不喜欢的人们建造。日复一日,年复一年,抡动锤子,计算薪金,忍受日常工作中盲目流下的汗水。为了让工程满足预算而做出妥协,为了强化门面而牺牲技艺,麻痹自己,丧失方向。努力忘记科迪,却终归失败。

第四章

某处有个声音不停地在说:你得如河流一般转身。

卡莱尔一直是个安静的人,如今他却几乎不说话了,他觉得自己背叛了科迪·马克思和他自己,这种痛苦感正在将他撕碎。每到夜晚,他都坐在他的小房间里,在黄色的夜灯下,思考这一切。楼下的房间里,一位上了年纪的妇人在看《劳伦斯·威尔克表演》的重播,超级悦耳的号声和同样悦耳的嗓音唱着"红红的知更鸟,快乐的向阳道",从地毯里传了上来,而与此同时,走廊对门的一对同性恋男子正在没完没了地争吵。

每到周六的深夜,他还要忍受楼上发出沉闷的砰砰声,一名证券交易员在一名时尚顾问身上上下晃动,他们的欲望化作乏味的四四拍,形成缓慢的节奏,你都可以跟着这节奏跳舞。

蒲团上的女子不停地乞求:"我还要!"男子则如痴如醉地喊道:"耶!哦……耶!"

> 远处的汽笛声,
> 海滨的雾号声,
> 他腿上的书本,
> 他手中的酒水,
> 灯罩上的苍蝇,
> 楼下跳华尔兹的列侬姐妹,
> 红色,红色的知更鸟
> 还有楼上摇曳不定的"哦,我还要"。

卡莱尔·麦克米伦坐在那儿，回想科迪·马克思说的要严格容忍一切，而他却已麻木，任凭自己的人生变成了一场野蛮的滑稽剧。

一个春天的早晨，他再次想到，距离他开始的地方，距离他第一次把旧工具带系在身上的那一天，他已经折腾了多么远。想想如果科迪看到这些作品，看到他在科迪所反对的事情上所做的妥协、屈服，一定会满脸疑惑地摇头。如河流一般转身……

卡莱尔正在铺设底层地板，这里最终将成为一间五千八百平方英尺的沉降式起居室。他作为分包商正在一间大错层内做木匠工。房子的主人是位总经理，此人为牙膏盒上商标的颜色操劳，为此他以每月分期付款的方式，每三百六十五天就能拿到三十三万块钱。

声音是从隔壁的空房间里传出来的。卡莱尔跪坐起身，右手的锤子放在大腿上，从身旁敞开的窗子向外看去。是两名男子与一名女子。其中一名男子大汗淋漓、体态笨重，正在说话。他要么是房产经纪，要么是开发商，要么就是某家大建筑公司经理；过了一会儿看来三者皆有。另外一名男子挺着肚皮，耷拉着肩膀，看得出埋头于案头工作和公款午餐，身体缺乏锻炼。

那名女子是典型的加州梦幻少女。创世纪后的第八天，上帝从之前的劳作中经过休整，便在西部海岸的某片土地上建造了一座秘密工厂，只为了制造像她那样的女子。她可能有三十五岁，可爱的身躯紧紧裹着一条名牌牛仔裤，裤脚塞在齐膝高的皮靴里，淡粉色的毛衣显露出底下高耸的漂亮乳房。一头金发由金环扎紧,半披在背后。

卡莱尔看了看她,又看了看站在她身旁长相对不起观众的西装男,想象她在午后的一间不错的汽车旅馆弓着后背,轻拍小腹骑马的样子,马儿来自当地一家健身房。他记得曾经遇见过一名伊利诺伊州的男子,他发誓说要去西部带一个这样的加利福尼亚美女回来,把她像猎人的战利品一样捆到汽车的挡泥板前。卡莱尔可以听见他们三人的谈话,开发商兼半房产经纪正在简要表述将来的规划。

"那边将会建高尔夫球场和俱乐部会所。你们的地皮就在十四号球道边上。埃里森,我知道你喜欢打网球。俱乐部会所里会有六个网球场,离奥运会规格的游泳池不远。当然啦,进入整个地区将由大门口的门卫控制。我们会从伦敦请来一位大厨,以保证会所的餐厅只供应最好的欧陆餐。"

"嗨,卡莱尔,进展如何?"承包商来巡视了,"我可是向穆勒夫妇承诺说,你会在七月一日前完成这儿的定型。我希望你能做到。我可能得让你把这儿的工作中断几天,去帮帮南面那些给我干活的笨瓜。他娘的他们根本不知道怎么造房子。上帝啊,卡莱尔,他们把两个单元的屋顶窗都装反了。我们在协和区还有十六个单元才刚开工呢。我想你去那边做些设计工作。你尽快把这里的地板铺好,我们会在上头铺地毯,没人看得出差别。你到底为什么不像别人那样使用射钉机呢?"

卡莱尔仍旧跪在地上,一头棕发披在领口,汗水从鼻尖滴下来,流过他那件褪色的蓝工作衫。他手握锤子,抬起一双黑眼睛看着承包商。一只麻雀飞了进来,落在离卡莱尔几英尺远的二乘六的木板上,尾巴一翘,在板上留下了一笔小费。

隔壁的推销员在扯淡。

承包商也在扯淡。

埃里森什么的也在扯淡。

长相对不起观众的西装男也在扯淡。

卡莱尔看来,全世界所有的人似乎都在扯淡,而且根据他掌握的情况,他们都在说着同样的东西:胡说八道。这就是他们在说的东西:胡说八道,鸟语连篇。

"埃里森,星期六晚上可以在俱乐部的会所里跳舞……"

"卡莱尔,协和区的单元房都很便宜,所以别担心了……"

"比尔,虽然我们无法公开说,但少数派的意见不是问题……"

"埃里森,你会喜欢……"

"卡莱尔,我要你去……"

"我们需要三辆车的空间……"

"卡莱尔,赶紧完成这里的工作。我们协和区需要你。"

卡莱尔转过头盯着地板。如河流一般转身……

他缓缓站起身,松开身上的工具带,一边把锤子塞进工具带里,一边朝他的货车走去。承包商雇来给卡莱尔帮忙的年轻人一直在吃力地搬运一箱彩色玻璃窗,这种大批量生产的窗子卡莱尔今年已经在另外两座房子里安装过了。

卡莱尔看了看承包商,把头转向年轻人,不动声色地边走边

第 四 章

说:"交给他完成吧。然后他就能去协和区那边做设计了,在那儿还可以带上射钉机做下去,沿着海岸一直做到蒂华纳①,然后转个大圈,回来的路上经过贝克斯菲尔德②一路前往温哥华。"

搬玻璃窗的年轻人看看卡莱尔,又看看承包商,脸上充满焦虑疑惑的神情,等待有人能给他指引。这家伙仍然觉得鸠尾榫跟涂料有关系,六天里有三个早上卡莱尔得喊他起床。承包商大骂脏话,让卡莱尔回去干活,年轻人抬着玻璃窗,隔壁空房间里的人盯着这边看。卡莱尔爬上了他的货车,启动了引擎。

他回到家具齐全的公寓房间里,把所有的衣服和收音机打包在两个帆布袋里,然后跟公寓管理员结了账。他赶在银行关门前进去提取了他的全部财产:一万一千二百一十二点四七美元。一千元现金,三千元旅行支票,一张两千元的支票给他母亲,帮她补贴日用,剩下的换成了银行汇票。

他那些较小的工具都装进了一个金属盒,固定在那辆开了六年的雪佛兰皮卡的车厢上。他的书籍、锯床以及其他大件物品则藏在了一间私密的斗室。傍晚时分,他就出门了,心中却不知道前往何方。

他从奥克兰湾大桥启程,一路曲折向北经过萨克拉门托,最终选择了一条穿越内华达山脉的两车道小路,向上进入爱达荷州。那里有漂亮的乡村,但是距离加利福尼亚太近了,距离澎湃

---

① 墨西哥西北部城市,位于美墨边境。
② 加利福尼亚中南部城市。

的未来太近了,而他却并不想看到那样的未来。

货车在十字路口仿佛都有自己的主意,因此卡莱尔随它一路向东,一直开往北卡罗来纳海岸。在雪松岛①,他乘轮渡上了外滩群岛上的奥克拉科克,安顿在一家 B&B 旅馆里,一边看拖船渔民,一边吹着海风。可是开发商也来过这儿了,不是在奥克拉科克,而是在北面和南面不远处,向他逼近。他能闻到他们的气息,感觉到他们。用公寓大楼和主题餐厅搞坏纳格斯黑德②,在大海随时都可能吞噬的土地上建屋,他们早就得到建议不要在飘忽不定的沙丘上建屋,却在房子被冲走后又向政府求助。

再往下走情况就更糟了。在查尔斯顿外面的那些海岛上,白人小伙子们穿着棕色的夏装,出点小汗,欺骗着大家,多数是原先拥有这些岛屿的奴隶后代。卡莱尔坐在海堤上一位年老的黑人身边,与他交谈。

老人告诉他,岛上的居民原先非常热爱家庭、诗歌、音乐和基督教神秘主义。从某种意义上说,现在仍然如此。在这个热得要死的地方,他们却构建了一个由兔哥、鳄弟、海岛棉组成的世界。如今的这些白人小伙子,他们却喜欢完全不同的东西。顽固不化的东西,是他们所擅长的。

"他们只会开着那些小高尔夫球车到处晃悠,盘算来盘算去。不管什么时候他们都在盘算着什么。"

---

① 北卡罗来纳州的一个海岛。
② 北卡罗来纳州东部海岛上的一座小镇。

第 四 章

老人穿着一条棕色条纹裤,这条裤子三十年前还是新套装的一部分,如今已经磨损得发了光,他还穿了件领口磨损的蓝白条纹衬衫,戴了顶灰色软呢帽。他说话的时候眺望着海岛,声音飘到远方,仿佛远过海岛的距离。卡莱尔侧耳聆听,有时低头看着他俩用鞋尖在沙滩上画出的图案,有时顺着老人的视线,眺望海岛。

卡莱尔不得不承认,白人小伙子干得非常棒。残酷无情,但是非常棒。据老人说,过程是这样的。他们花大钱购买土地,让一部分贫穷的当地人贪欲泛滥,然后在当地建造豪华酒店。这些举措提高了当地的房产税,剩下的土地所有者无法支付这笔费用。为了交税,他们不得不把威廉·特库姆塞·谢尔曼上将①在内战后留给他们的土地变卖。于是开发商又购买土地,建造更多的酒店、公寓和海滩俱乐部。房产税越涨越高,如此往复。

最终,整个岛屿达到了聪明人所谓的"建筑完毕",意思是已经没有可供建筑的空地了。真正有趣的部分是什么呢?是从前奴隶们的曾孙,曾经拥有岛屿上的一小块土地,如今却沦落到在希尔顿酒店做泳池服务员。他用吸尘器清洁绿色池塘的底部,而他母亲正隔着铁栅栏看望先祖的坟墓。她需要从酒店里的白人那里得到许可,才能进入墓地。非常棒——其实可以说是优雅——你不得不对他们做出那样的评价。

他告别了老人,继续上路,希望找到一片可能安静的海滩。

---

① 美国南北战争中联邦军将领,以火烧亚特兰大闻名。

然而这没用。大学生们正在放春假,不过以卡莱尔的眼光看来,大部分大学生学习都不够勤奋,根本没理由放什么假,而那些学习勤奋的学生则仍然在学校图书馆里呢。他在斯坦福呆了四年,明白真正的学者是不会去海滩的,虽说他们才是需要休假的那批人,此外,需要休假的还包括建筑工人、机械工人以及从事高碳钢作业的莫霍克人,然而他们的劳工合同里根本没有写进春假。

一场湿T恤选美大赛正在水边的舞台上如火如荼地进行。现在的参赛选手是个漂亮姑娘,穿着一条比基尼内裤,一件浸了水的半截T恤,前面印的是"星期一关门"的字样。尽管很荒谬,但卡莱尔还是忍不住钦佩她的乳房。她的乳头几乎要冲破薄棉布,呼之欲出。他猜测有些女人就喜欢在四百名起哄的男子面前摇摆自己漂亮的奶头。

西格马·凯兄弟会①及其分会的会员们喝得酩酊大醉,晒得黑不溜秋,堕落到了文明自认为已经征服的无知状态。"让我们瞧瞧……让我们瞧瞧!"他们欢唱着,自己以为滑稽轻松,说起来要比"给我们看你的奶头!"优雅,范·海伦②的磁带敲击着整个下午,音响设备甚至可以通往其他星球。

最终,她真的给他们看了。她同时脱去了T恤与尊严,放出了那对硕大可爱的乳房,中间有一道阳光晒黑的细线,文明跪下来哭泣,西格马·凯兄弟会也随之跪下来哭泣。之后,人群又开

---

① 美国最早的学生兄弟会之一。
② 美国摇滚乐队。

始呼喊她的比基尼短裤了,数百名醉鬼吼叫着催她把短裤也脱掉。对此,她却变得忸怩作态,跟强大的新教观念做着斗争,犹豫不决地压住骨盆,之所以会做出这些动作,是因为多年来父母一直告诫说凡事都得适度。

卡莱尔想象,她父母此时大概在某处品着鸡尾酒对他们的朋友说:"是啊,克里斯蒂娜在威廉玛丽学院读大二,但她还没选好专业呢。她说过想选社会学,或者选艺术,但我们还是担心她找不到方向。你们拿艺术学位的都干点什么呢?"卡莱尔暗笑,有那样的身材,克里斯蒂娜不需要担心方向,因为一大队的专家顾问都会很乐意提供指导的。

他继续开车往南,行驶在海滩上,这些海滩他只能通过存留不多的几个公共入口进入。他盘坐,看书,思考,任由头发长长,寻求海上的救援,一坐就是好几天。夏末时分,他再次离开东海岸,往内陆进发。他记得山核桃峡谷里有个地方叫作奇姆尼罗克,离阿什维尔不远。他在那儿曾经跟一个女人呆了一个星期,当时是……他努力回忆……好久以前了……当时是秋天。当时她想要看一眼她在蓝岭南部拥有的一小块土地。卡莱尔刚刚退伍,从布拉格堡前往加利福尼亚,于是他决定跟她同行。

那里真的很漂亮。一条激流山涧贯穿乡村,最后汇成一个美丽的湖泊。他们租了间小木屋,里面有一个大大的石壁炉,一条长长的前廊。她是个漂亮的女子,二十八九岁,比卡莱尔稍大一点儿。她丈夫完成医学院的学业后就离开了她,于是她被迫在军事基地的维护分队办公室找了份工作。卡莱尔就是在那儿遇见她的。

卡莱尔的木匠技艺把他从越南拯救了出来。有位上校领教过卡莱尔的技艺,指派他去了维护分队。他在布拉格堡的军官总部完成了两年的工作,还时常在下午去上校家,有时在后院起一块平台,有时在地下室里造一间蒸汽浴室。就是些日常的家务事,都不用出汗。

十一年后,他想起那个女人,再次进入了奇姆尼罗克的城区。这天是八月中的星期天下午。游客们漫步在商店里,商店在兜售玉米穗管和台湾制造的"纯正切罗基印第安人的软皮平底鞋"。

在一个汽车旅馆的停车场,有个名叫"掠夺者"的组织,各式各样的妈妈们都跨在自行车上,脚踩长靴,身穿皮外套,边喝啤酒边搔首弄姿,摆出一副致命的诱惑,引得商会员工坐在房地产办公室里透过百叶窗偷窥。卡拉比·迪克的"生蚝酒吧"拥挤不堪,爱寻乐子的人们在河边的岩石上涂鸦,打算告诉冷漠的人们,他们来过这里,告诉人们"阿尔爱贝奇",至少要爱上一小会儿。这是星期天的卡罗来纳州。

卡莱尔估计这里的游客会燃尽把他们带到山里过周末的三万七千六百四十八个汽缸,赶在落日前离开这里,回到阿什维尔,回到夏洛特,回到随便哪个地方。他是对的。八点钟的时候,主大街上已经一片漆黑,几乎空荡荡了。

他在约翰那家相当公道的餐厅吃了火腿和蘸红眼肉汁的饼干,然后在河边散步,在黑暗中抬头眺望两千英尺的悬崖,小镇就

第 四 章

是因此得名的。突然间他感到寂寞。此时此地,真该找个女人呆在一起,可他一个也没有。

他真希望这个星期天的晚上莎伦能在这儿。他脑海中浮现的画面就像在放映幻灯片,逐渐变成了影片。多年以前,他们曾在篝火前的地毯上翻滚。女人们在火光中总是显得很漂亮,而莎伦的样子则更美。她穿着法兰绒睡裙,抹着香水,他记不得香水的名字,但仍然能在肌肤上尝到香水的滋味。

离婚后的莎伦重振旗鼓,半工半读地攻读杜克大学的英语学位,之后得到了纽约一家出版商的聘用。他知道所有这一切,是因为莎伦一直给他寄圣诞卡片,几年前才中止。

公园门口有台电话。纽约问讯处提供了一个号码,他拨通了电话,开始下小雨了。接电话的是名男子。卡莱尔差一点就挂了电话,但还是继续要求让莎伦接听。

莎伦拿起了听筒。卡莱尔报上名字时她停了一下,然后说:"请你别挂,我去换一个电话。"

她的嗓音单调平实,听起来仿佛卡莱尔在打电话订购一加仑油漆稀释剂。她放下听筒后,卡莱尔能听到背景里演奏的音乐,还有她的声音在说话:"罗尼,亲爱的,你听到我拿起卧室的听筒后,就把这个听筒放下。"

她又来了,这一次的声音截然不同,仿佛接到他的电话就感到愉快、温暖、开心:"卡莱尔,你在哪儿?"

卡莱尔告诉了她,告诉她所有该说的事情,非常认真。告诉她说,他正在奇姆尼罗克的雨中,想她,念她。

"哦,卡莱尔,就在这一刻,我真希望能和你在一起。三年前我把那儿的土地给卖了,但我仍然爱那里,告诉我你所在的确切位置。"

他告诉了她。

"我脑海中正好能描绘出那样的场景。你背后有大山。还有河流。别挂电话,让我听听河水拍打岩石的声音。"

他照做了,抬头眺望漆黑的天空。

"卡莱尔,来纽约吧。我非常希望再次见到你。"

他解释说,他如今只要到了超过一千人,需要空中巡警报告高峰时段交通状况的地方,就会全身发抖。她表示理解。他们又谈了一会儿,就热情地说了再见。

之后,他后悔自己不该打这个电话。他走回自己的房间,看了点儿书,就睡觉了。黎明时分,他煮了一保温瓶咖啡,就开车启程,无精打采地向西驶去。

穿过阿什维尔①,沿着大烟山高速路,货车一直向西。终日在路上,过着毫无分别的每一天。车轮滚滚,心思滚滚,回想着卡迪·马克思。

他离开南方的高地乡村,向北进入了一片遍布大豆、猪圈和玉米田的地方,延展到落日的尽头。在俄亥俄州的一座桥附近,一名八岁上下的男孩坐在离高速公路十英尺的地方,注视着车流来往。卡莱尔在后面二百码远的田间看见一些农舍;那个男孩很

---

① 美国东部的北卡罗来纳州的西部城市。

可能是那里来的吧。六十年前,一名农夫的儿子会坐在这里注视着火车,好奇于铁路去往何方。而在这天,男孩头戴棒球帽,身穿旧牛仔,注视的是来往的货车、轿车,他的眼神追随路上的柏油,同时盯住所有的方向,梦想开始产生,计划还有待形成。

他向西去了更远的地方。八月几乎每天都很炎热,不可宽恕的白日,锤击心灵的烈日,球场上的光线柔和地聚拢在尘土与暮雾之中,远处是灼热的闪电。有时会有雨,挡风玻璃上的雨刷将水刮到一边,橡胶轮胎在阴雨的偏僻公路上发出嘶嘶声,仿佛夏末玉米田水道中的水声。村庄的路牌在宣示过去的荣耀,微小的胜利,陈旧却无法忘怀,要告诉全世界,仿佛那是一段对未来充满意义的特殊历史:一九七二年州 2-A 货车冠军。路牌被风吹干了,几乎无法辨认。

还有气味,浓浓的夏天气息:烤架上的猪排,小镇里新割完的青草,旧工业城市油腻的钢铁,牵引卡车柴油的油烟,卡车后门上写着"为上帝运货"。

还有声音。在爱荷华州的贝滕多夫,旗帜上高呼"毕克斯万岁!"①褐色的密西西比河上飘扬着旧日的爵士乐,飘过运输船队,飘过拖轮:拖、拖、拖,拖到梦幻中的理想土地,在那里她哀叹整夜漫长,正当他们逼近斯托里维尔的时候,她用裙带将我拉到身边……在苏城的一个星期六,日落时分,卡莱尔正在加油,大教堂吟诵祷词的钟声响了起来。

---

① 毕克斯·拜德贝克(1903—1931),美国爵士音乐的早期歌手。

似乎每过一个城镇都有一场蓝草音乐节①，不是在举行，就是即将举行。吉姆和杰西②以及他们的后援团在某市中心的露天广场举办周日音乐晚会。杰西光滑的头发披在脑后，手中的曼陀铃琴与吉姆的平顶吉他交错相叠，小提琴和班卓琴簇拥在他们身后。卡莱尔远远站在特价看台附近的树林中，一边喝柠檬汁，一边欣赏音乐。

一名肥胖的男子拎着一只小提琴箱，问他："哥们儿，你是吉他手吗？"卡莱尔摇了摇头，于是男子走开了，去寻找吉他手。

在密西西比河以西、落基山脉以东的某个地方，一座小镇出现在眼前，与那些城镇一样，小镇的牙齿中沾满尘土，喉咙里发出干巴巴的响声，这座小镇就是萨拉曼达。

---

① 蓝草音乐是美国民间音乐的一个流派，属乡村音乐。
② 蓝草音乐的著名二人乐团。

第 五 章

卡莱尔·麦克米伦在萨拉曼达的第一夜,在他的前车灯前经过的那名女子名叫苏珊娜·班廷。别的男人盯着苏珊娜,就会猜想她斗篷和裙子下面迷人的轮廓,卡莱尔也一样,最初引起他注意的就是苏珊娜的外表。初看一眼,人们会很容易以为她是过去伯克利时代的遗老遗少,很容易以为她是那种老派的理想主义青年,思想相当激进,到处散发令人费解的小册子,敦促人们在请愿书上签名,内容不是要支持《西卡库斯的七人》[①],就是支援某些国家的人权运动,而这些国家大部分人甚至都无法在地图上说出确切的位置。

这些评价都是错的。苏珊娜的母亲是个匈牙利人,在她四岁的时候就去世了,把她留给她父亲抚养。她父亲是一位学者,研究的是象征主义荣格[②]理论在古代文化谜团上的应用,他所去的

[①] 1980 年美国电影。
[②] 卡尔·荣格,瑞士心理学家,分析心理学的创始者。

地方都是人类发掘古代生活遗迹的地方。她跟着父亲去旅行,少女时代的她穿的是凉鞋、T恤,还有系松紧带的宽大短裤,每天拖着脚步去上开罗和喀土穆的学校,跟部落里的孩子们在灰尘弥漫的考古挖掘的沟渠里玩耍,玩耍的地方不是尼罗河第二瀑布附近,就是奥杜瓦伊①大发掘现场。在土著村落的高温下,她坐在父亲身边,父亲则打开磁带录音机,聆听过去梦幻时代的传说,耳中充斥着生动的寓言和影像。总之,童年的苏珊娜·班廷属于沙漠上的黑夜与土著人的皮鼓。

后来父亲在耶鲁大学谋得了一份教授职位,她就在家照看房子,给他做饭。当时的她已经非常老成了,对于旅行的生活已经习以为常。一个明媚的四月的早晨,她在纽黑文家中厨房里的电话响起了铃声。当时还是贝尔母公司的长途电话线那端是南达科他州耶基斯县,一名穿着泥靴子和野地服的考古学家用平和的声音告诉她,她父亲死了。

"大概三个小时前从一个悬崖上摔了下去,我们没人看见事件的过程。我能说些什么呢……我真的非常遗憾。他是个好人,我们会在这边帮你把事情照料好的。"

她在布林莫尔浑浑噩噩地度过了无聊的一年,然后便离开了那里,想去看看可以做哪些事,不可以做哪些事。通灵术、强迫术、老城市、第三世界的巴士,独自动身,前行,前行。

她在西班牙的海岸圣塞巴斯蒂安住了一段时间。房子的主

---

① 坦桑尼亚古人类遗址所在地。

人是个名叫安德鲁·坦纳的男子。她二十三岁,四处寻找,坦纳五十六岁,是地方上权威的新闻记者,为了工作去往各种各样的地方,在那里,人们为了说不清楚的原因而相互争斗。哪里有冲突,哪里就会有手拿笔记本的安德鲁·坦纳,他总是一个人去。

苏珊娜留在圣塞巴斯蒂安,等他从恩德培①、贝鲁特②或者万象③归来。有时候他会给她发个电报,然后她就会乘坐火车去巴黎,在那儿与他相会一两天,为他洗衣服,服侍他休息。她跟坦纳在一起呆了差不多三年,内心渐渐感到不安,开始想到了离开,就在这时,一封电报从贝鲁特发来:一颗迫击炮弹击中了坦纳乘坐的卡车,他死了。父亲们似乎都会死掉啊。

坦纳啊。她记得在巴黎的咖啡馆里一边饮酒一边长谈,也记得在圣塞巴斯蒂安房前的门廊上喝科尼亚克④和咖啡聊天的场景。他晒了很多太阳,安静内敛,好像生活在另外一个时空里。他曾经说过,现代战争进行得太快、太机械化了,缺乏他所谓的那种"冲突的庄严"。他所渴望的,是古代百夫长的呼喊,是拿破仑骑兵在清早的落雪中驰骋在欧洲的平原上,是身穿黑色战袍的骑士们在阿拉伯的沙漠上突袭。

坦纳观察过苏珊娜,感受到她内心的不安。他走南闯北,去过的地方很多,以前也见过这样的女人。有一个是在蒙巴萨机场

---

① 乌干达南部城市。
② 黎巴嫩首都。
③ 老挝首都。
④ 一种法国西部产的白兰地酒。

的非洲人,咖啡色的皮肤,王室的气质,几乎没有正眼看他,裸露的肩膀曲线与戴着金色臂镯的纤细胳膊结合在一起。另外一个,是在加尔各答市场上,眼前忽然闪现出那名女子的身影,她当时正走过拜占庭风格的小径,从一幢房子走向另一幢。他记得她那绿色的莎丽①,棕色的长脖子,还有朝他的方向投来的一瞬而逝的眼神。或许还有一次,那是在三十年前的马拉喀什火车站,一名阿拉伯女子带着小孩,迈步走下一节二等车厢。可他当时还是个孩子,还不知道怎样才算是个男人。

"男人会是你的一大问题呢。"一天晚上,坦纳对她说,"找个适合你的。"他说话总是这样含糊,就好像是在拿着他的笔记本朗读。

"你是什么意思啊?"她问道。

他停顿了一下说:"适合你的男人会非常少。我们中的大部分人只想一直做孩子,能做多久就做多久,而不用去考虑成人以后的责任,并且尽可能地想象出各种似是而非的东西取代责任,以躲避成年女人们十分合理的要求。"

黑暗中,火柴与火柴盒摩擦了一下,他又点燃了一支香烟。她转过身来听他说话,用心领会。他的身影映衬在地中海黑色的海水中,些许波浪闪烁着绿色的磷光,她目视波浪朝她翻滚而来。

坦纳继续说道:"原因很简单,我们男人童年时代的娱乐对于我们的要求,要比女人最终对于我们的要求低得多。你将来会成

---

① 印度女子披在身上的棉布或绸布,用作外衣。

为一种女人,或许你现在就已经是了,这种女人在看男人的时候是会抱有许多期望的。而如果回视你的仅仅是个男孩,那么那些期望就会成为泡影。"

他犹豫了一下,嗓音渐渐低沉,最后轻得只剩沙沙声,几乎听不见了:"这其中充满了痛苦与伤感,男孩能感觉到这一点,对此我非常确信,而且我怀疑……我怀疑女人也会有痛苦与伤感。我想你在外面也许会觉得寂寞。"

苏珊娜穿一件灰白色的长袖上衣,柔软地套在她身上。她腿间摆着一杯科尼亚克。坐在藤椅上慢慢摇着,双眼远望窗外西班牙的海水。亚速尔群岛的微风吹来,撩起了长袖上衣,她意识到柔软的棉布正拂拭她的肌肤。坦纳朝她靠了过来,双唇落在她的发间,然后进了屋。一个小时后,她也跟着进了屋,坦纳在书桌前的皮椅上睡着了,打字机上还堆着一份没有完成的手稿。

第二天早晨他走了,在她的枕边留下了一张纸条。他在纸条上是这么写的:

> 中年的时候,
> 我已感到满足,
> 稍纵即逝的灯光下,
> 完成我的事业,
> 并且告诉自己,
> 我已完成了一切
> 可以完成的事情,

高原上的探戈

后来,有了你……还是你,
在这些年之后。

以前我曾见过你,
在沙漠之中,
在火车之上,
在城墙的附近,
在杂耍演员吞下火焰的地方,
你的舞姿像个堕落的修女,
在比勒陀利亚的大街上,
你摇晃着脖颈,
你甩弄着脑袋,
音乐改变的间隙,
偶尔还会露出黄色的长袜
突然……
……又一次,
我在挣扎,
挣扎了好几个小时,
我什么都做不了,
只能演奏甜蜜的哀歌,
以感慨怨秋的流逝。
这就是我现在能做的一切,
没有人注意到

第 五 章

我对冬天的渴望……

……也无人知道你内心的幻想,

除了舞蹈大师,

还有

我。

三个礼拜后,坦纳死了。苏珊娜·班廷还得继续生活下去。一个阿根廷人教她学会了探戈,在布宜诺斯艾利斯一座豪宅里,在烛光照耀的阳台上,这个阿根廷人不由自主地爱上了她。他一边跟她跳舞,一边褪去了她的衣服,一直这么跳着,最后她赤身裸体,而他却还穿着整齐的晚礼服。他将她推到阳台的栏杆上,她的长发垂向楼下的街头,愉悦地在夜空中尖叫。有很多个这样的夜晚。他想要娶她,给她金钱和社会地位。但这不适合她。她心里清楚地知道,并继续生活着。

之后就是西雅图那个上了年纪的爵士乐手。她坐在一家名叫"矮个子"的酒吧里,聆听他演奏次中音部的萨克斯管,她发现他的黑色皮肤与她自己的浅桃色皮肤交织在一起,组成了他俩之间强烈而平静的性爱。他的萨克斯管乐有时能够直抵她的内心,就好像他本人就在那里。

于是,她的未来成了一条路,她在路上花费了很长时间。她父亲教她学会了记号,安德鲁·坦纳教她了解世界以及世界上充斥的邪恶,一个亚洲男子教给她一些通向宁静的路线。然而,只有那个在她搬到耶基斯县之后来到这里的印第安男子,在许多方面都比她认识的所有男人更加接近她自己。仿佛他们俩有着共同的思想,至少是近乎于此。

她喜欢的所有男人,都具有一个共同的特点:他们工作的时候,不论从事的是什么样的工作,都会想做别的事情,想去别的地方。他们总会想着别的地方,不管在什么地方,不管与什么人产生什么样的关系,最终都会破裂中止。他们都精通自己所从事的工作,却都觉得自己仿佛不属于这个时代。

这许多年来,她一直困惑于她父亲的死因,这件事究竟是如何发生的,事情的真相究竟是什么。于是,她乘坐最后一班停靠萨拉曼达的灰狗长途车,在四月的春雨中,经过漫长笔直的高速公路,来到了丹尼餐馆的门前。

她在萨拉曼达升降谷仓的南面租了一间小房子,开始全面调查父亲死亡的详细情况。验尸官的检验结论简单而草率:人类学家所站的地面突然坍陷,死亡是个意外事件。

《高原调查者》的一篇社论如此描述她父亲的死亡:"我们怀念这位不幸的遇难者,他帮助我们通过过去的层面攫取知识,从而更好地了解我们自身。"这样的语气有点太过仓促做作,至少在她看来是这样。事故已经盖棺定论了,前因后果都被巧妙地包住,所有的证据都只是表明一位考古学家如何专注于他的工作,而不是当时他双脚的位置。所有这些说法都讲不通,因为父亲一生中走过许多悬崖,是个小心谨慎、经验丰富的人。

除此之外,还有一件奇怪的事,挖掘工作在他死后立刻就结束了。这个项目曾经有过一些可靠的资助,那以后就蒸发不见了。萨拉曼达路口的挖掘工作尽管起初显示出良好的前景,却中途夭折,最终被人们遗忘。

萨拉曼达路口充其量不过是距离萨拉曼达西北十三英里处的一个交汇口,这里靠近狼丘,芝加哥和密尔沃基的道岔根据时刻表和货运情况控制列车运行的方向。航测地图显示当地很有可能存在土堆型结构,地面观察表明某些地区的植被非常茂盛,这些特征都说明地表以下存在墓地和垃圾处理形成的垃圾堆。附近铁路施工的土坑中发现了陶器碎片,更增加了人们对这一地区的兴趣。此外,几处试坑都表明地下可能存在具有考古学价值的沉积物。

她父亲和其他几位考古学家已经开始给该地区绘制地图,为全面的挖掘工作做准备。他们准备了一套研究设计方案,还向联邦机构提交了资助申请。某本著名的自然历史杂志上刊登了一篇扣人心弦的文章,文中说:"萨拉曼达路口的挖掘工作具有光明的前景,它将揭示古印第安人的文化状况,并可能强有力地挑战广泛为人接受的大陆迁移学说,即古代人类是从亚洲通过白令海大陆桥来到北美各地的。"学术权威们危如累卵,还有那些享受学术津贴的人们,当初凭借的是一项广泛接受的假说,如今他们的假说可能被证明是错误的,萨拉曼达路口可能出现的考古结果令他们惴惴不安。

苏珊娜的父亲爬上一座悬崖的最高处,以期获得一个更好的视野,为地区地图的最后完成做准备。他很了解那个地方,以前曾经上去过。其实,跟刚才那篇文章一同刊登的还有一张照片,照片上显示他站在悬崖的边缘，正是几周后他坠落身亡的那个地点。照片拍得很清晰，很明显人类学家所站的地方是岩石，而不是散土。

萨拉曼达的房租很便宜，小镇很安静，而高原的广阔空间很适合她。她的小型调查工作没有发现什么新东西，于是她便在此定居，专注于自己的生活，将父亲之死看作是一起尚待解决的谜案。父亲微薄的死亡抚恤金来自他的大学退休基金，大部分她都花在了旅行上。但她自己做衣服，吃的食物很简单，还开始从事小规模的邮购业务，卖药草和独特的首饰，这些首饰是她用所能捡到的各种废料制作的，比如河边的贝壳，路边的石子。

这样的收入可以维持生活，还略微多一点。当然了，本地人感到很烦，一方面是因为她的生活方式，另一方面也是因为她时不时地会给《萨拉曼达前哨》写信请愿，要求大家更好地对待所有的事物，包括人类、动物和地球本身。这样的观点是无法受到欢迎的，因为在这个地方，人们只谈论牲口的价格，仍然相信土地是他们的，他们想怎么用就可以怎么用，任何有异议的人只能去死。

苏珊娜·班廷的举止和言论体现了她本人的观念，却让一些人，甚至是大部分人感到不爽。这可以叫作镇静，一种平静的自立，使她能够平稳地生活，无论选择怎样的环境，她都能够适应。三十多年生命所经历的广度和强度，使她看起来像是一个以前到过这里的人。她开始理解小体系的价值——有无数的方法完成一些小工作，而在某些特定的时刻会具有无限的价值——比起大体系来，她更加珍爱小体系。单是后一点特性就足以让她超脱于那些在日常生活中挣扎奋斗的人们。

那些都是外部的观点,大部分是准确的。不过,坦纳曾经对她说过:"有些人,也许是大部分人,他们的一生就像是唱片上的一个瑕疵。他们似乎对什么都不感兴趣,重复的生活就好像没头没脑地哼唱一首四音调歌曲的开篇。而你,苏珊娜,却与众不同,我无法解释其中的原因,就好像你在出生之前刚从一个完全不同的世界转来,你在那里生活了很长的时间。我想,你的生活会跌跌撞撞,但最终会达到一种特殊的境界。如此的代价将是孤独,人们不仅会害怕你,而且还会害怕使你达到那种境界的过程。"

如今,正如坦纳所预言的那样,她在这片偏远的地方独自生活了,她在美洲高原上度过一个个漫长的冬夜,渴求真正的朋友,渴求男人的双手抱住她,划过她的胸脯,掠过她的大腿,在她耳边说话,让她体会那种看似矛盾的、柔顺与力量并存的双重感受,某些男人在挑逗女人时就会传递出这样的感受。

那个印第安人的情况很独特,他既不是男人,也不是男孩,而是另一种东西。或许是只鸟,也或许是头鹰,或者是个影子人物,在他面前,她能够暂时让自己平静下来,毫无束缚地发挥神秘的处事方式。他跟她所喜欢的其他男人一样,有一种不安分的性格,仿佛他所关注的目标,总是在他当前所处的地方之外。

八月的一天夜晚,她走在萨拉曼达的主大街上,正在想西雅图的那位爵士乐手。她朝南走向她的房子,准备穿马路的时候,让过了一辆挂着加利福尼亚车牌的皮卡货车。这辆车之前就停在勒罗伊酒馆门前，引擎发动时还吓了她一跳。驾驶室一侧的车窗开着，司机经过时看着她，只隔了几英尺远。他的脸被街灯的阴影挡住了一半，但她能够看见散落下来的长发上系了一块黄色的花手帕。收音机里的音乐随着他一路远去，逐渐消失了。

第 六 章

凌晨四点钟,91号公路上一辆货车熄火,卡莱尔·麦克米伦朦朦胧胧地惊醒了。他感到又冷又痒,于是从刚才睡觉的椅子上跌跌撞撞地爬起来,上了最近的那张单人床,身上仍然穿着衣服。他把自己包裹在床罩里,又一次睡着了,然后就不安分地梦见了一位骑着旧摩托车的车手。梦中,一名头上插着黄色羽毛的女子顺着摩托车经过的痕迹,伸手去拉那位车手。

三个小时后,卡莱尔已经冲完了澡,喝完了速溶咖啡,咖啡是他用随身携带的小电热器烧的。他坐在书桌前,桌子的边缘被烟头烧得不像样子,给远在门多西诺的母亲写信:

亲爱的温,

  我仍然漂泊在一个叫作美国的地方,四处观察。我的联系地址是南达科他州的萨拉曼达,普通信件至少需要几周时间。我昨晚刚刚到达这里,但却觉得这个地方似乎很不错。如果一切顺利的话,我会在这里定居一段时间,这样就可以和海岸那边的烦心事儿保持一定的距离。

爱你的，

卡莱尔

卡莱尔向后拉开窗帘，看了看窗外的天气。早晨的第一缕阳光模糊不清，交织着红灰相间的条纹。阳光最终还是迸发出强大的能量，他驾车驶离汽车旅馆的时候，天空已经放晴。他把咖啡杯夹在两腿之间，餐巾纸画的地图放在身边的座位上，沿着91号公路向北驶去，经过一座远离公路的、小湖边上的旧舞馆，然后向西转上了42号公路，十分钟后，他停在了萨拉曼达邮局的门前。

他买了邮票，把信寄给了母亲，然后伸手推门。门开了，面前的那张脸正是昨晚前车灯照到的那一张。她红褐色的头发梳成一条长长的辫子，绕过脖子软软地垂在右胸前。一双绿眼睛正对着他，直率而镇定。

她一面说着"对不起"，一面开心地笑着，从他身边走进了邮局。

卡莱尔坐在货车上，等待那名女子离开邮局。他想要再看看她，看她的感觉，就好像有些人回过头来重新盯着马蒂斯①的版画看，又好像有些人听了一百遍《勃兰登堡协奏曲》②，仍然要把唱片再播放一遍。

---

① 亨利·马蒂斯，法国画家，野兽派创始人。
② 德国作曲家巴赫的管弦乐组曲。

第 六 章

他坐在那儿，就像块石头。样子很明显，却又不够积极。介绍一下你自己，跟她说，她是你所见过的最不可思议的女人，询问她是谁，到哪里去。该死的，就说你现在就想要她，就在货车上，就在邮局里，就在外面的人行道上，就在大街的中央。太难办了，还不擅长那么直接的方式。面对那种级别的美女，他感到举止笨拙，思想也不成熟，表面下似乎隐藏着一股强忍住的渴望。

他启动了货车，一边沿着主大街向前驶去，一边朝后视镜里张望。她从邮局里出来，眼睛在货车上注视了一会儿。货车上下颠簸，阳光反射在后视镜中，把她变成了一个在草原大火上起舞的身影。然后她走了，在邮局的拐角处向右转弯。他暗地许诺，下次见到她的时候要做得好些，可他知道自己做不到。

卡莱尔开车横穿萨拉曼达，在离小镇西面六英里的地方，向北驶离二级公路，上了一条颜色像氧化铁的泥土路。这条路他昨天也开过。大约再走两英里半远，左边有一片小树林。他再次查看了地图：在交叉口向右转，走大约两英里多一点，路的左边有小树林，在路的右边五十码或者更远的地方找一座旧房子。他找到了。

这块土地已经有一阵子没人在此耕种或是放牧了，到处都是高高的杂草，周围散布着向日葵，水渠中的香蒲长长地欠下身，不是黄色就是褐色。卡莱尔下了皮卡货车，草丛中的草地鹨叽叽喳喳叫个不停，一只红翼鸫站在铁丝栏上盯着他，一只地鼠朝着自己的隐蔽地洞跑去。他静静地关上了车门。

一条破破烂烂的小路通往那座房子，路上有车辙碾过的痕迹，但他却把车停在了小路的头上，沿着小路朝房子走去，感觉自己像个擅闯私宅的人。他喜欢脚下松软的泥土，还有脸上八月的阳光，喜欢沁鼻的乡野气息，浓密的气味里混杂了重露、阳光和野生植物，还有从西面山区吹来的轻轻微风。高空的云彩遮住太阳的时候，在地面上形成了各种形状的阴影。

正如丹尼餐馆的那名女子所说，这座房子只有个大致的框架。但是卡莱尔很善于观察一件东西能够做成什么样。钉上足够多的钉子，锯足够多的木板，考虑各种可能性，然后你就可以把这里做成你所想要的样子了。他绕着房子走了一圈，从破碎的窗子往里张望，伸手在侧板上敲击，然后向后退了五十英尺，又绕着房子转了一圈。这房子跟外头那些能够容纳一大家子的两三层楼大农舍不同，只是个小字辈。一楼是唯一的楼层，大约有一千平方英尺，屋顶涂的是四十五度角的沥青。

有个带龙头的水槽，这意味着外头应该会有口井。没有马桶，但这并不让他吃惊，因为沿着小路过来的时候，他已经在房子一侧的后面看到了一间茅房，修缮一下就可以。门廊上的地板已经烂掉，支柱倒塌的地方屋顶陷了下来。他小心翼翼地走进房子，透过模糊的光线寻找小洞和蛇，蛇最喜欢呆在这样的老房子里。有几个小洞，没有蛇。

也没有地下室，这一点在该地区很不寻常。由于地基必须得下沉四十英寸以上，才能够到达霜冻线以下，因此通常的做法是继续向下，建造一层地下室。但是这座房子的地基却建在地面以上约两英尺的地方，杂草穿过地板上的裂缝茁壮成长。这里有很

第 六 章

长时间没人住了。

大概就在此时,他开始考虑建一间小木屋,于是拨下了一块发霉的墙板,检查底下是否有带裂缝的木条。没有,只有普通的二乘四英寸截面的冷杉木栓,但木头的空穴处并不隔热。这儿冬天肯定很冷,夏天肯定很热。那个钉木板的人要么是当时很匆忙,要么就是完全没有这方面的技能。不过,房子的基本结构看起来还算可以,从远处看也没倾斜。里面有一口巨大的壁炉,样子很漂亮,当然还有一条肮脏的烟道。

然后,他检查了院子里的两棵大果栎,一棵在南边,另一棵在西边,靠近房子的前门。除了审美价值,这两棵树在夏天可以起到降温凉爽的作用。两棵树似乎长得都很高大健壮,树上住着小松鼠,吱吱地叫个不停,好像十分讨厌卡莱尔来打扰它们的生活。

卡莱尔绕着这块地又走了一圈,发现在房子北面高高的杂草丛中隐藏着一条小溪。深深的水潭中闪现出鲦鱼的身影,他刚一出现,就有一只小乌龟从一根木头上跳入水中。一只鹰随着清晨的气流在他头顶翱翔,是一种他以前从未见过的小鹰。卡莱尔一直对猛禽很感兴趣,但对它们却知之甚少,只是喜欢观看它们飘浮在移动的气流中。高原上,老鹰在那个特别的食物链中只比最高等级差一个位阶,它们唯一要担心的只有大型猫头鹰和端着鸟枪的笨蛋们。或许,这只是他的一些天真想法而已。

小路从马路一直向上,形成一个不小的坡度,因此这个地方的排水系统很好,在这里,他可以看到西南方向的小萨拉曼达河,河水在阳光下波光粼粼。狼丘在西北方大约三英里处,在清晨的阳光下显得苍白平坦。马路对面的小树林很漂亮,占地面积大约二十英亩,低地的部分大多是成熟的棉白杨,离马路较远的高坡上则是橡树和其他较小的树木。

他回到镇上,回到丹尼餐馆里,感觉又饿了。主大街上停了十几辆汽车。在这些令人讨厌的变化中,笼罩着一个开始做生意的萨拉曼达,一个坚持不懈的萨拉曼达。

嘉莉·德弗卢正在清理吧台上的脏盘子,另外一名年纪更大的妇人则在清洁雅座和桌子。这个时间正好是咖啡、面圈和中午正餐之间的空档期,所以丹尼餐馆里很安静,只有四个老人坐在后排的桌子上玩皮诺克①,还有个老家伙与他隔着三张长凳。他注意到嘉莉穿了一条新牛仔裤和一件刚熨过的西部衬衫。今天早晨她梳了个直披下来的中分发型。她这样打扮看起来更漂亮,眼睛也更漂亮了,不知为何,眼神更明亮了。

"哎哟,又回来受罪了啊?"

"是的,我出城去了威利斯顿的那块地,在那周围看了看。"

"看到什么有趣的东西吗?"

"也许算得上有趣吧,你有没有刚好知道是哪位律师负责那处房地产的?"

"不知道,但现在我不出二十秒钟就可以帮你找出来。"

她走到吧台的另一端,那个老家伙穿着工作衫和吊带裤,正在看餐馆里的公用报纸,报纸是每天早上从州府送过来的。他的

---

① 一种纸牌游戏。

第六章

腿靠着一根木拐杖,卡莱尔昨晚见过他。他从勒罗伊酒馆里出来时,坐在莱斯特电视电器商店楼上窗前的就是这个老家伙。嘉莉弯下腰,轻声跟那人说话,对此卡莱尔很是感激。那人戴一副金丝边眼镜,朝他这边看了一眼,然后又转头对嘉莉说了些话。

嘉莉走回到卡莱尔的座位上:"正如我所料,那个地方是某遗产的一部分,遗产的继承人遍布在全国各地。负责处理房产的律师名叫伯尼。在利物摩尔那边有一间办公室。"

她朝老人点了点头:"他说利物摩尔一共只有两个律师,所以你要找到他应该没什么问题。好啦,你想要来点儿什么呢?今天的特色菜是肉包,刚刚新鲜出炉哦。"

卡莱尔付账的时候,嘉莉露出了美丽的笑脸,对他说:"祝你好运,买到你的梦中小屋!希望你能一切顺利,这个小镇确实需要注入一些新鲜的血液。"

"谢谢,也要感谢你的帮助。你不但是个不错的制图师,而且还是个乐于助人的中介。我以后会回报你的。"

她一脸疑惑的样子:"制图师是什么啊?我的耳朵对于两个字以上的词儿往往不能马上做出反应。我觉得有一次听到过这个词的,但就是记不起来了。"

"就是制作地图的。"

"哦,你是说那张餐巾纸啊。很高兴能帮上你的忙呢。"

"回头见,还要谢谢你。"

卡莱尔喜欢她直截了当地询问制图师的意思。科迪·马克思教导过他,真正的睿智有一条最重要的标志,就是只要还伴随着求知的欲望，就不会因为无知而感到困惑。科迪说，没有了求知的欲望，无知就会变成愚蠢。

他驱车赶往利物摩尔，向一名加油站服务人员打听律师办公室怎么走。"没错，向前走一个街区，就在街这边。伯尼就是骗子律师的名字，这家伙发了财，靠的是为所有这些农牧场地产做他妈的遗嘱认证！"

律师伯尼在办公室里，但很忙。如果卡莱尔愿意等，伯尼大概过二十分钟会有空。一名女秘书坐在 IBM 电动打字机前不停地敲打键盘，卡莱尔则在一边看《当代农业》。

伯尼长得一副圆润肥胖、春风得意的样子。两人热情洋溢地握了握手，他打量了一番卡莱尔，寻思着这可能是一位新的冤大头，将来的二三十年中他又可以在他身上操作自己的遗嘱认证机器了。

是的，威利斯顿的那块地确实有待出售，三十英亩地加上那座房子。伯尼很狡猾，但他与加利福尼亚的房地产经纪人不一样："您瞧，有点儿奇怪哦。威利斯顿的那块地在那儿已经有段时间了，如今您是这星期第二位来打听的人。那样一块地要是在瀑布城可以值十二万五千元。"

这是他的开场白，毫无技巧可言。马林县①的房产经纪们只要十二分钟就可以取代他的位置，也许还用不着这么多时间。

"那我就直说了，"卡莱尔说，"我想这块地是在萨拉曼达的西

---

① 加利福尼亚的一个县，在旧金山北面，与旧金山以金门大桥相隔。

北面，不在瀑布城。难道您想把它挪个地方么？"

伯尼的脸涨得微微发红，手中反复摆弄着身前书桌上的一支昂贵的钢笔："哎，没有啦。我刚才要说的是，那是一块非常漂亮的小地方。"

"也不过如此。那房子就是个垃圾场，我今天早上冒昧去那儿走了一遭。没有卫生间，没有隔热设施，从结构而言就是彻底的败笔。我所要面临的问题很可能都要超过整块土地的价值。我愿意给您出六千元，条件是地契所有权要跟婴儿的脖颈一样干净清爽。"

"哇，哎呀，那个……麦克米伦先生，我没叫错吧？"——卡莱尔点了点头——"我要对我的委托人负责。"

"呵呵，伯尼先生，咱们就别兜圈子了。六千元。现在交一千定金。余款在今后三年里按月付清，加上百分之六的单利，对于提前中止合同不收预付款。当然了，我还要先检查一下产权简史。"

伯尼什么也没说，仔细端详着卡莱尔。然后他脸上露出了训练有素的犹豫，在椅子上微微转动着身体，透过办公室窗上半透明的橙色窗帘向外凝视。

卡莱尔站起身来道："谢谢您抽空接待我。"

律师叹了口气，看着卡莱尔："好吧，我的委托人希望得到的要多很多，但那块地已经闲置好多年了，他们也希望能拿点实惠的。我一直努力跟他们解释说，他们可以通过一两项政府的资助获取一些现金流转，只要登记一下就行，但他们都是城里人，他们一想到政府的文书就快发疯了,尽管事情并没有那么困难。"

有时候你会交上好运。卡莱尔还没想到政府资助,这对于他来说很陌生,但他不能让伯尼觉察到任何显示他无知的蛛丝马迹。假如卡莱尔知道仅仅让那块地闲置着就可以产生收益的话,他也许还会再加些价。

卡莱尔的老搭档巴迪·里姆有一次说:"卡莱尔,我决定放弃木匠这份职业,摆脱如此毫无意义的竞争,去种地了。"当时他在旧金山的一间酒吧里,低头看着手中的啤酒,说话的样子很严肃。

卡莱尔像往常一样,信以为真地说:"啊呀,巴迪,那可真得花钱了哦,土地、装备、种子,所有这一切!"

"用不着,"巴迪笑道,"考虑到美国纳税人在慷慨资助各项农业计划,你所需要的只是一块土地和一个邮箱而已。"

他大笑着凑过去,轻轻拍打卡莱尔的脸庞:"卡莱尔,老弟啊,你天生是个演滑稽戏的好搭档。我们联手的话,阿伯特和卡斯特罗①可就相形见绌啦。"巴迪·里姆会邀请律师伯尼共进早餐,当然啦,他会先把伯尼给逼疯了。

伯尼律师又说话了:"如果可以的话,我会在下周三前准备好正式文件。在此期间您可以检查一下产权简史。无论如何,我可以向您保证,一切都会安排得井然有序,地契所有权干净得就像……就像婴儿的脖颈。我得记住这个词儿,这可是个很好的

---

① 美国著名喜剧演员组合,活跃于二十世纪四五十年代。

词儿。"

"你可以用。我想我这个词儿是从 E. B. 怀特那儿偷来的。"

"他是谁?"

"一名作家。"

"哦。"

卡莱尔沿街走到他停车的地方,感觉自己不但特别强硬,而且非常精明。谈成一笔好买卖在现代的意义,就相当于早期人类出门打猎,然后满载而归。他听说有些男人单是想到成交一笔生意,就能兴奋得勃起,但他猜想这些人在其他各方面只不过是些可怜的家伙而已。

他回到汽车旅馆的房间里,花了几个小时阅读产权简史。内容看着没什么问题,威利斯顿对土地的所有权直接来自于族谱中他祖父那一边,他祖父根据一八六〇年的《宅地法案》在那里扎根,得到了完整的地契所有权。十五年前,最初的一百六十英亩中有一百三十英亩都被卖掉了。与其他东西一样,那次买卖清楚明确,所附的房屋鉴定看起来也很是完全准确的。

八点差十分,他打开了丹尼餐馆的门,开门前,他抬头瞥了一眼,想看看那位老人是否还在莱斯特商店楼上的老位子上。他在那儿,坐在窗前,就像是一幅弗美尔①的肖像画,装在瑕疵点点的棕色画框里。卡莱尔朝他挥了挥手,吓了老人一跳,但过了一会儿,他也挥手还礼,动作虽然僵硬,但很友善。

---

① 荷兰油画家,擅长人物肖像画。

丹尼餐馆里空无一人,嘉莉正在拖地,显得很疲倦。

"别慌,我到这儿来,既不需要大厨,也不需要穿燕尾服的服务生。"卡莱尔进门时便表明了来意。

"我没慌,"嘉莉·德弗卢答道,"我今天也不打算再做什么菜了。行路人想要点菜的,就算是米克·贾格尔①和吉米·卡特②碰巧路过,我也会让他们去勒罗伊酒馆,也很愿意介绍那儿的菜单。如果你想要喝咖啡,我刚把咖啡机的插头拔了,但咖啡还是热的。你可以免费喝一杯,从一台关掉的机器里倒出来的东西,收钱似乎不太对。"

"好极了!"

他坐到吧台前,而她则倒了两杯咖啡,然后便倚在了饮料冷藏柜上,跟昨晚的动作一模一样。"嗨,事情进展得怎么样啦?你将会成为未来的耶基斯县居民和纳税人吗?或者你觉得加利福尼亚看着越来越好啦?"

"对于你的第一个问题,是的,我认为将会如此。我拿到了最新的产权简史,利物摩尔的那位'克莱伦斯·戴洛'③会在几天内准备好正式文件。而你第二个问题的答案,是一个坚定的'不'。"

这时她笑着,伸出一只手说:"既然如此,好吧,我叫嘉莉·德弗卢。"

卡莱尔握住她的手,这是一只劳动者的手,但很漂亮:"我叫

---

① 美国著名摇滚明星。
② 美国第三十九任总统。
③ 美国律师,被认为是最伟大的民权律师。

第 六 章

卡莱尔·麦克米伦。我来这儿的原因是想请你喝杯啤酒,以感谢你所画的地图和所做的房产中介,请勿推辞,除非你另有安排。"

他一说完这话,就感到后悔了。他之前没有注意到她手上的结婚戒指,也不习惯在别人手上寻找结婚戒指。真是毫无技巧的话语,让他们两人都陷入了尴尬的境地。

他企图收回刚才的话:"如果……我是说如果可以的话。我真的没想到你已经结婚了……并不是说你不该结婚……只是我才发现你的戒指。我是想说……我没有任何意图,没想要开始任何……呀,都是废话!"

嘉莉·德弗卢大笑着把手掩到嘴上,努力遮住自己开心的神情,但却忍不住。她很久没这么开心过,于是笑得更大声了。

"好啦,你真是个好人。先喝了你的咖啡吧,等我把地拖完,大概十分钟之后我们就可以去勒罗伊酒馆放肆地喝酒了。不过,得事先警告你,我在整条主大街上都会时刻保持警惕的。"

她又是一阵大笑,不是在笑一脸难为情、浑身不自在的卡莱尔,而是在笑当时的情形。他留意到了这一点,并且十分理解,但仍然感到自己满脸充血。

卡莱尔一边不停地责怪自己说话缺乏技巧,一边浏览吧台上剩下的几张《高原调查者》。报纸上的标志说这份报纸值得信赖,于是他就姑且一看。报纸上说,有人连续打了三十个安打,一部新电影在伦敦首映,戴矫正牙套在弗吉尼亚州的里士满成了时尚。看完这些以后,他又翻到"观点"版面看头条社论。

前进的时代

  本州经济发展所面临的挑战比州长杰瑞·格拉瓦特所预料的更大。他指出我们的经济太过依赖农业及其相关产业,可谓正中要害,但他与各种商业机构、立法机关所提出的解决方案到目前为止尚未奏效。追赶重工业的步伐让我们加入了与其他州的竞争之中,而那些州多年以来将更多的精力投入在工业发展所需的基础设施的建设上,例如建造高速公路。本州居民一贯投票反对州汽油税的少量微调,这些税收本可大幅用于公路建设和维修。传言说将有联邦资金用于修建一条横穿本州的重要的新公路,但这只是谣传。此外,由于我们的年轻人大批离开而造成的人口老龄化正在逐渐减少技术型劳动力的数量,这一数量对于在本州创办工业企业的信心是一个重要因素。同时,由于本州的计税基数持续降低,人民收入减少,一些老牌的本州工业企业甚至也开始迁往别处,以寻求更便宜的劳动力、更便捷的交通,并且避开那些为补偿计税基数下降而增收的各种州税。州长、立法机关和商业机构现在应当停止相互指责、开始联合行动了。州长提出在瀑布城和州府之间建立高科技地区的建议,是一个很好的开端。尽管兴建激光与生物技术中心的费用很高,但所有的本州公民都应当支持这项有远见的建议。现在应该停止抱怨,卷起袖子,大干一场了。

  卡莱尔看报纸的时候,嘉莉·德弗卢一边擦洗丹尼餐馆地板

第 六 章

上破了口子的油地毡,一边思考自己的人生。她已经将自己的生活大卸八块,就好像一台旧车发动机一般,部件拆得七零八落,撒在满是油脂的地板上。每星期她至少做一次这样的事,然后用更合理的方式把所有的部件重新组装起来,但组装起来的总是一副噼里啪啦、摇摇晃晃的样子:三十五岁、孤独寂寞、衰老堕落、毫无选择,这样一个女人正在男人的视线中渐渐模糊不见。即便是已婚女人,也不喜欢以那样的方式被人忽视,尤其是在她丈夫面前。

她套上一件牛仔夹克,开始关餐馆里的灯:"你准备好了咱们就走。"

出门时,嘉莉关掉了霓虹灯招牌,卡莱尔帮她按着门。

"谢谢!我习惯自己开门。"她又笑了。他俩穿过马路,朝勒罗伊酒馆走去。

台球桌周围的光线很暗,勒罗伊的面庞也是如此。只有镇上标志性的"欢迎人员"老弗兰克把脑袋平躺在吧台上睡觉。除他以外,星期二晚上八点十五分这一时刻,没有人会呆在勒罗伊的小酒馆里。生意并不好做,而且情况越来越糟了。

勒罗伊眯起眼睛看着跟杰克·德弗卢的老婆一起进来的长头发,心中暗想也许还是不要跟杰克说这事。杰克的脾气确实很坏,尤其是在喝醉的时候,而他差不多永远都处在这样的状态中。

几个月之后,勒罗伊逐渐认识了卡莱尔,对他说:"卡莱尔,我形成了一种典型的小镇零售商的心态,那就是:'上帝啊,我求你了,在我退休之前请别对我做任何不好的事情,在我退休后你想对那些还没退休的可怜虫干啥就干啥。'可是呢,上帝不会听我的,原因嘛我能想出一千条来。"

卡莱尔估计勒罗伊还没有囤积米勒啤酒,于是就点了两杯百威。他拿上啤酒,端到了嘉莉的雅座前,勒罗伊的橱窗标志一闪一闪的,在她脸上留下了红色的印记。她对此有所觉察,在雅座上移了下位置。

他稍稍举起酒瓶:"在此我们为非法占地者的权利干杯,不管他们在这儿被叫作什么。"

她用自己的酒瓶轻轻碰了碰他的酒瓶,很是轻松:"为非法占地者的权利干杯,但愿他们能够在那样的位子上呆了很久以后,最终站起来。"她仰面靠在雅座的角落里,一边喝着啤酒,一边看着吧台那边。

勒罗伊打开了自动点唱机,头两首歌是标准配置——货车和通奸,十八轮的货车,男人深夜摸回家,衣领上还留着口红印。下一首曲子的主唱是个相当纯正的男高音,背景音乐是钢弦吉他弹奏:"抓紧门框,重复我自己的名字,仿佛我会忘记我是谁。"

鸭子男进来后,酒馆里的情况才有些许的好转。卡莱尔并不知道鸭子男是谁,但后来的几年中他还会偶尔见到这个人,而且还对他的行为有些着迷。鸭子男坐在了吧台前,点了一杯啤酒,静静地喝着,并不与旁人来往。这些都没什么不寻常的。让人感到奇怪的一点是:在他那件冬夏两季都穿的大衣里头,有一只鲜活的野鸭子。他时不时地会解开大衣的翻领,让鸭子伸出它的绿脑袋来。鸭子男会斜着拿起酒瓶,而鸭子就会跟着啜一口格兰贝

第 六 章

尔,然后又消失在大衣里头。

卡莱尔看了看鸭子男,又回头看了看嘉莉。嘉莉耸耸肩,露齿一笑,啜了一口自己的酒。

他想要向她打听那个红褐色头发的女子,但却没有开口。很久以前他就知道,向一个女人打听另外一个女人,并且附带任何有兴趣的迹象,那么不但会让人觉得无礼,而且通常只能得到不好的信息。

于是他改口说:"再给我讲讲狼丘那边有关鬼魂的故事吧。"

嘉莉看了一会儿天花板,然后又看着卡莱尔,发现他的眼神似乎非常热烈。也许有一点忧伤,但却热烈善良。也许他这种男人不会把女人看作是战利品吧。

"好吧,我想我提到过,就在狼丘附近有一位大学教授从悬崖上坠落摔死。那件事至今有一段时间了。当时闹得沸沸扬扬的,说那一带有印第安人的土堆,各种各样的科学考察人员在萨拉曼达进进出出的,折腾了几个月。他们中有男人也有女人,全都是好人。穿的是干活的服装,进丹尼餐馆吃饭的时候真是有礼貌。他们进来前,会先在路边的石头上把靴子擦干净,这一点塞尔玛很赞赏,如今她严厉训斥那些在餐馆里留下脏鞋印的牛仔时,还会偶尔提起。他们有好大一群人,笑得很爽朗,看起来过得很开心。

"外面的流言蜚语说,印第安人对于那一带发生的事感到非常不高兴,他们认为那是一块神圣的土地,按照旧时的协议,那里应该是他们的土地。那之后没过多久,教授就丢了性命,项目也就搁置了。似乎没有人知道为什么。

"教授死前一两年,有一支勘测队曾在狼丘的山脚下扎营,四个人全都呆在一个大帐篷里。半夜里,山丘上有一块大石头脱落下来,恰好就砸到他们的帐篷上。把他们都给压扁了,不过有个家伙熬了一个礼拜才死掉。就他那副惨状,能死掉就是幸运了。大家都说他们本该知道不可以把营帐扎在离岩壁那么近的地方。另外一支勘测队完成了勘测工作,人们是这么说的。从没听说过他们勘测的是什么东西。"

卡莱尔什么也没说,等她继续讲下去。

"事情越来越奇怪。一些老前辈宣称,这个地区最初有人定居时,那一带就发生过一系列类似的意外事故。根据我所听说的情况,什么样奇怪的事情都曾经发生过:夜里狼丘山顶会起火,莫名其妙的鼓声,盘旋在山丘上的一只大鸟,出没在乡间的一只叫作'巨人'的长毛生物,都是这一类的事情。有些人说故事还可以追溯到更久远的时候,印第安人自己也说这是古代的故事了,与一个名叫西奥拉的女祭司有关。那些老前辈相信那一带一直有个人或者东西在监视外来的入侵者。传说他名叫守护人,是西奥拉的儿子。守护什么我不清楚,我猜是守护那片神圣的土地吧。这就是我所知道的全部。我开车进城路过那片地区时,一想到这些事就会有点儿毛骨悚然。"

卡莱尔安静地坐着,沉思片刻:"那真是很奇怪,让我对威利斯顿的那块地更感兴趣了。狼丘周围的土地是谁的呢?"

"我也不是非常清楚。阿克塞尔·卢克的宅园就在那块地的

第 六 章

北边。西边嘛,我想一部分是政府的土地,租给了牧场主用于放牧,另一部分则是一家公司的,人们都这么说。那家公司有个毫无特色的名字,很难记住。奥拉公司,差不多是叫那个名字。"

"奥……什么?怎么写的?"

"就按着发音来写,A-u-r-a。我不清楚这个词代表什么。有一次,我问过杰克,就是我丈夫,他也不知道。"

卡莱尔用手指玩弄着酒瓶,漫不经心地把酒瓶摆来摆去:"从威利斯顿的那块地上你可以看见远处耸起的狼丘。也许我得买架双筒望远镜,看看能在那一带发现什么。还想再磨会儿么?再喝一杯啤酒如何?"

"当然好啦,咱们再磨会儿吧。"嘉莉笑着,喝完了杯子里的酒,然后把酒瓶递给了卡莱尔。

卡莱尔手里拿着空酒瓶,溜出了雅座。勒罗伊找啤酒的时候,鸭子男斜眼注视着卡莱尔,同时向下猛拽了一把蓝色绒线帽,又把大衣翻领拉到重叠在一起。

嘉莉和卡莱尔走出勒罗伊酒馆时,萨拉曼达的大街上静悄悄的,卡莱尔注意到莱斯特商店楼上的那个老人已经不在窗前了。他一边对嘉莉说着晚安,一边打开了他的车门,而嘉莉则穿过大街朝她的野马车走去,口中还哼着一首老歌的调子,歌名卡莱尔却不怎么记得起来了。但他能够想起几句歌词,什么什么雨中的舞馆。

第 七 章

"再来一杯吗?"

"不用了,我现在不喝了。"老人坐在利物摩尔的一家酒馆里,背靠着墙,伸直那条好腿摆在雅座的位子上,瘸腿则留在桌子底下。他笑着看了看天花板,用拐杖轻轻敲击座位的边缘。

"卡莱尔·麦克米伦购买萨拉曼达西北面老威利斯顿的那块土地,当地人都以为他有精神病。买下土地后,他就开始了一段有史以来最伟大的搜寻历程。县里没有安全的地方。他去瀑布城翻遍了旧谷仓,又洗劫了打折木场的阴暗角落。阿克塞尔·卢克每天来汇报卡莱尔堆积起来不断增多的原材料,三个星期后,人们都特地开车路过那儿,就为了看看他的东西。有些人还随身携带双筒望远镜,因为那房子的位置到公路还有一点儿距离。当地人的胆子越来越大,转而驾驶四驱汽车,径直开上小路,然后下车问道:'房子的进展怎么样啦?'

"卡莱尔对到访的客人们总是彬彬有礼,可是他正在发疯似的努力要让房子在冬天之前完工。由于他开工的时间很晚,要想

第 七 章

完工简直就是在赛马。他得一往直前地干活,一边努力回答他们的问题,一边还得锯木头、敲钉子、做榫舌、开沟槽、接斜角、盖墙板。

"无论是大街上、丹尼餐馆里,还是勒罗伊酒吧里,甚至是在那边的升降谷仓里,到处都在谈论卡莱尔和他的工程。起先,基本上都是损他的,我是说,谈论的话语。'没那么大的地方放牛,也种不了冬小麦啊。'或者:'那房子充其量也不过是间徒有其表的小木屋,而且还造得不咋的。'或者:'看见最近在大草原上造的那座小房子了吗?真见鬼,我很讨厌站在一边见证愚蠢的行为。'

"可是过了一段时间,谈论的语气就有点变了。人们一开始只是把卡莱尔当成那种嬉皮怪人,可那些去威利斯顿那块土地上看过的人们却说他似乎很明白自己在干吗。据说他用的是一把世纪牌圆轮锯,需要用手操作锯刃,转动的速度超过每四分之一秒八兆圈,比大部分人使用锯床所能达到的切割效果还要强。据说他只要两锤就可以敲定一根瓦楞钉,从不失手。据说他系一条皮制工具带,看起来好像在来萨拉曼达之前就已经系了相当长的时间了。有些女人还说,她们觉得他脱了衬衣,用皮筋把头发往后扎成马尾辫的样子很好看。这是阿尔玛·希克曼在'漩涡卷发'美容店里跟她的顾客聊天的时候发表的观点。

"有些夜晚,他会趁丹尼餐馆还没关门,来到镇上吃东西,嘉莉有什么,他就吃什么,要吃两到三份。然而大部分时间他还是在外面野营,从瀑布城的沃尔玛里买来东西,用一口小煤气炉给自己做饭吃。

"人们还发现,卡莱尔自从开工造房子以后,外表也发生了一些变化。尽管开工的时候已经是初秋了,但他还是被晒得很黑,虽说他的皮肤一开始就有点儿黑。身材也挺了一些,而牛仔裤在腰部则显得有点儿宽松了。甚至连他走路的样子也不一样了,看样子他成了一个找到了生活目标和生活意义的人。显然,卡莱尔正处在良好的状态之下,身心两方面都是如此。"

正如老人所说,卡莱尔·麦克米伦买下了萨拉曼达西北面的那块土地之后,当地人都以为他有精神病。但是当时他们还不了解他的人生观,这并不让人吃惊,因为那时候即便是他自己也不明确自己的人生观是什么。另外,更重要的是,他们没有做过科迪·马克思的学徒,那是一个特立独行的艺术家,生活在一座满是艺术家和文人的小镇上。

在门多西诺,那个卡莱尔成长的地方,温·麦克米伦一面教人拉大提琴,一面在一家艺术画廊里兼职。渐渐地,他们小小的租房变成了门多西诺风味的大会客室,与格特鲁德·斯坦三十年前在巴黎建造的会所有几分相似,格特鲁德的会所给海明威、庞德以及他们的朋友们提供了每天干完活后休息的地方。因此,卡莱尔的成长环境中充斥着喜欢说大话的人,把他们的所作所为通过一番分析,成为普通人眼中无法理解的事情。至少在他看来就是如此。

他在四岁以前就已经看过莫奈的画册了。当地的音乐家们在他家客厅里演奏莫扎特、海顿、舒伯特的音乐,那时候的他还躺在床上看《人猿泰山》的故事,沉浸在珍·格雷笔下主人公的惊险奇遇之中。人们常常在他家靠着冰箱或者围着火炉谈论叔本华、肖和斯蓬格勒,那时候的他则顾自准备着星期五的晚餐,花生酱三明治。

"好啊,卡莱尔。哎哟,你长得好快啊。"

"嗨,卡莱尔。学上得怎么样啦?"

"卡莱尔,我在给这帮不守规矩的家伙做泰国餐,你妈妈把姜黄放哪里了?"

这些人有一大优点,卡莱尔一直非常感激,那就是他们看待他出生问题的态度。他是私生子的事实对他们而言并没有什么不一样。叔本华很重要,至于温·麦克米伦在加利福尼亚的沙滩上,跟一个连姓氏都记不起来的男子赤身裸体地滚在一起,事后又生了个男孩子,这些事实的道德意义并不重要。

科迪·马克思并不常光顾温的大会客室。即使收到过邀请,他也不会来的。科迪不会说大话。其实,他话语根本就不多,只不过他刚好是世界上最优秀的木匠之一,他用自己的技艺来为自己说话。尽管人们不会邀请他参加室内音乐和文艺评论方面的漫长的晚会,但一旦有任何与建筑相关的需求时,他总是会第一个被人叫去。如果因为科迪正忙于别的工作,你无法找到他,你只能等他忙完之后来做你的事。换而言之,你得是一个坚持完美的人。

科迪·马克思远不仅是技艺精湛。他用艺术家的眼光和哲学家的头脑看待事物,能够找到禅和精确之间和谐统一之处,不过科迪可能从来就没听说过什么叫作禅的东西。他的作品展示了这个特点。如果你给他看一张照片，比方说别人已经建好的房子、屋子或者家具的照片，然后说："我就想要那个样子的。"他会礼貌地拒绝这项工程，从容地离去。科迪从不复制别人的作品。科迪建造科迪的作品，别无二话。

你跟科迪相处，首先要容忍他抽烟斗，然后概括一下你所需要完成的产品对你的生活会有怎样的帮助，最后闪到一边，把剩下的事情留给他的创意和技巧。另外还有件事你永远永远也不要去做，那就是给一个项目设定完工期限，企图催他赶工。

最后的这条特色，是因为有传言说，他在给当地一名银行家装修厨房时不辞而别。那名银行家的妻子肆无忌惮地向科迪抱怨他慢条斯理的作风，还说把厨房像这样搁置在那里，她没法做饭、玩乐，也不能做别的事情。

科迪并不理她，二话不说，收拾起工具就离开，拒绝完成工程。最后银行家只好答应带着全家外出度长假，一直等到科迪给他们寄明信片宣布厨房完工再结束假期。当然啦，他们的新厨房有定制的橱柜和别致的内橱，还体现出精湛的手艺活，人见人夸。英国一家百货公司的经理夫妇到门多西诺参观了银行家的房子后，表示了极高的赞扬，这对夫妇正是科迪装修厨房时，银行家在一艘豪华的冬季游轮上结识的。

当时卡莱尔也在北部海岸，干的活不是修剪草坪，就是给夏天游客昂贵的船只刮擦油污，对于这些琐碎零散的活儿他感到很不开心。他从来就不喜欢重复，从来就不喜欢做让他毫无长进的

第七章

事情。在他看来,经过了二十四小时之后,人就应该比这一天开始的时候更加优秀。他感觉自己就像一只抛锚的海鸥,猛然落在一块平面上,用力拖拽身上的锚链,努力奋起想要重新展翅高飞。

他从母亲和母亲的朋友那里听说了科迪的名字,从有关科迪作品的讨论中,总是能感受到相当强烈的敬仰之情。他母亲的朋友们虽然都是知识界和艺术界的人才,但却没有技艺一下子制造出实用性的成果。正因如此,他们谈到科迪这样的人能制造出那样的成果,就会表现出恭敬与赞叹。优秀的汽车机械工也属于科迪这一类的人,但某种程度上他们比科迪稍逊一筹。

掌握专业技能,运用技能制造出既有实用价值,又能保存长久的东西,卡莱尔被这个主意吸引住了。科迪年轻时在门多西诺建造的房子都是典范:结构优良,材质牢固,多年来一直没有什么问题。大家都这么说。每件东西都很正,不倾斜,没漏洞。栏杆从不松动,瓷砖从不滑落,栏杆下的支柱从来不会松动,吊了十多年的屋顶从来就不会掉下来。

他母亲的起居室里一遍又一遍讲着科迪的轶事。这些轶事就是所谓的"科迪故事"或是"科迪派风格"。尤其是其中的一个故事,令卡莱尔印象深刻,最终改变了他的人生。讲故事的是一名当地的诗人,他知道那些隐匿的东西,有一次他说:"科迪·马克思知道门多西诺县的屋墙中哪里隐藏着豆腐渣工程。"科迪曾经给诗人的房子建造一座辅楼,诗人看见他用砂纸将松木支架栓磨光,而这些木栓是会藏在墙内的。没有人看得见,磨砂既不会让木栓更加结实,也不会让木栓发挥更好的作用,于是诗人问科迪为什么这么做。

由于科迪干活的价钱都是预先谈定的，因此就经济上而言，木栓为什么得磨光对客户没有什么影响，但他就是很好奇。科迪叼着烟斗，看着刚刚磨光的二乘四英寸截面的木栓，对诗人说，他只是觉得那么做感觉比较好，他感觉这样更加完美。他就说了这么多，没再说什么。这就是"科迪派风格"。

卡莱尔听过这个故事的第二天，就出去找科迪·马克思。科迪的妻子说他到小镇东北面俄罗斯深谷那边的山上造新房子去了。卡莱尔踩着自行车去了那里，看见科迪的旧皮卡货车停在外面，还能听见房子里面锤子的敲打声。他一个人在干活，他的习惯就是如此，除非需要几个肌肉发达的人帮他干一两天重体力活。

卡莱尔远远地站在一边，观看老人干活，一个传奇式的人物就在眼前，他有些颤抖，于是努力让自己振作精神。烟斗冒着烟，科迪一边修饰房门，一边轻声哼唱小调。过了一两分钟，他转身要用轴锯箱，却看见了眼前的男孩子，不禁踹跚着向后退了一步。

马上就好，我已经到这地步了，卡莱尔自言自语地说。科迪看上去将近七十岁，卡莱尔心想他可能把老人吓得心脏病发作了。

不过科迪还是恢复了正常，说："喂，你想要干什么啊？"

卡莱尔心情恳切，十分紧张，但还是开口说话了："我想要跟着你干，学做木匠。"

"不需要什么帮手，根本给不起钱啊。"科迪趴在轴锯箱上，切下一根板条，准备装在修饰的门框上。干完之后，他把木头举起来，想看看如何把这根板条接到门框顶上已经安好位置的水平木条上。卡莱尔觉得接口看起来很完美，但科迪却从屁股后面的口袋里取出半张二级精度的砂纸，将切口磨光。他对组装的部分感到满意，才把板条钉到位置上，又把钉子埋进以后用来填充的洞孔中，自始至终，他的所作所为就仿佛卡莱尔只是远远摆在角落里的一罐木材防腐剂。

木匠整理着一堆板条，头也不抬地说道："你是温·麦克米伦的儿子，对吧？"

"是的。"

"你多大了？"

"十二岁。"

"我以为你干的是割草坪一类的活儿呢。"

卡莱尔镇定了一下他那青春期的嗓音，说出了一段早已排练好的话，只是他的声音一开始突然窜高，说了一半的时候却又刚好低了八度："我想要学会用我的双手干活，做点能够保存长久的东西。我想要学一门手艺，做一名手艺工人。"

他担心自己说的话听起来有点太高调，太正式了，尤其他还是用尖尖的声音说的。但他已经尽了最大的努力了。不过，他说了"手艺工人"，这个词挑选得很对。

"你还知道'手艺工人'啊，这个词都快从英语里消失了，你居然知道？"

一生之中会有这样一些时刻，将来是由那些微不足道却又至关重要的决策点来决定的,而给出这些决策的人,对于你所想要的东西往往拥有给与不给的能力。事后看来,那天早晨对于卡莱尔·麦克米伦而言,就是这样的一个时刻。科迪在整理木条,科迪在哼唱小调,科迪也在考虑问题。

"你玩橄榄球或是其他类似的运动吗?"

"不,我没有时间,而且我也不感兴趣。"

"那么你星期六有空吗,学校放学之后有空吗?"

卡莱尔的脉搏顿时快了二十几下:"有空的,先生。"

科迪又转身去筛选又细又长的木板,对卡莱尔看也不看地说:"六个星期前,我在干活的地方看到你在街对面的草坪上割草。完工时的情形让我印象深刻,你当时四肢趴在地上,用手拔掉了几根割草机无法割到的野草。"

他抬起头看了一会儿卡莱尔:"在木匠行业里,完工的部分几乎就是全部……而且,其实人生也是这样。另一方面呢,对于所有干活的能工巧匠而言,还有一句话可以让他们的骨头冷到恐惧:'准备操作。'大多数人都不能正确地做好准备工作,而这正是干好手艺活的另外一大关键,也是人生的一大关键。因此不管是在生活中,还是在做木匠,如果你做好准备工作,又能顺利完工,并且用正确的方法做好整个过程中的每一件事,那你就算把事搞定了。干手艺活首先是个态度,然后才是专业技艺。听得懂吗?"

"听得懂,先生,我听得很明白。"

科迪站直身子,眯起眼睛直直地盯着这个男孩子:"每小时一块钱,你从清理工作开始做起,清理工作一向是操作准备和完工

第七章

结束的一部分。明天就在这儿,早上七点钟,准备开工。需要开车去接你吗?"

"不用了,先生。我有自行车呢。"

传奇人物拿着一根板条,哼着小调走到门前。卡莱尔知道这是该离开的意思了。回家的路上,他把自行车踩得飞快,气喘吁吁地猛冲一阵。他已经觉得自己是个手艺工人了。光是在科迪·马克思身边就能让人这么兴奋了。就好像船上的锚链开始解体。

温·麦克米伦对于这样的安排小有不安。倒不是她讨厌科迪·马克思,只是卡莱尔割草坪管游船赚的钱平均下来都不止每小时一块钱,而他的所得对于一个财物匮乏的家庭而言,非常重要。不过,卡莱尔告诉她为什么要跟着科迪干活的原因,她还是听进去了。温·麦克米伦给予了默许。

当时她笑了。卡莱尔永远也不会忘记她的笑容,还有她所说的话:"卡莱尔,你如果要做,就要做门多西诺史上最出色的木匠。无论如何,咱们会成功的。"

卡莱尔跟科迪·马克思一起干活的日子,是他最美好的时光。他渐渐喜欢上了这个老头。喜欢他的技艺,喜欢他的外表,喜欢他所做的漂亮作品。他们的感情超越了喜欢。卡莱尔没有父亲,科迪夫妇没有孩子,所以他们之间产生亲情是很自然的事。一开始卡莱尔根本没考虑过这一点,但后来他逐渐相信了科迪的想法。那个年代的男人都有这样的想法,科迪认为他有些东西值得传授给一个人,而这个人现在正是卡莱尔。他们俩一起干活的那些年，他尽其所能将他所知道的一切传授给卡莱尔。全部技艺都传授给了他。

卡莱尔用科迪给他的最初几份薪水买了一套深蓝色的挂肩装和一件棕黄色的工作衫，跟科迪的穿着完全一样。那年圣诞节，他母亲给了他一个黑色的午餐罐和一只红色的金属保温瓶，也几乎跟科迪的一模一样。后来的那些年里，其实是直到现在，他的午餐和咖啡还是装在破旧的午餐罐和破旧的保温瓶里的，这些是他学徒时代的见证，看到它们，他就能回想起科迪·马克思粗壮的双手和母亲对他的体谅。

卡莱尔给科迪干活的头两年里，只称呼他"先生"或者"马克思先生"。这就好像拜在一位禅宗大师的门下，大师必须受到应有的尊敬。

卡莱尔十四岁生日那天，他们正在镇中心一家漂亮的老药店里修缮内部结构。卡莱尔早上六点三十分就报到开工。他很早就认识到，科迪所说的"七点钟"，实际上指的是比七点再早半个小时。

他说："早上好，马克思先生。"跟往常一样，他的嗓音一开头先来个降调，然后渐趋平稳，停在了中音部的最高位置。

科迪正在准备今天的第一管烟。他点燃烟，一边努力让烟斗通畅一些，一边问道："今天是你的生日，是吧？"不知为什么，他居然知道他的生日。

"是的，先生。"卡莱尔露齿一笑。他为十四岁感到自豪，为跟着科迪·马克思干活感到自豪，也为自己迅速提高的技艺感到

第 七 章

自豪。

科迪俯下身子,把手伸进地板上的一只棕色的纸袋子里。他从纸袋子里抽出一条崭新的皮制工具带,硬邦邦的,浅褐色。工具带拿在科迪的手中,卡莱尔可以看见各种经久耐用的工具从一个个小口袋里冒出头来。

"卡莱尔,生日快乐!我只是想让你知道,跟你一起干活我很高兴。还有,顺便说一下,我觉得你的工资可以提到每小时一块五了。另外还有件事,如果从现在开始你可以叫我'科迪',那可就是再好不过了。现在咱们一起把这些房顶托梁正确装好,然后我就可以干更大的活儿了。"

卡莱尔系上工具带,眼中噙着泪水。一来,他把这件礼物当作他追求精湛技艺与深刻领悟的进程中的一大标志,这正是科迪的本意;二来,科迪说的是卡莱尔跟他一起干活,而不是给他干活。这一点很重要。

多年以来,每到秋天的下午,卡莱尔通过尚未安装的门窗,可以听到中学的行进乐队一直排练到很晚。有时候他和科迪的活要到晚上才能干完,他就能听见橄榄球场那边观众的欢呼声和公众演说广播员的声音。站在门多西诺两边的山坡上,他目睹别的孩子们在夏天的午后去海滩玩耍,在早晨开着父母的游船出行。

这一切都不会让他不开心。其实,他不会跟他们交换位置的,绝对不会换。他在用双手创造永恒的东西,这正是卡莱尔想要帮助科迪·马克思在加州的门多西诺县所做的事。他们准备操作,结束完工,做开工到完工之间的所有事情。不仅如此,尤其是他们还能够根据科迪的风格，把活干好，在精度上达到严格的要求。科迪的货车穿镇而过的时候，人们都会对他微笑，此时，科迪总是穿一件蓝色的挂肩装和棕黄色的工作衫，跟身边衣着打扮与他一模一样的小男孩说话。

卡莱尔跟着老木匠一直干到中学毕业，在斯坦福大学的头两年里，他仍然在课余时间跟着他干。科迪每次接到两只手不够干的活时，卡莱尔就会从帕罗奥图坐上公交车，过来帮忙。乘车路上，他一边温习自己的课本，一边想，比起指尖抚摸好木头的美妙感觉，比起完工时退后身子审视作品的愉悦心情，这些课本真是不怎么样。

科迪一直唠叨着退休的事情，但卡莱尔并不相信他会退休。后来一个星期二的下午，卡莱尔的母亲给他打了电话。她用轻柔而踟蹰的声音告诉他，科迪死了："他们在老默克尔的房子里找到了他，当时他正在那里安装橱柜。"

那一天，对于一个二十岁的男人而言，一切都崩塌了，春天低沉的太阳朝地面落了下来。卡莱尔坐在房间里，一刻不停地哭了两个小时，他轻轻地用拳头敲打书桌，书桌上高高地堆满了书本，书中所有的知识比起科迪·马克思所知道的，比起科迪·马克思传授给他的，简直就是一堆废话而已。就在那一刻，他决定在斯坦福结束他的学业——为了母亲，他会在那里完成他的学业——但在那之后，他会继承科迪的风格走下去。

科迪在遗嘱中把他的工具和旧货车都传给了卡莱尔。安娜·马克思眼含泪水将这些东西转交给了他。

第 七 章

最后卡莱尔准备开车离开,安娜双手握着他的手,说道:"卡莱尔,在过去的八年里,你是我们家谈话的主题。每天晚上,科迪都会跟我说些关于你的事情,你学了多少东西,你是个多好的男孩子,看着你长大成人令他多么的开心愉悦。你穿着你的工作衫,打扮得跟他一模一样地出现在他面前,他回到家就坐在厨房的餐桌前对我说:'安娜,我觉得我有儿子了!'自那以后,他就一直把你看作他的儿子。他是那么为你感到骄傲。我的天啊,卡莱尔,他是多么爱你啊!他真的很爱你啊!"

卡莱尔点点头,她讲的这些事他早已知道,但是听到她这么说还是很好。"马克思太太,我也爱他,跟他对我的爱完全一样。他让我在生命中找到了一块圣地,找到了一个目标,我会努力不辜负科迪的风格。"

那辆旧货车开起来还跟新的一样,因为科迪曾调整了发动机,并且修理过,卡莱尔开车绕着门多西诺缓缓地开了几个小时,看了每一个他们一起干活的地方。他似乎回忆起他们曾经创造的每一个榫眼,每一个榫合,每一个榫头,还有每一个斜面和复合的屋角。

有时他会停下车来,擦拭双眼,仿佛听到科迪的声音在说:"卡莱尔,我觉得咱们可以把这干得更好些。"这就是他用温和的方式告诉卡莱尔,他干得还不好。卡莱尔把脑袋靠在方向盘上,回想老人是如何尽心尽力把他培养成一名优秀的手艺工人。货车里的气味混杂着桦木、杉木、东印度椴木和洪都拉斯红木,再加上科迪烟斗的烟味。回忆啊……天啊,所有的回忆啊。

甚至在这么多年以后，尤其是卡莱尔在干一些复杂的活儿时，他会发现自己在哼小调。每到这个时候，他就会停下一会儿手头的工作，用手指触摸身上系的旧工具带，这条带子已经修补了许多次，被他手上的油污和干活时的木头弄得很黑。他会回想老人是怎样在孤独少语的男孩子卡莱尔·麦克米伦面前准备操作台的。

萨拉曼达附近土地上的这座老房子，是一块没有开凿的石头，卡莱尔将用这块石头为科迪·马克思建一块纪念碑。他专心建造威利斯顿的房子，要让它表现出科迪·马克思传授给他的最精湛的技艺。依照工艺界的最佳传统，他要在这片废弃的土地上重新建成一个永存的作品。

出于习惯——这是卡莱尔在为开发商和那些几乎不关心完工情况的人们建造房子时所养成的坏习惯——他发现自己总是想找捷径，只是为了完成任务而干活。他意识到这一点，于是放慢了速度，有时候还会把那些不符合科迪标准的部件拆掉，重新来过。要是他必须在货车里，冒着高原上暴风雪的咆哮过夜，那么他就一定是要把活干好。

首先是屋顶。秋天，杉木瓦顶的价格很不错。瀑布城的木场原本有二十五平方英尺的杉木瓦顶原先被一项工程预订，后来又取消了，卡莱尔用比预想更低的价格拿到了这批杉木。他们还让他精挑细选一番，选出最好的木材。按照加利福尼亚的标准，他这就是在偷。

他站在威利斯顿的房子里，抬头向上，看见了橡木和承梁板，

第 七 章

之间没有隔热的空洞。所以提升整个屋顶,创造出他所需要的空间,是必不可少的一步。卡莱尔知道这将是整个工程最糟糕的一部分,但也是最关键的。

他首先掀掉旧的屋顶板,然后是地下烂掉的承梁板。大部分橡木状况不佳,都用二乘十二英寸截面的烘干木材替代。他把新木材盖到屋顶,并修复其他橡木,在橡木之间钉上一乘三的木条,然后铺上杉木瓦顶,用的是六分钱的热镀锌钉子。尽管很不情愿,但他还是又给橡木和一乘三的木条磨了砂。除了他和科迪,没有人会知道。但这样已经够了。

他在主居室上方开了个大天窗,又在卧室位置的上方开了个小些的天窗,以便月光能够照射进卧室,这些活儿放慢了工程的速度。但他还是很好地完成了这项工作,将天窗造好,天气变暖的时候,他就可以从里面把窗打开。

干完这些活儿,卡莱尔开始处理屋内的地面。铺地面的木板是他从附近的农场里找到的一堆汽车侧板,保存良好,并且双重开槽接合。农场主几乎没有向他要多少钱。以后他会在木板上铺优质的木材。现在的问题是要铺好底层地板,让他能够度过恶劣的天气。

侧板年久失修,这是因为一开始买的就是便宜材料,之后又缺乏维护。对于这种情况,科迪会说:"看起来好像有人故意要让这地方受到天气的折磨。"卡莱尔把侧板拆了,全部都拆了,包括内部的石膏,让这座旧房子竖立在那里,好像一个人头戴新帽,脚穿新鞋,身上却光溜溜的。

初秋的雨,冰冷的雨,在他的工期中陆陆续续下了二十天。他仍然继续身披雨衣,拆拆敲敲,有时工作到深夜,他就打开货车的前车灯,点汽油灯。

正如老人所说,萨拉曼达本地人开始驱车前去观看卡莱尔的进展,他努力表现得彬彬有礼,回答问题,但交谈的时候仍然不停地在干活。

如果说屋顶是雨伞,那么侧板就是雨衣。他想要让房子经久耐用,尽可能不需要维修,为此他的选择是给房子加外板,或者用实用西部香杉或红杉。两种木材都很昂贵,而且按照他的原则,是拒绝使用原始木材的。他就是不愿意只为了做外板就砍伐大树。当然了,木场提供标准的四乘八英寸杉木饰面的密度板。有个来访的客人建议他把东西弄简单,使用杉木面板,他却对他说:"我在加利福尼亚干活的时候就用够了杉木面板,够得上我一辈子的,这不是我喜欢的材料。而且,你可曾看见啄木鸟能把杉木面板弄成什么样吗?"

一名本地的退休木匠跑来多管闲事,给他出些毫无必要的建议,对卡莱尔而言是多此一举。不过他听那人说三叉城有座狩猎木屋正在拆。那个老家伙五十年前曾帮助建造木屋,还记得他们曾经使用上好的红杉木铺屋内的地面。卡莱尔驱车去了三叉城,一边踱步,一边跟拆房队队长讨价还价,最后得到了他所想要的东西。其实,多余的红杉木足够以后再做个淋浴间和浴缸了。一旦他把活动室磨光完毕,让木头返还自然状态,也许红杉木还够他建造挂在南墙外的天井温室呢。

第 七 章

到了十月中旬,大部分侧板已经就位了,还有卷装的玻璃纤维绝缘层正从利物摩尔的木场运来。这也算得上及时,因为第一场雪已经在三天前降临了,逼得他晚上不得不睡在货车上。

他还得到了一个伙伴。一只右耳被咬掉一口的黄色大野猫,一个礼拜前流浪到这里,停下来吃了午餐,又吃了晚餐,很快就定居下来了。这只猫跟卡莱尔一起睡在货车驾驶室里,白天就跟着他到处走。卡莱尔仔细端详着猫,猫也仔细端详卡莱尔。

"喂,老大啊,我觉得'翻斗车'这个名字很适合你。所以如果你不介意,咱们就这么定啦!"翻斗车闪了闪黄色的眼睛。卡莱尔笑了。

一个星期天,日落时分,卡莱尔绕着房子走了一圈,欣赏自己的作品,他已经很久没有自我感觉这么好了。科迪从前喜欢引用一位名叫亨利·沃顿爵士的人在三百五十年前说过的话:"优秀之建筑具备三个条件:实用、坚固、赏心悦目。"卡莱尔成功做到了前两点,而且在脑子里非常详细地规划好了第三点。此外,他仿佛又回到了以前曾经到过的地方,一个和科迪一起到过的地方,一个更加安静的地方,一个很有意义的地方。

卡莱尔饿了,但他太累了,不想去点燃煤气炉,再热一罐豆子,或者从油布下面储藏的食物里找点什么吃。如果不抓紧时间,去萨拉曼达的丹尼餐馆也太晚了,所以看起来只能对着天上的银河吃点花生酱三明治和水果了。

他和翻斗车正在可怜巴巴地考虑晚餐时,他看到下面的小路上嘉莉·德弗卢正在暮色中朝他走来。她一手拎着一只大大的野餐食品篮,另一手提着一只保温壶,跌跌撞撞地走在车辙上。前几周他在丹尼餐馆吃过几顿饭,跟嘉莉更加熟悉了,但此情此景还是令他吃了一惊。

她停下脚步,整了整压过眼睛的牛仔帽。他走下去见她道:"你好,嘉莉!真是惊喜啊!"

她的脸涨得通红,路途颠簸、手提食物,让她有些气喘吁吁。她穿着牛仔裤和衬衫,这是她在莎琳杂货店的停业大甩卖时购买的,外面套了件牛仔布冬装。暮色下,她缕缕长发从帽子底下拖了出来,看起来相当不错,就像牛仔表演里略上了年纪的甜心宝贝。

"嗨,木匠啊,我不知道是不是应该把车从你那条小路开上来。杰克周末跟他那些钓鱼打猎的朋友们去打猎了,我猜会打到一些鹿和野鸡,也许会有蜂鸟,我就知道这么多。不管是什么动物,只要它跑路或者扇翅膀,杰克他们就会开枪。他们常爱说,要让这个地区没有食肉动物,通过野生动物的优胜劣汰来保持生态平衡。其实啊,他们的所作所为不外乎喝酒开车乱逛,从车窗里开枪,企图吓吓他们的猎物。

"他让我出去把那些小马驹赶在一起,于是我就去给小红马做阉割。一边玩儿命地干活,一边自言自语说:'哼,杰克,见鬼去吧。'这时我脑子里突然想到应该到附近串串门。我想你在干各种各样的活,可能需要吃点东西当作干活的燃料。"去那儿的原因她很快就做了解释,似乎早有准备。

"嘉莉,你真是太善解人意了!我刚才还在反复考虑究竟是豆子好还是花生酱好呢,如今你竟然在黑夜降临时仁慈地出现在我面前。"他从她手中接过了食品篮。

嘉莉笑着用袖子擦了擦额头。尽管夜晚降温的速度很快,但她还是有些出汗。"每个拜访过你的人回去以后都会不断报告你的进展。你让他们非常吃惊。早先他们的打赌都倾向于认为,你会从屋顶上掉下来,在第一场雪来临的时候逃回加利福尼亚。"

食品篮里有:火腿切片、土豆沙拉、冷拌生菜、苹果馅饼、自制面包,还包括六瓶瓶装的米勒啤酒。嘉莉著名的优质咖啡则装在保温瓶里。

他们绕着卡莱尔的最新成果走了一圈,他指出其中一些木匠专业的精妙杰作,不过嘉莉对此完全不关心。但女人通常都很善于容忍男孩子的梦想,她提出了一些聪明的问题,卡莱尔指着红杉和冷杉侃侃而谈,嘉莉点头微笑着附和。

他们站在屋内的平板上,通过那扇较大的天窗,抬头仰望,落日的红霞正好被一架喷气式飞机留下的轨迹斜划开来。嘉莉在丹尼餐馆干了一整个礼拜,又花了一天工夫对付小马驹,肯定跟他一样辛苦,卡莱尔很明白,只不过她掩饰得很好,那一刻开始,他对她的感觉有所不同了,他对她的关心,似乎有些超越了对于一位普通朋友的关心。

"我要给你看件东西。"他说。

他把嘉莉带到壁炉旁,指着刻在石头左手边的字迹:西奥拉。"我在清理污垢的时候发现了这个。肯定是威利斯顿用工具刻在上面的。我记得你曾经跟我说过这一带的传说,关于女祭司西奥拉的。"

"卡莱尔,这事儿让我感觉牙齿发软。你为什么会觉得是他刻在那儿的呢?"

"不知道。不过这东西的确让这地方多了些什么,你不这样认为吗?"

"我不愿去想这件事,别说了吧。"

夜晚的天气变冷了,但卡莱尔烧起了壁炉。翻斗车睡在壁炉边的地上,他和嘉莉则坐在一堆木料上,一边说说笑笑,一边吃着嘉莉带来的食物,嘉莉开着野马车,沿着红土大道一路经过狼丘,经过很多地方,把食物带到这里。她走在那段路上,胡思乱想着渐渐老去的女人几乎已经放弃了可能的努力。她看着眼前的男人,这个来自加利福尼亚的男人头戴海军烟囱帽,头发几乎跟她一样长,一根皮鞋带把头发向后扎成了马尾辫;能够重新大笑的感觉真是好啊。

吃完晚餐,卡莱尔又朝壁炉里丢了几根旧木条,他俩一言不发地坐了一会儿。两个人都盯着火焰,喝着锡杯里的咖啡,小雪从没有封上侧板的地方飘落进来。嘉莉探过身子,双肘搁在腿上,双手捧着杯子,思考了许多东西。她大约在午夜时分才离开,西北三英里远的狼丘山顶闪烁着一团小火,但卡莱尔并没有看见。

第二天早上,红土大道上的交通流量有些不同寻常,好几辆本县的治安车,还有一辆救护车。卡莱尔心中奇怪,却并不想花

第 七 章

时间去一探究竟。将近中午时分,阿克塞尔·卢克从小路开车上来,然后下车道:"听说发生什么了吗?"

"没听说啊。那么多辆小车和货车从前头开过,我估摸着一定出了什么事。"

"杰克·德弗卢和他的一群酒友昨天开车在狼丘的那一侧打猎。有一把枪莫名其妙地在货车上走了火,打飞了杰克的半张脸,让他当场丧了命。"

"我的天啊!什么时候的事?"

"大概是下午五点三十分的样子。"

"我并不认识杰克,只在附近见过他。但我认识嘉莉,真是太糟糕了!"

"嗯,说得也对也不对。这一带人们现在都是这么认为的。杰克严重酗酒,而且在这方面越陷越深。这一带的这些愚蠢的混蛋总是把酒跟枪搅和在一起。几年前他们打死了一头小公牛,自那以后我就不再允许他们在我的土地上打猎了。以前每到猎鹿的季节,我们的房子周围总是嗖嗖地飞子弹。"

卡莱尔心想,嘉莉提着大篮子和保温瓶从小路走上来的时间,差不多就是她丈夫死掉的时候。从某种无法推卸的角度而言,他对发生的事情感到很内疚,仿佛他也参与其中了。

"没人知道嘉莉在哪里,"阿克塞尔继续道,"她走开去了别处,很晚才回来。"阿克塞尔看着卡莱尔,记起昨天晚上他和依琳娜从利物摩尔采购完每周一趟的食杂货开车回家的时候,看见卡莱尔房前的小路口停着一辆车,似乎很像嘉莉的野马车。

卡莱尔什么也没说,于是阿克塞尔继续说了下去:"我猜嘉莉会觉得发生这样的事相当好呢。不过我可以告诉你丹尼餐馆的那些老前辈都说了些什么。他们说这件事不是意外,即便表面上看的确就是个意外。有个老家伙是狼丘传说的权威人士,他说:'那里不会发生意外。只是看起来像意外而已,从来如此。'"

第 八 章

第一场大雪一直拖到了十月底,在午夜时分飘然而至,落在卡莱尔·麦克米伦新铺的杉木瓦顶上,当时他正在睡大觉。将近黎明,大风刮了起来,由于门窗尚未完工,包在门窗上的塑料片发出吱吱的响声,把他吵醒了。他点燃壁炉,炉火上挂着咖啡罐,一边吃面包果酱,一边等着罐子里的咖啡煮熟。

他原计划今天安装双层玻璃窗的第一层,但现在明显应该先安装两周前从佛蒙特运来的高效柴炉了。柴炉运来的第二天,来了个印第安人,他是上午很晚的时候才来的,当时卡莱尔正在考虑怎样把这块二百七十五磅的生铁从皮卡货车的货箱搬到房子里,既不能砸碎生铁,也不能永远丧失自己男性的能力,两者都得做到。炉子的门上印着"挑战"的字样,正好一副挑战的姿态摆在车子的货箱里。

卡莱尔以前从未见过这名印第安人,也没听见他进来。印第安人站在皮卡车的另一边,仿佛也是风景的一部分。面孔好像敲打过的黄铜,瘦得好像一叶野生的丁香黄,身穿牛仔夹克、牛仔裤和破旧的牛仔靴,白衬衫的领口沾着污迹。又直又黑的头发跟卡莱尔的差不多长,戴一顶宽檐帽,帽檐周围系着一根帽带,好像是某种符咒珠串。

他什么也没说,看看炉子,又看看卡莱尔。一双黑色的老眼在考虑问题,考虑卡莱尔,也在考虑卡莱尔所知道的整个世界。

"真他娘的重啊。"卡莱尔说着,看了看炉子。

印第安人点了点头:"咱们可以用这些二乘四英寸截面的长木栓和一对横杆装一副旧式雪橇。"

他就说了这些,他也只需要说这些。卡莱尔明白问题已经解决了。

这名印第安人可能有五十岁,也可能有七十岁。卡莱尔无法作出判断。但是就体格而言,他很是结实健壮。他们合力把炉子从货车上抬下来放在了"拖车"上,一直拖到台阶前,然后卡莱尔小心翼翼地牵着"拖车"穿过破破烂烂的门廊地板,他还没来得及修复这块地板。

卡莱尔递给印第安人一瓶啤酒。他俩坐在皮卡车的后挡板上,双腿前后晃动,一边小口喝酒,一边谈着天。印第安人特别感兴趣的是这座房子和卡莱尔的所作所为。他说他能在这里明显感觉到某种魔力。

"我看着你的作品,就会强烈地感觉到一种对祖先的供奉。为什么会那样呢?"

卡莱尔颤抖了一下,摆头看着印第安人。他已经有好多年没跟别人谈过科迪·马克思了,但他认定这名印第安人能够理解他

第 八 章

的故事。于是他把科迪·马克思的故事讲给他听,讲故事的时候,印第安人时不时缓缓地上下点头。

卡莱尔说完之后,印第安人说:"等你搞好这座房子,我会过来为这块神圣的土地咏唱颂词。我还会把苏珊娜一起带来,你认识她吗?"

"我也不知道。"

"她是个白人,住在萨拉曼达升降谷仓旁的一座小房子里。在种族上她也许是白人,但从本质而言她的思维方式却比印第安人更加像印第安人。她具有自己的洞察力,跟印第安人的洞察力不同,因为不是印第安人是不可能拥有那样的洞察力的,而她的很多处事的方式跟印第安人是一样的。她本身精通医术,这可是你为科迪·马克思所建的吊唁礼物,我会请她也为此咏唱颂歌的。"

"我想我明白你说的是谁了,不过我从没跟她会过面。"卡莱尔明确知道他说的是谁了。

那以后,印第安人开始隔几天就来查看卡莱尔的进度。总是走路来,总是一个人。有时候他会带上小萨拉曼达河里的新鲜岩鲈鱼和鲇鱼,两个人在篝火上做一顿午餐吃。有时候他会盘腿坐在地板上,在卡莱尔干活的时候为他吹奏小木笛。卡莱尔喜欢他的笛声。不知为什么,笛声十分适合这样的乡村野地,于是他问印第安人能否教他吹奏。

印第安人再来的时候,另外又带了一支笛子,说是送给卡莱尔的。"首先像这样握住笛子,然后轻轻地对着这儿的缺口吹气。

一开始不用想着吹奏一首曲子,甚至不用把手指按在这些小孔上。你应该集中精力让缺口中发出纯正的声音,使你的心有疼痛的感觉。你需要几个月的时间才能做到这一点,但我会帮助你的。当你感到随着声音,眼前仿佛出现了一只孤独的郊狼,那么你就知道你做到了这一点。需要很长的时间,建筑师!我会再来的!"

卡莱尔认识印第安人的那些年,他总是用"建筑师"来称呼卡莱尔,而卡莱尔呢,同样只称呼他"吹笛子的",因为印第安人从没说过自己的名字。他似乎并不介意名字的事儿。

泥工不是卡莱尔最强的技艺,但他还是在主屋的西北角用砖块砌了一块漂亮的隔热板,足有半面墙那么高。这些砖块是从利物摩尔市政厅决定铺砌的一条历史街区上拿来的,隔热板既可以保护墙面,又可以吸收炉火熄灭后长久不退的热气。剩下的砖块,足够他再给炉子造一个两块砖高的炉床,让炉子周围保持清洁。

积雪越来越厚,他把十七只棕色的纸袋沿着一面墙壁排成直线,每个纸袋里分别放着安装柴炉每一步所需的零部件。科迪曾经教他,制作零件众多的东西时,可以用这种方式来处理。

科迪说过:"人们把所有的零件倾倒出来,然后在需要的时候翻寻零件。那样做不仅效率低下,而且小零件容易在你不注意的时候就不见了。那些不知不觉跑掉的各种零件,都可以在我们的作品之外再独立装配成一件作品了。把一件工作划分成若干阶段,将每一阶段所需的零件放进对应的袋子里,这样每个零件都能按照计划装配起来。"

十七个步骤,就有十七个纸袋。卡莱尔摆弄了两天不听话的金属,还割破了双手,终于把活干完了。而且也非常及时,风暴之后紧跟着就是高气压暖锋,这在高原地区十分常见,天上是耀眼的烈日,温度急剧降低。卡莱尔在壁炉里生起小火,再让它冷却下来,这样做了一次又一次,使铸铁在第一次生大火时不至于破裂。然后他才真正点燃了第一把火,生起了炉子,燃烧的煤气是设计量的两倍,整座房子充满了温暖气息,于是卡莱尔开始安装最后一扇玻璃窗。

秋天的天气反复无常。雪后过了四天,积雪就已经化了。房子基本封闭完毕,只剩下安装前门了。前门的实心红木是个意外的收获,卡莱尔去狩猎木屋拿红杉木侧板的时候,这块红木就丢弃在一堆垃圾上。他的所有工作都在掌控之中,于是就休息一下,坐在门槛上放眼眺望大草原,身边摆着咖啡杯。

一顶黑帽子顺着小路走了上来。帽子下面是那名印第安人,肩上背着一只小鼓,一名女子跟他在一起。

淡紫色的毛线衫上披着一条黑色的披肩。一双高高的靴子,左臀上缠着一根亚麻色的腰带,两端挂在膝盖上。头上系一块头巾,跟腰带十分匹配。她的银项链上闪烁着阳光,跳动的节奏快过他们过来的步伐。他俩一边轻快行走,一边交谈。

"呵呵,建筑师。"

"呵呵,吹笛子的。"

"建筑师啊,我把苏珊娜·班廷一起带来了哦。"

卡莱尔握住她伸过来的手,看着她。他以前从未见过像她这样的尤物。确实美,不是美国美女式的完美,也不是那种年轻演员或者封面女郎的美,而是一种心平气和、慢条斯理,令人难以释怀的美。

她的双唇饱满,轮廓清晰,颧骨高耸,下巴尖细,这一切的边缘是一头红褐色的长发。他有点无法完全体会她的美丽,她是那么完美无缺,而且也意识到自身的完美。你可以说这是一种宁静的美丽,也可以说一种矜持的高贵。你可以用所有这些词汇来形容她,还可以说许多其他的东西,却仍然会感到词不达意。没有一种方法可以充分地形容一个人所处的简单状态。

卡莱尔无法将她归入任何一种类型。他在加利福尼亚混了大半生,以为自己已经见过了各种各样的女人,但苏珊娜却是自成一派,独一无二。她用坦率平和的眼光看着他,浅浅一笑。

印第安人仔细检查了卡莱尔正在安装的前门,一只手抚摸着垂直的门边,一边上下打量,一边说道:"苏珊娜昨晚跟我谈过了。我们认为你的房子今天似乎就可以圆满完工了,看起来我们是对的。难道不是这样吗?"

"你们把进度算得很准啊,"卡莱尔说,"一旦我把这扇门安装好,这座房子不管风吹雨打,都将会牢不可破了。"

"非常好,建筑师。那么在你继续干活的同时,苏珊娜将要准备她的祈福,而我也将进行我的祈福了。我说服她举行一场特别的仪式,去年我曾请她为我的房子做过同样的祈福。她很不情愿,但我给她讲了许多关于你的事,现在她终于同意帮我这个

第 八 章

忙了。"

"我很荣幸。"卡莱尔还想说些什么,但他觉得自己因为苏珊娜在场而有些慌乱。

苏珊娜和印第安人走了进去,卡莱尔拿起一把科迪留下的旧刨子,在门框边缘几处地方稍稍刨平。检测、刨平、磨砂、检测,最后门框咔哒一声完美地按到位,声音清脆悦耳。他很想每隔五秒左右就看一眼苏珊娜·班廷,但还是强迫自己集中精力干活。

"卡莱尔,我们可以在这个场合使用壁炉吗?"她说话的声音低沉,但却平和自信。

"可以啊,当然可以了。要我来生火吗?"

"只要你同意,我更愿意自己来。"

"那也行,你们二位想怎么样就怎么样吧。"

苏珊娜生起炉火,卡莱尔则收拾好工具,清扫地面。房子是全木质结构的,但却渐渐让人觉得非常坚固,主体仿佛是混凝土。紧密、结实、充满自身的力量。任何人只要站在房子里环顾四周,就能够感受到这一点。整整两个半月的工作,卡莱尔非常满意。其实,更是自豪。这座房子将会永存,至少是差不多如此。他可以听见印第安人在房子外面一边咏唱颂歌,一边绕着房子周围走动:"嘿——啊——啊——嘿!嘿——啊——啊——嘿!"

印第安人做完了祈祷,接过了一罐啤酒。而苏珊娜则在卡莱尔准备的酒中选择了红酒,接过酒杯时礼貌地表示感谢。

低日透过前窗斜射进来,照亮了一缕尘埃,卡莱尔给自己开了一罐啤酒,坐在一只装钉子的小桶上。利物摩尔小木场的后墙角里摆了三个这样的小桶,卡莱尔问木场要,木场就把小桶给了他。在马林县,这样的小桶在农舍装修的商店里要卖八十美元。

黑夜降临,卡莱尔又喝了罐啤酒,眼睛半睁半闭地看着苏珊娜从编织袋里拿出小药袋,围着壁炉排成一个半圆。这座房子原先是梁柱结构的建筑,风格与阿门宗派的仓库一样。卡莱尔一向喜欢这种体系,屋顶的重量全部压在柱子和梁架上,墙壁不承载负荷,可以适当地挪动位置,而不需要使用复杂的顶梁和横梁。他拆掉了屋内所有的隔墙,使内部完全开放,这样一来,威利斯顿原先的壁炉就位于离后墙三分之一的地方。

唯一的光线来自炉火,是温暖的大火。印第安人走到墙边,把背靠在南墙上,盘腿坐下,皮鼓摆在腿上,开始敲鼓。柔和从容的击打,手指轻敲鼓膜。这样持续了大约五分钟,声音在空旷的房间里回荡。

接着,印第安人咏唱起了颂歌。苏珊娜走到壁炉背后,看不见她的身影了。卡莱尔欣赏着眼前的场景,聆听印第安人的歌曲,坐在自己建造的房子里,满心自豪。一年前他会很不耐烦地想要仪式赶快继续,但这里有他精心制造的作品,令他内心安定下来。他发现甚至连脉搏的速度都在过去的几个月里慢了下来。

有一会儿,卡莱尔在想科迪会如何看待这些不祥之客,最后他觉得科迪会很喜欢他们。科迪所感兴趣的,是建造的东西能够满足人们心目中的理念。

鼓声逐渐响亮起来,印第安人敲打得更加猛烈了,用的是手掌,他的歌声也随之而起。苏珊娜·班廷从壁炉后面走了出来,

第八章

卡莱尔差点摔掉了手中的啤酒罐。除了一条挂着银鹰的项链,一对与之相映的大耳环,她全身一丝不挂。

而且她对自己赤身裸体的样子毫不羞涩,这点非常明显。她缓缓走到壁炉前,把双腿并在一起,抬起双臂指着橡木,这些橡木光秃秃的,中间还钉着隔热材料。

对卡莱尔·麦克米伦来说,她的身体看起来就好像被摆在了建筑大师的车床上。她是一个无所不包的女子,将卡莱尔少年时代的火热梦想中所出现的所有女人集于一身,她是一个健康奔放的女子,在威利斯顿的炉火前跳起舞来。一开始她只是踮着脚尖慢慢转圈,长发在火光中飘扬,双脚在粗糙的地板上悄然无声。

她移动着身子,朝小药袋优雅地弯下了腰,将某种粉末撒向炉火里,火焰变成了绿色,然后是蓝色,然后是黄褐色。印第安人不停地唱歌,她也开始用自己的歌声回应他的颂词,最后,鼓声和两人的歌声融成了一曲狂野的合奏。

她的身体在火光和舞姿中闪烁,卡莱尔感觉他自己的汗水开始从前胸后背流淌下来。现在她使出更大的力量舞动身体,赤裸的双脚踩踏着地板,耳环映衬着火光。卡莱尔一会儿很想要她,一会儿又痴迷于她和印第安人所创造的魔法。

随着一切继续,卡莱尔开始感觉自己发生了改变。有个东西穿行在房间里,令他难以自拔。声音和影像在他身上不断发挥影响:舞女、火光、女人、老手、老鼓、火光、女人。苏珊娜开始随着印第安人鼓声的节奏鼓掌,几乎就像是一名弗拉门戈舞女。她的眼神紧紧锁定卡莱尔的眼神,寸步不移。她变成一尊已经褪色的透明琥珀雕像，他能看见她的肺在呼吸，她的血液中流淌着红酒。他能看见所有这一切，一瞬间化作了清晰的永恒，而就在那一瞬间，又消失不见了。

最后是一个高潮，鼓声停了下来，苏珊娜优雅地走到壁炉后。一片寂静。卡莱尔看了看印第安人。他垂着脑袋，双手纹丝不动。唯一的声响是柴火燃烧发出的噼啪声。

几分钟后，苏珊娜·班廷重新来到壁炉前，衣服都穿好了。印第安人起身说："你的炉床得到了祈福，现在是一块神圣的地方了。我们不仅为这些木头和砖块祈祷了，也为你这位建筑师祈祷了。我们祈祷你的双手干活的时候将得到六种力量的指引，我们还祈祷你为科迪·马克思吊唁的礼物将如他所愿完工。到这儿来，让这座房子充满喜庆的气氛吧。"

说着，他摇了摇肩上的皮鼓，打开了房门。卡莱尔回过神向他们表示感谢，并提议开皮卡车送他们回去，但被他们谢绝了。他目送他们在工地的灯光里走下小路，空中又下起了小雪。印第安人，那名女子，长长的披肩罩在身上，一头裹在头上。在这个距离萨拉曼达八英里的地方，他们消失在雪中，进入另一片意念的时空中，他们能够领会那片空间，卡莱尔·麦克米伦知道自己却无法领会。

他正打开睡袋放到炉火边，却在壁炉架上发现了一尊椴木刻的小雕塑。这是一个裸体的女子，头发中喷射出火焰。后来印第安人会告诉他，雕塑代表的是女灶神，一位掌管壁炉的古罗马女神。那个精通医术的白种女人请印第安人刻了这样一尊雕塑。

第 八 章

卡莱尔躺在睡袋里,想起了那名女子的身体。那双满是皱纹的手敲打紧绷的羊皮,她的身体在鼓声中舞动,在火光中闪烁;她转身的时候,乳房上流出的汗水如同甘甜的雨露一般落在炉床上。他很后悔自己对于祈福和仪式毫不敏感,他发现自己只是很想要她。

第九章

感恩节。卡莱尔在高原的第一个感恩节。塞尔玛·恩格斯特罗姆出院回来了,重新管理丹尼餐馆。嘉莉帮她准备免费的感恩节晚餐,分给所有上了年纪、无家可归的本地人以及不分老少、没钱吃饭的穷人。塞尔玛打烊后,她才离开餐馆,两点过一点儿就开车上了卡莱尔房前的小路。天气相当寒冷,芝加哥熊队在第三节比分落后。

"卡莱尔,感恩节快乐!很高兴受邀来到这里哦!"她笑道。嘉莉花了很长一段时间处理杰克之死的相关事宜,然后忙着出售他们的牧场。自从她丈夫遇难的那晚之后,除了在丹尼餐馆和杰克的葬礼上说过几句外,她跟卡莱尔没有说过话。两天前,卡莱尔问她是否愿意跟他一起共进感恩节晚餐。

卡莱尔在壁炉里搭起一个烤肉机,将一只小火鸡固定在烤肉机的架子上。嘉莉注视着他:"你觉得这样能行吗?看起来有点儿摇摆不定哦。"

"有的东西行,有的东西不行,"他答道,"这个小装置正好处

第九章

于两者的中间,我想说……这就好像生活本身。如果这样干不行的话,我会把这只鸟钉死在二乘四英寸的木头十字架上,然后一边把肉放在柱子上烤,一边吃花生酱三明治。"

"既然如此,我还是祈祷现在这么干能行吧!"嘉莉大笑着说,"花生酱倒没什么,但是我确实不喜欢钉在十字架上的感觉,其中就包括跟以前的牛仔结婚。对不起,说起那件事很讨厌。按理说我应该服丧才是,可不知为什么我似乎没那个心情。杰克曾经是个不错的人,但最终却远不如当初那样子了。"

卡莱尔蹲在炉床边,抬头看着她:"嘿,我知道最新的礼仪书大大缩短了正式哀悼期的时间,所以我相信你这种情况是可以得到宽恕的。"

他插上烤肉机的插头,火鸡慢慢地转了起来,在架子上显得十分平稳。他抬头看着嘉莉·德弗卢,耸了耸肩,然后扬起眉毛笑道:"你觉得怎么样?"

"我想你暂时可以推迟搭建你的十字架了。"

趁火鸡还在转动,他在上面抹了些红酒、黄油以及一点大蒜。嘉莉把待烤的土豆用铝箔裹起来,以便之后放进炭火里,接着便开始做油拌色拉。卡莱尔反复调试收音机,却找不到一个适合他的电台,只好放入一盘维瓦尔第①的磁带。他在柴炉旁摆了两只装钉子的小桶,打开两瓶特地买来的进口啤酒。他们坐在那儿,烤肉机在火鸡沉重的压迫下发出呻吟。

---

① 维瓦尔第(Vivaldi),巴洛克时期的意大利作曲家和小提琴手。

嘉莉看起来很漂亮，真的很漂亮。大家都说杰克之死的悲剧事件之后（有些人还不动声色地接着说，那只是杰克的悲剧，而不是嘉莉的悲剧），她看起来比以前好了。嘉莉看起来就仿佛是卸下了一个沉重的包袱。她增加了少许体重，但恰到好处，脸上似乎也不再有旷日持久的憔悴与忧伤的神情了。

除了牧场的衣服，卡莱尔从未见她穿过别的服装，但今天她却穿了一条很显身材的黑色羊毛裤和一件柔软的黄色高领绒衣，头发用三根小发卡扎紧在脑后。卡莱尔穿的是旧工作靴，但他特地购买的绿格法兰绒衬衫与那条暗棕色的灯芯绒裤子搭配得恰到好处。

"眼下你打算做什么呢？"他问道："我听说你把牧场挂牌出售啦？"

"没错，首先，我打算想办法把那块地给卖了。就算我能把地卖掉，也没什么留下的了，因为我们还有两份抵押贷款在牧场上呢。杰克从他父亲那儿继承牧场的时候是没有债务的，但我们连续四年收益不好，第一份抵押贷款就是当时办的。后来杰克满脑子觉得自己是个聪明的赌徒，于是又办了第二份抵押贷款，去了拉斯维加斯，以为自己能赢来钱还清所有的债务。他回来呆了一个月，又去了一次，最终输个精光回到家。玩高筹码的扑克游戏的下场。

"我根本不知道一旦卖了牧场我还会干什么，也许会搬去卡斯珀或者俾斯麦找份工作。也许回大学念书，我一直为没有完成学业感到遗憾。我以前打算做个中学历史老师的。"

第 九 章

卡莱尔一言不发。这一刻不需要他说什么话。

"我不该把杰克说得这么不堪。当初我认识他的时候,他像是海盗和牛仔的结合体,确实是个很浪漫的人。他年轻的时候表演牛仔节目,演得很出色,后来不幸演砸了,才不得不退出。那以后他就判若两人了。他自诩说喜欢牧场,并且努力经营成功,但他真正喜欢的只是骑公牛,他也就在这方面在行。我第一次见到他时,很喜欢看他表演骑牛,我嫁给他是因为我爱他,也希望能够长久地爱他,但他却与我和其他所有的一切渐行渐远,只知道混迹于那些酒友之中。"

一说到那些酒友,她想起哈维·古思里奇在杰克死后的第二个礼拜曾经给她打过电话,约她出去。她说不去,并让他以后别再打电话了。哈维大笑,砰的一声挂上了电话。

她斜过眼,看了一下卡莱尔:"卡莱尔,你结过婚吗?也许我这么说勾起了你的伤心事?那就当我没问过你。"

"没有什么伤心事,我从来没结过婚,这一点让我母亲很失望。有一次我差点儿结了婚,是在六七年前吧。她是伊利诺伊州南部的一名小学老师,很年轻的时候就结了婚,后来又离了婚,从中西部搬到了湾区。我们交往了两年,但那时候我情绪低落,让人很难相处。一年夏天她跟其他一群老师去了东部,结果被史密森尼博物馆的一名自然学家给带走了。"

他停住话头,一边微笑,一边看着嘉莉:"简尼跟自然学家一起生活,要比跟着一个居无定所的木匠好得多。我从来没有怀疑过这一点。不过,我仍然会动不动、时不时地想起她。她是个好人。"

卡莱尔喝了一点儿"圣保利姑娘",看了看酒瓶上的标签,继续道:"你是这儿的人吗?我是说,这儿是你从小成长的地方吗?"

"不,我是个爱荷华州的姑娘,来自爱荷华北部的一个小镇。我爸在那儿开了家五金商店,几年前去世了。我母亲搬到了明尼苏达州的奥斯丁,住在那儿的一个退休社区里。对此她似乎还挺开心,但一想到在那样一个地方度过余生,我就觉得应该给自己的生命设定一个期限——比方说五十岁。这个年龄,现在想想,也不是那么遥远了。"

"好了,我有个朋友名叫巴迪·里姆,我们两个谈到死亡和退休时曾经说:'不要愚蠢得死掉。'"

"听起来不错。那是什么意思呢,'不要愚蠢得死掉'?"

"我们把不喜欢的死法列了个单子。第一条是不要死在医院里,不要让那样的事发生。第二条是不要在卡马特①即将推出男式内裤的'蓝光特价'活动②时,在商店门前被一辆七一年的凯迪拉克撞死。这个单子就此开始了。"

嘉莉开始大笑起来。

"第三条正好符合你刚才说的情况:在一家规划完美的退休社区里,被一名体型超重的六十七岁扶轮社会员操作的旋转割草机飞出来的碎片砸死。我发现现在说这个的感觉,不如我们那晚

---

① 卡马特(Kmart),美国零售公司。
② 卡马特常见的一种商品特价活动。

第 九 章

在奥克兰的酒吧里构想的时候有意思。边喝啤酒边聊天才会有那样的效果。"

"那么,有什么好点的死法呢?"她一边问,一边还在忍不住为卡莱尔的单子呵呵发笑。

"嗯,要回答这个问题难度还是大了一些。你在建造最好的一座房子时,钉下最后一块屋顶木板后,从房顶上摔下来,胸口插了一根非洲草原上的长矛,诸如此类的死法吧。既然我说到这些,肯定就掺杂了男孩儿和啤酒的特色,其实有点儿让人难堪。此外,我估计,随着我年龄逐渐变大,这种对于生死的自负感会有所改变的。咱们换个话题吧。"

"好吧,我认为作为一个男人,有那么一段时间做个男孩儿没有什么不对的,只要你走过这个阶段进入下一步。让我受不了的是,许多男孩儿就不会到达下一步。"

"是啊,长大成人并不是那么有意思。所以我们尽可能晚地把孩子气打退,或是永远拖下去。"

"女人对此表示理解。我们跟男孩们相处,一直就明白这一点。"她笑道。

"我坚信你们明白这一点。我向来就说过,要想理解男孩儿性格的男人,你就得理解工具。"

"工具?"嘉莉笑道,"给我讲讲工具吧。"

卡莱尔蹲下身子,在火上又放了些木头,转过头说道:"男人们喜欢工具,各种各样的工具。我们也喜欢袋子,因为我们得有地方放工具。然后我们喜欢挑拣工具放进袋子里,动身出发去某地。"

"现在你确实说到点子上了,我深表理解,要知道我跟杰克一起生活超过了二十年。"

"我很小的时候,四五岁的样子吧,还在门多西诺,我想要一辆玩具小汽车。那可让我母亲担心了,我是这么觉得的,但她还是在一次清仓甩卖上给我找到了一辆。一只车轮摇摇欲坠,但我并不在乎。那辆车可以把我的工具运来运去。我在车里载了石头、起子,还有一把锤子,还有其他东西。

"我母亲看到这些,就不再担心了。我长大后她一度拿这事取笑我,她说:'卡莱尔,你的货车就是你那辆玩具小车的成人版,用来运载你所有的东西的。'我得说,她是对的。"

"你这番关于工具的大论解释了许多男性行为方式。"炉火发出清脆的爆裂声,在嘉莉的笑脸中溅起光芒,"杰克有袋子和工具。只不过他喜欢把工具从一个袋子里拿出来,再放到另一个袋子里,有点儿像多米诺效应。之后,他就会动身出发去某地,打猎或者钓鱼。"

"是啊,把工具从一个袋子换到另一个袋子,是其中一个重要部分。那样一来,你就得更加频繁地处理工具了。"他打开冰箱,又拿了两瓶啤酒摆在他们身边的地板上,"在你长大的那个小镇上,我坚信你是返校节的王后,对吧?"

嘉莉又笑了:"开始我只是亚军。我爸说有人在耍欺诈,那个选上的姑娘得了冠军,是因为她跟橄榄球队的四分卫拍拖了。我从未告诉过他,其实我才是跟四分卫偷偷约会的人。我爸本人也算是本地橄榄球队的传奇人物,这就不用我再说了吧。天啊,那些事情好像是很久以前的了,不但琐碎,而且幼稚。"

不过,她自己觉得,那一切在当时似乎并不那么琐碎,也不那么幼稚。那时候,她和四分卫喝着六罐装的啤酒,不顾寒冷刺骨的天气,在返校节选美大赛后去了贝岩河里裸泳,就在麋鹿溪汇入河水的地方。可是现在想起来却觉得琐碎幼稚。四分卫行动笨拙,她也一样。总而言之,非常不雅。但你总算是经历了那些事,尽管回想起来会让你感觉有一点受伤。

快到傍晚的时候,卡莱尔把两台锯木架摆到房间中央,又在上面放上一乘十二英寸的木板。临时搭建的一张桌子。阳光透过南窗照进来,火鸡看起来相当不错。翻斗车在厨房里吃着自己的美食,收音机正在播放音乐。嘉莉和卡莱尔之间的谈话大多说的是本地的事情,卡莱尔无意间提起了利物摩尔边缘的一家旧舞厅。

嘉莉远眺外面的斜阳:"哦,卡莱尔,那个地方真是很特别呢。咱们去那儿吧。还要过一会儿天才会黑,咱们半小时内就可以到达那里。我想要你近距离地看一下,咱们可以回来再洗碗。"

"听起来我觉得很不错啊。咱们发动货车吧。"

二十五分钟后,他们把车停在了"石板舞厅"旁边,这家舞厅位于一片小湖的堤岸上。老地方年久失修,门窗紧闭,残破的外壳裸露在阴冷的狂风落日之下。跟别的舞厅比起来,并不是那么大,包括服务区也许有两万平方英尺。

"有点儿像麦克林夫人的馅饼隔了夜的样子,不是吗?"嘉莉大笑道。

卡莱尔点点头,透过后门上的裂缝望了进去。他能看到的不过是些破旧的水槽,很大的那种。他绕着整个建筑走了一圈,发现了另一个口子。透过屋顶和其他地方的空洞射入的阳光足以让他分辨出屋内的地面和地面周围雅座昏暗的外形。

"我和杰克新婚的时候,他曾带我来这儿跳舞。"

他转过身,看着她站在灰色的光线中,一身白色格子毛衣和宽松便裤,几缕黑发夹杂些许灰发,飘过面颊,样子十分苗条漂亮。他努力想象二十多年前那个夏天的夜晚,她在"石板舞厅"里的样子。她身后的湖水边缘已经结起了薄冰,水上吹来一阵寒冷的狂风,她的面庞也随之变成了粉红色。

"你可能无法想象吧,我那时还是个年轻姑娘,身穿漂亮裙子,在这个地方整夜跳舞。"

这是个表示陈述的句子,可她却用疑问的语气来表达。"嘉莉·德弗卢,我根本就不难想象你说的那些啊。不过,还是给我讲讲吧。"

"我搬来这儿的时候,已经是'石板舞厅'最后一段时光了。不过我和杰克经常会到这里来。大多是在星期五晚上,那是乡村乐队演奏的时间。有时星期六会有大乐队来,我也会说服他带我来。我爸收集了大量的老唱片,包括了所有的老乐队:道尔西、格兰·米勒、亚提·萧——所以说我是听着那种音乐长大的。杰克从来就不怎么喜欢,说那种音乐很难跟着跳,但他真正不喜欢的还是参加大乐队舞会的人跟他截然不同。杰克从不打领带,只是

第 九 章

偶尔会系那种小领结,而参加大乐队舞会的人们大多都穿盛装。但有时他还是会带我来,然后他会一整晚抱怨说,无法跟随他所谓的外国佬音乐跳德克萨斯两步舞。"

卡莱尔靠在"石板舞厅"边,一面大笑,一面想象乐队演奏到《星尘》时杰克脸上露出的神情。

嘉莉打开了话匣子,语速变快了,与其说是对着卡莱尔,不如说是对着风在讲话。卡莱尔就随着她说:"我记得这些大百叶窗是怎样翻上去的,还记得月光下的湖面是什么样子。天花板上灯光跃动,闪烁在地上,闪烁在舞者的身上。星期六晚上乐队演奏的都是老歌:《日出小夜曲》、《雾天》、《星光灿烂》,诸如此类的曲子。

"星期六晚上的乐队名字你简直无法相信,比如说'格兰·波伊尔的蜜糖梦想家'。嘿嘿,令人恶心吧?"她站在那里呵呵发笑,看起来非常美丽。她沉浸在回忆中,仿佛穿过一道旧门廊,还需要再次穿过这道旧门廊。

"到了六十年代中期,世界变化很快。为了能够继续运营下去,这地方主要邀请了一些摇滚乐队来演出。不过,不知是什么原因,这家舞厅就是渐渐不行了,完全不行了。'石板舞厅'在一九六六年倒闭。他们举办了一场大型的告别晚会,那些年来曾在这里演出的许多音乐家们都来了,最后再演一次。人们为了那一晚的演出,特地从佛罗里达和加利福尼亚一路开车过来。那时我只有二十五岁,不算是这一带的人,但我已经在这个老地方度过了许多个夜晚。

"我记得他们最后演奏的是《友谊地久天长》,我们大家都哭了,只有杰克没哭,因为他希望他们用《圣安东尼奥玫瑰》来收场,他喝醉了,不停地大声喊道:'圣——安——东——尼——奥——玫瑰。再来一遍。'那晚演奏的音乐家们很可能一辈子也没演奏过《圣安东尼奥玫瑰》,可杰克还是不停地大声叫喊,甚至乐队退场后他还在喊。"

她停了一会儿,回想那晚她跟杰克离开"石板舞厅"后她是如何在货车里脱光衣服,坐在他的腿上驾驶货车,任由他的双手在她体表游走,他们俩在耶基斯县的一路上前后摆动,前往一个叫家的地方。

一瞬间,她显得很严肃:"那个时候我很爱他,卡莱尔,我真的很爱他。我认为,他就是年轻姑娘的梦中情人。"

"我敢肯定你很爱他。就凭你告诉我的一切,我就明白为什么了。"

"可是我却又很恨他,那样是不对的。"

嘉莉眼中噙着泪水,也许是因为风,也许是因为回忆。她仿佛回到了那些回忆里,再次聆听一支大乐队演奏《初秋》,看见地板上的灯光,体会做年轻女人的感受,浩瀚的天空好像牛仔肩膀的曲线——不,那是牛仔和海盗的结合体——他转身看着你,你却望向敞开的窗外,望着月光下温暖的湖水拍打岸边,想象这一切永远不会改变。

卡莱尔对她微笑道:"改天我想带你去跳舞,你愿意吗?"

嘉莉走过去,握紧拳头碰在他脸上:"我非常愿意。"她就说了

第九章

这么多,然后他们慢慢地走回闲置在一边的货车,享受车上供热装置产生的温暖。

他们收拾好晚餐留下的残渣,卡莱尔泡了一壶咖啡。坐在他临时装备的桌前,彼此又是谈笑风生。卡莱尔心想,嘉莉·德弗卢真是个非常好的女人。他给她装了一盘火鸡,让她带回家去,之后他俩又在前面的门廊上站了一两分钟,向外远眺他们居住的这大片旷野。嘉莉已经不再把卡莱尔想成可能干那事儿的对象了,现在只把他当做一个男人,一个好男人。不管他有什么样的缺点,目前她能说的是,他在该出色的地方都很出色。她有点想留下来跟他一起共度今夜,更多的是出于友情,而非其他,但不管怎么样,那样做并不太合适。此外,她还没有做好被拒绝的准备,而她又不确定卡莱尔在这方面对她的感觉如何。

她踮起脚尖,把一只手放在他脸上,温柔地亲吻了他:"晚安,卡莱尔。谢谢你的感恩节,真的是太甜蜜了。还要谢谢你带我一起去'石板舞厅'。去那儿的感觉非常好,让我回想起跟杰克在一起的那些更美好的日子,因此我对他的感觉,对我们俩在一起的生活的感觉也好些了。今晚我想回家再好好回忆一下那些事情。我想,我会集中精力回忆从前的老杰克,努力忘记这些年来跟我一起生活的那个人。"

卡莱尔抚摸她的头发,俯身亲吻了她,然后仰起身子说:"晚安,嘉莉。小心开车。"

她正准备走下门廊,却又转过身来,伸出五指抓住了他衬衫的翻领:"卡莱尔·麦克米伦,我喜欢跟你在一起,我喜欢你亲吻我的样子。改天,等我办妥一些自己的事情,我会建议咱们更进一步地了解对方。希望你不会觉得我那么做是在冒犯你。"

"嘉莉,我不觉得你可能说什么话冒犯到我。趁我还没有表明对你的想法,带上你的火鸡赶紧跑吧。"

于是她发动了野马车,顺着小路开了下去。卡莱尔目送她驶上漆黑的马路,目送野马车的尾灯向北远去,穿过传说中西奥拉和守护人居住的那片地方。嘉莉的身影消失之后,卡莱尔望着西北方,反复看了两次。他回到屋里,取出双筒望远镜,调准焦距。狼丘的山顶燃烧着一小团火光。

第 十 章

就当时的季节而言,感恩节后的那个星期六异常温暖,让人产生一种错觉,以为这年的冬天并不难过,就在这时,暴风雨卷土重来,狠狠地打在他们的头上。卡莱尔对于房子有了一些想法,于是去了小萨拉曼达河,沿着岸边的沙洲寻找浮木。他闻到一阵篝火燃烧的烟味,这才看见了点火的苏珊娜·班廷。

河道在那里变窄,两岸立起了二十英尺高的岩壁。苏珊娜正坐在一块石檐下,身前点着一小团篝火,看着河水。他差点就后退了,但还是平静地站住了。她似乎正聚精会神地想着什么事情,因此他并不想打扰她。而且,十分坦白地说,他还不知道自己是否想要跟她独处。卡莱尔跟女人相处都很不错,但这个女人却有点让他不安,当然了,她在他房子的木头地板上跳舞的场景他仍然记忆犹新,的确让他感到不安。

印第安人说服她表演了那场特殊的祈祷仪式,使卡莱尔获得了更多本不属于他的宇宙意识。这就是卡莱尔的观点。他想,一个十分成熟的思想应该可以领悟她和印第安人为他的房子和他这位建筑师传达的善意。但他实在是迷上她了,脑中萦绕着她跳舞时裸体的样子,在他所建造的房子昏暗的角落里,他仍然可以听见响声回荡,令他心中的印象更加清晰深刻。印第安人的鼓声和苏珊娜的赤足在木材上留下的跺脚声仿佛几乎控制了他们自己的半条生命。

不过,苏珊娜·班廷可不是那种你打个电话就能随便约出来的女人。她看起来既非平易近人,也非冷若冰霜。那样的衡量标准无法用在她的身上。

此外,他怀疑她跟印第安人之间通过某种力量联系在一起,而那种力量很可能超出了他的理解层次。至于她是不是印第安人的女人,他无法确定。对于他们两人他不但喜欢,也很尊重,因此就算有办法,他也不想去干涉他俩的关系。

他正想重新往河流的上游走去,让苏珊娜一个人呆着,她却把头转了过来。她就这么看了他一会儿,然后微笑着喊道:"你好啊,卡莱尔。"几乎就好像是她一直在等待他。

他朝她走了过去:"很抱歉打扰你了,我不是故意的。"

"你没打扰我啊。到我这边来吧,咱们像这样在一起的好日子可不多了。"

这是他第一次看见苏珊娜身穿长裙以外的衣服。这天她穿了一条旧紧身牛仔裤,一身米色毛衣,一件深绿色的登山衣和一双饱经风霜的旅行靴。红褐色的头发扎成了辫子,笔直地垂在背后,差不多有齐腰长。

"你的房子进展如何啊?"她问道。

第 十 章

"还不错,真的很好。我到这儿来就是想找一块特殊的浮木做成台阶栏杆。"

"这条河上游大约一英里的地方有一处弯道。河水高涨的时候堆积了许多木头,河水退去后就留了下来。你去过那儿吗?"

"没有啊,不过我会去看的,谢谢啊。"

"卡莱尔,你是从哪里来的啊?我注意到你的车牌是加利福尼亚的。"

"我在门多西诺长大,过去的十五年我就住在湾区。"

"我去过一次门多西诺。"她注视着最后一片秋叶飘过,那是卷曲的棕黄。

"什么时候呢?"

苏珊娜·班廷撅起嘴唇,一边朝上看,一边回想道:"六年前吧。我曾听说那里是个漂亮的地方,于是就在从西雅图过去的路上在那里逗留了一会儿。"

"你是西雅图人?"

她转头看着他:"不是,我觉得我算是地球人吧。"

河流拍打两岸的岩壁,发出汩汩水声。一只老鹰在西面的远处翱翔,飞得高高的,看着有些寂寞。一阵微风在水面掠起了涟漪。

"那么说来,你走过了许多地方?"

"是啊,我走过许多地方。"苏珊娜答道,"我母亲在我四岁的时候就去世了。我父亲是那种四处游历的学者,他是位人类学家,漫游了这个充斥着基金与条约的世界。我跟着他一起旅行。"

她一把抓住水中的一根小树枝，注视水中激起的小漩涡，那一瞬间回想起了她的少女时代。

一颗石子滚到了卡莱尔的屁股底下，他挪了挪身子。苏珊娜把小树枝扔回河里，看着水流将它带往下游："我的童年很奇怪，不同寻常。卡莱尔，那你又是怎么会来耶基斯县居住的呢？"

"我是为了躲避外头那个疯狂的世界，偶然流浪到此。这里似乎既安静，又开放，所以我决定留下来，建造一些值得改变的东西。"

"看起来像是座很漂亮的房子。那个你称作'吹笛子的'的男人，甚至在我还没见到房子之前就给我讲过了。"

"谢谢！我很感激你和他能来为我的房子祈祷。"

她对他笑道："你觉得祈祷仪式怎么样？大致模仿了我在东非看过的一名萨满教祭司表演的古代仪式。女灶神的雕塑是我的主意。"

对此他能怎么回答呢？难道告诉她真相：对于鼓声，对于她迷人的身体，自己真实的感受是怎样的？含蓄一点，用胆小鬼的方式来回答："嗯，那场仪式跟我以前见过的东西都截然不同。"

苏珊娜·班廷侧过身子，对他笑道："没错，这点我相信。那你觉得仪式怎么样呢？"

该是说真话的时候了。卡莱尔的胃在颤动。他长长地呼出一口气，眺望河对面，避开了苏珊娜的眼神："说实在的，我所见所闻所读的东西里，那个仪式是最色情的了。我的话就是这么直截了当。"说完他便感觉好些了，于是转头看着她。

第十章

那双绿眼睛平静地看着他:"本意并不是这样的,但我觉得我能理解你的意思。"她眨了一下眼睛,"说老实话,我在仪式进行到中途的时候也有一点儿同样的感觉,不过开始的时候我没感觉到。那些年跟随我父亲四处游历,那些日子沉浸在古代文化中,我已经很容易接受裸体了,不论是我自己的裸体还是别人的。有时候我会忘掉裸体的事儿,觉得这是理所当然。但我承认,我看到了你看我的神情,也体会到了仪式之外的东西,正如你所看到的一样。我相信,男人和女人都逃不过一条。有些东西是基因驱动的,很久以前就有了。"

卡莱尔站起来,身子有些不稳:"太阳要下山了,几个小时后就要天黑了。"

"天黑让你心烦吗?"

"不会,可我的考察任务还没完成呢,那堆河边的浮木……"

"希望你能找到你想要的东西。我很喜欢跟你说话。"

"谢谢,我也很喜欢跟你说话。"他走回到岸上。他迈步踏上房前的门廊时,左肩扛了一根长长的浅灰色浮木,天已经完全黑了。苏珊娜仍然坐在小篝火旁的一块岩壁下面,靠近河边。她在想卡莱尔·麦克米伦,在想秋尽冬来,还在想几乎每晚都会出现的奇怪感觉,这种感觉会促使她去做一些百思不得其解的事情。

卡莱尔在高原度过的第一个冬天是他有生以来最好的一个。大草原上光线压缩,白昼短暂,天气不是灰蒙蒙的下午,就是寒冷刺骨的明媚早晨。舒适温暖的房子,烧煮食物的柴炉,他在房间里干活，这是他一直以来最喜欢的建筑阶段。尽管他的活儿都是按部就班，不会缺少任何零件，但通过屋内的一切还是可以轻而易举地看出他精湛的技艺。

感恩节过后，嘉莉就离开了小镇，去卡斯珀探望她女儿，把牧场留给一名雇工看管。她女儿正怀着第三个孩子，情况不好，因此嘉莉继续呆在卡斯珀照料她。她给卡莱尔寄了一张圣诞节卡片，说自己很怀念他的陪伴，等二月初宝宝出生后她就会回去。

十一月收割庄稼以后，阿克塞尔·卢克为卡莱尔铺了一条可以适应各种气候的小路。有一天，卡莱尔站在主路上，看着房前那条小路糟糕的状况，阿克塞尔正好经过。秋天的雨水加上来往的车流，在小路上压出了一道道又深又泥泞的车辙，足有十二英尺宽。

阿克塞尔从货车窗里探出身子："嘿，邻居啊！看起来你的房子前面应该弄一条好路！"

卡莱尔点了点头："我站在这儿就是在想该怎么搞定这事儿呢。"

"没有问题。你去古思里奇兄弟采石场订购一批沙砾来，我会把我的小推土机开到这儿来。一两天就能搞定。"

确实如此，阿克塞尔两天内就搞定了。他在地基上用砂砾均匀铺开，筑起一条漂亮的小路，足以对付湿气流。卡莱尔想要付钱，但阿克塞尔·卢克拒绝了。

"庄稼都收完了，我成天带着依琳娜这个疯婆子到处晃悠，就想找点事情做做呢。所以呢，她快把我逼疯了，因为我快把她逼

第 十 章

疯了。给你铺路就好像是举家度假,到时候我可能会有些木匠活需要你出手呢。到时候再说,别担心。"

每逢大雪之后,卡莱尔就会听到阿克塞尔开着斯泰格尔大型拖拉机上了房前的小路,用前端的铲子铲起积雪倾倒到路两旁。卡莱尔走出门时,阿克塞尔就会满脸通红向他挥挥手,很显然,他玩得很开心,一方面可以感受屁股底下这台钢铁的力量,另一方面也可以短暂地避开依琳娜,单独放个假。

二月五日,嘉莉从卡斯珀回来了。她在傍晚时分给卡莱尔打了个电话,当时才刚到家一个小时:"你好,木匠,你怎么样啊?"

"嘉莉!真高兴能听到你的声音!我真的很好,照旧敲敲钉子、锯锯木头。你女儿怎么样了啊?"

"她现在很好。宝宝健康状况良好,莎伦生活也规律了,一切都恢复了。天啊,我真高兴不需要照看三个小家伙。她现在忙得不可开交,今后八年左右都会如此……卡莱尔,我想你。回城的路上我在一家卡斯特熟食店买了些吃的,我想,只要你愿意吃一顿有啤酒和熏牛肉的晚餐,我就可以到你那儿去。"

"我当然愿意了。你尽管过来。"

"好吧。我刚回来有些需要处理的事情。大概两小时左右的样子。好吗?"

"太棒了。一会儿见。"

嘉莉·德弗卢泡在她的旧式浴缸里,仰面躺在温暖的肥皂水中,头发用针别成一团。一年到了这个时候,乡下还是阴沉沉的天空笼罩大地,仿佛比凛冽的寒冬还要漫长,简直让高原显得像是西伯利亚。她在浴缸里,可以透过浴室的窗子看见天空,泥土的灰色,看起来很低很湿,很不吉利。

回家的感觉很好,她在浴缸里躺了许久,想她女儿,想她自己的人生,想自己应该怎么办。然后想到了卡莱尔·麦克米伦。她把脚趾放到水龙头上,开心地扭上阀门,然后伸手去拿剃刀。她刮净了腿毛,抬腿走出浴缸,觉得自己比平常更有女人味了,而且不知何故,更有一点儿淘气的感觉,早年杰克还叫她"小骚货"的时候,她有过那样的感觉,那晚从"石板舞厅"开车回家,赤身裸体坐在杰克大腿上的时候,她也有过这样的感觉。

卡莱尔正在活梯上干活,听到野马车开上了房前的小路。嘉莉敲响门,他大声喊道:"进来吧,你开门的时候要小心活梯!"

嘉莉试探性地把门往里面推了一下,感觉门板撞到了梯子,于是朝里张望了一眼,才从门缝中挤了进来。她抬头看着他:"卡莱尔,你在那上头干什么啊?"

他低头看着她,笑道:"我决定在这儿搭个小阁楼。一分钟后就下来,只要把最后这几枚钉子敲进栏杆埋好头就行了。"

嘉莉走进厨房,从纸袋里取出食物,放进了冰箱。她望着卡莱尔的后背,他伸展双臂,右手摆正锤子,左手里拿着钉子。头上反戴了一顶棒球帽,帽子顶上印着"巨人队"的字样,棕色的长发笔直地披撒开来。法兰绒衬衫在背后散开,袖子卷到了胳膊肘的位置。她看着他把右前臂摆在锤子上,露出坚实的肌肉。干脆利索的三锤,钉子就坚实牢靠地归位了。他将手伸进工具带里,取出穿孔机,把钉子埋了进去。

第 十 章

他爬下梯子,走到她身前,笑着伸出双手抱住她,锤子还挂在右手上摇摆不定。"你好,嘉莉·德弗卢!很高兴见到你!"

她紧紧抱住他,闻到一股锯屑和汗水的味道,感觉到他背上的肌肉,不假思索地把他衬衫的后摆塞进裤腰里。她觉得,把男人衬衫的后摆塞进裤腰里,是个很亲昵的行为。

她后仰身子,对他笑道:"卡莱尔,我想你。"

"嘉莉,我也一样啊。自从你走了以后,一切都归于平静。据我所知,翻斗车好像想要睡上整个冬天呢。"

"依我说,这主意可不坏。动物明白如何与自然界相处,而我们却总想着要与之抗争。饿了吗?"

"不饿,不过渴了。"

"这个我来解决。我不仅有熏牛肉、黑麦威士忌、凉拌菜丝以及别的东西,还带了'圣保利姑娘'。大大地挥霍了一笔,庆祝我又重返家中。"

在熟食店,她去冰箱里拿六罐装的百威啤酒,却看见了"圣保利姑娘",并记起来卡莱尔在感恩节的时候就买过这个酒。于是她把百威放回冰箱,取出了"圣保利姑娘",感到自己很是放肆,一心盼望卡莱尔晚上能在家。

"卡莱尔,你有椅子啦!三把,还是折叠椅!"

"是啊,在教堂地下室堆着,我觉得可以拿来做椅子。对于家具而言,功能暂时还是比外形更加重要的。而且,这些椅子让我想起了小时候每周六下午去参加的教义问答。我母亲温没有信仰她父亲的长老会,而是信仰了天主教。"

"你的教义问答是怎么样的啊?"

"修女们拿着尺子,一旦我们无法回答出问题,诸如'上帝是谁'一类的简单问题,她们就会打我们的手指。十五年后,我的一位哲学教授也在期末考试卷上问了同样的问题,我仍然没能回答出来,现在也仍然回答不出来。"他展开四肢坐在其中一把椅子上,双腿伸到身体前方,右脚搭在左脚上,然后弯下身子,松开皮制的工具带,放到身边的地板上。

"那你怎么回答哲学教授的问题呢?难道你就交了白卷?"

"不,整场考试的时间我都在思考这个问题,尝试了好几种不同的用语,可是没一个行得通。最后我就简单写道:'上帝是'。"

"然后呢?"

"然后我得了个 B^+。"

嘉莉笑道:"卡莱尔,明智之举啊。大多数人会写上十六页,全是些胡说八道的蠢话。你的回答真像你做木匠的技艺,就是恰到好处,绝无多余。"她脱下靴子,盘腿坐在一张椅子上,胳膊肘撑在膝盖上,面对面看着他,不停地摆动一对穿着白袜的脚趾:"你在哪儿上的大学?"

"斯坦福。"

"哇哦,那可是大联盟的学校!而且学费也很贵啊。"

"我有助学金。得到了一些政府的资助,还在业余时间做木匠。可以对付过去。"

"你毕业了吗?"

"是的,我为我母亲完成了学业。我想让她高兴,所以就坚持到底了。"

"你的专业是什么?"

"一开始是工程。我应付得了,但不喜欢。后来转到艺术专业,主修平面设计,辅修英国文学。这些都还行。不过,自从成了科迪·马克思的小跟班之后,我就一心只想做个木匠了,科迪·马克思就是我跟你说过的那个老家伙。"

他呵呵笑着,喝了一大口"圣保利姑娘":"我想我该冲个澡了。我的浴室虽然还没完工,但现在已经有旧淋浴器了。你自己随便在录音机里放些音乐磁带吧。厨房料理台上有一堆磁带呢。"

一瞬间,嘉莉很想说:"我能看你刮脸吗?"早年她喜欢看杰克刮脸。看男人刮脸很有意思,还略有些性感。但她还是微笑着控制住自己的情感,什么也没说。她对磁带精挑细选一番,把其中一盘放进了卡莱尔的小收音机里。威利·尼尔森轻弹一小段吉他,唱起歌感叹时光飞逝,之后便是《星尘》。她听见后面渐渐传来淋浴声。

她手拿啤酒,在房子里走来走去。卡莱尔用料很节约,也很精致。在建筑方面,他真的就是一个完美主义者。窗框装配得十分完美,木板衔接的地方几乎看不出来,至多是极细的缝隙。她觉得,小阁楼是个巧妙的想法。令她惊叹的是通往阁楼的那段台阶栏杆,弯弯曲曲的,明显就是一块浮木,经过去皮、磨砂,最后完工的样子平滑得像一块抛光的钢铁。壁炉架是一块四乘六英寸截面的橡木木板,有五英尺长。他在架子边缘雕刻了许多细长优美、却不对称的扇形饰面。

她发现壁炉架上放了一尊小雕像,以前她从没见过,看得出这是一名裸体的女性,燃烧的头发飘扬在脑后。她用双手捧着雕像,手指划过表面,观察雕像上的细节,正好看到了小小的乳头和曲线绝对标准的完美臀部。她把雕像放回原处,看见壁炉石上凿刻着"西奥拉"的字样,不禁抖了一下。

卡莱尔从浴室里走出来,身上穿着牛仔裤和红毛衣,脚上一双灰色毛线袜,一双平底鞋。他走到柴灶前,打开炉门,往火上放了两大块白橡木,然后在炉口搁了一块挡板。

"我在壁炉里塞满了过冬的隔热板,太多热量通过烟道出去了。不过这个开门式的炉灶算是个不错的替代品,只要你不太顾虑效率问题,而这一点目前我并不在意。"

摆在火边的有熏牛肉三明治和凉拌菜丝。什么都说,谈笑风生。后面播放着威利,然后是杰瑞·杰夫·沃克。啤酒和博简格尔斯先生。火光、土地,不断向外伸展,一直接近永恒。嘉莉向他询问壁炉架上的小雕像是怎么回事。

"那个印第安人——我叫他'吹笛子的',我想我跟你提到过他吧——他跟苏珊娜·班廷来我这里为房子做祈祷仪式,他们带来了这个小雕像,算作乔迁之礼。据说雕像代表的是女灶神,就是古罗马掌管壁炉的女神。"

嘉莉心中有些发毛。苏珊娜·班廷,不管是女巫还是什么。她心中泛起了涟漪,这就是古老而基本的女人天性,叫作竞争。过去在她的生命中,她也体会过那样的感觉,比如,她看见杰克搂着瀑布城的年轻女郎慢慢地跳舞的时候。还有几次她更年轻,看

第 十 章

到中学的四分卫关注别的姑娘。嫉妒可以转变成一种淡薄而火热的毒药。来自远古的女性本能,是争夺最好的男性,第一流的男性,那样的男性身上仿佛拥有维持物种生存的最优特质。这种感觉不合时宜,但确实存在。

卡莱尔从她的眼神和面孔上看出了什么:"他们没呆很久,只来了一个小时左右,就做了祈祷仪式。他们真是好人,不过我不敢肯定我能领会仪式中间所有的动作和咒语。"并没有提到苏珊娜·班廷圆润的乳房上滴下的甘露。

风起来了,低沉的"呼呼"声变成了平缓的咆哮声,渐渐消逝,然后又卷土重来,呼啸不止。不过,房子里却很温暖。午夜过了一点儿,嘉莉推开前门往外看去。

"卡莱尔,瞧这雪啊!"

他们一直在说话,都没注意查看天气。一场湿润的大雪两个小时前就不声不响地开始下了。地面上已经积了三英寸厚的新雪,清晰可见,几乎要接近门廊的边缘了。

"看来,你得在这儿过夜了。"卡莱尔在她身后看了几眼,说,"不可能有人愿意在那样的天气下开车。此外,我觉得你都无法把车开下那条小路呢,更不要说你还要开上狼丘马路才能回到家。"

她关上这扇红木门,靠在门上站着,牛仔裤、白袜子、黄色高领毛衣,朝卡莱尔·麦克米伦微笑。她在感恩节那天穿的也是这件毛衣,这是她唯一一件漂亮的毛衣了,被她包在塑料袋里小心翼翼地保存着。黑色披肩发夹杂着几缕银灰色的发丝,又长又软，映射出炉子里摇曳的火光。

像许多女人一样，嘉莉·德弗卢低估了她自己。她没有无与伦比的美貌，但身材苗条，双腿修长。正如杰克所说的，是个"小骚货"。此外，还有亲切的眼睛和姣好的脸蛋。

卡莱尔走到她面前，伸出右手放在她毛衣底下的脖子上，拇指轻触她耳畔的面庞。他慢慢抚摸她的皮肤，回敬她一脸微笑。很好的皮肤，柔软温暖。她能感觉到他手上的老茧。

嘉莉的手指划过了他的脸颊、鼻子和眼睑。他将身体向她靠去，把她按在门上，缓慢温柔地亲吻她。她也回吻着，开始只是顺从，之后越来越强烈，她很久没有这样的激情了。她双臂抱着木匠的脖子，将身体压在他身上，弯起一条腿跨到他的腿后。

她掀起卡莱尔的毛衣，双手抚摸他背上的肌肉，然后将他前面的毛衣拉起来，亲吻他的胸膛。"卡莱尔，"她轻声说，"我是这么想要你。我想过要你，幻想过要你，梦想过要你。"她有点儿喘不过气来了。卡莱尔的手紧紧抓住了她的长发。

他将她抱了起来，她的手臂仍然抱着他的脖子。他抱着她穿过起居室，从壁炉的后方走到卧室里。他把她放下来，开始亲吻她的乳房，她的肚子。最后他们一如常理地脱掉了所有的衣服。没过多久，他们就做到了两人都想要做的事情。

一开始他们还有些不熟练，但随着时间推移就好些了。他把身体压在双手上，低头看着她，将她拉到坐起的姿势，两人的双腿交叉在一起。他爱抚她的头发，而她则侧过脑袋，享受他的舌头穿行在她喉间和耳际，他的牙齿轻轻地咬她的肩膀，他的手缓缓

第 十 章

地滑下,然后又握紧拳头抓住她的头发。

嘉莉·德弗卢漫长寂寞的日子就这么结束了。结束在这个遥远的地方,随之而来的是卡莱尔·麦克米伦注入她体内的温暖。

上帝啊,她是多么喜欢这个男人在她体内啊。她不由自主地挺起身子,肚子贴上他的肚子,她想听他口中的话语,却什么也没听见,只听见自己的呼吸掺杂着他的呼吸,只感觉到他的长发掠过她的乳房。嘉莉·德弗卢再次做回了她自己。

卡莱尔感觉那晚的一切都是命中注定的,几乎天衣无缝。她在他的下面,感觉娇小、柔弱,身上洋溢着高原和辽阔乡村的气味。他的动作缓慢而温柔,让她感觉到自己,也能让自己感觉到她。这样缓慢的快乐保持了好一会儿。与她共舞,跟她一道去往远方,那一刻你就好像有了最亲密的接触。厨房里,艾尔顿·约翰的歌声告诉他俩丹尼尔乘飞机走了。

后来,卡莱尔躺到了床上,他可以透过敞开的门,看见浴室里嘉莉·德弗卢赤裸的屁股。她一边擦头发,一边平静地哼唱杰瑞·杰夫早先唱过的老调,唱的是什么亡命徒等待火车。翻斗车喵喵直叫,在床上走来走去。

再后来,他们又一起上了床。不是性交,而是做爱。嘉莉·德弗卢骑在卡莱尔的头上,低头朝他笑着。卡莱尔也朝她笑着,双手滑过她的乳房。随他去,外面的厨房里播放着音乐,随他去……她弓起身子,卡莱尔双手抱在她腰间……遥远的乡村,遥远的地方,大风、孤丘、大地如大海一样翻滚……木匠、嘉莉·德弗卢。

第二天，他们手拉手一起吃早饭。"天啊，卡莱尔，太久了，我都忘了那种感觉有多美好了。所有的一切都是那么美丽动人。也许还混杂着一点儿堕落，但那没什么大不了的，对吧？"

卡莱尔挥舞着一片蘸了橘子酱的烤面包："嘉莉，只要是结合了你所说的其他那些，这世上就永远不会有太多真正的堕落。"

她笑道："今天早上我做了个决定。你还在睡的时候，我躺在那儿，心想我的人生应该怎么办。昨天从卡斯珀回来的路上，我造访了斯皮尔菲什的大学，询问如何返校读书，需要什么条件。他们会把我多年前在伯米吉州立大学的学历也算进去，所以我最终只要两年半就可以做一名历史老师了。有个什么佩尔基金会帮我筹划上学的钱。也许我还可以把牧场卖了。所以我打算去上学啦，今年秋天就开学。你觉得怎么样？一个年近四十的女人还要回学校念书，是不是很蠢啊？"

"不，嘉莉，这可不蠢……很聪明，真的很聪明。"

"从这儿到那儿只要几个小时而已，所以咱们可以在周末时常见面。觉得如何？"

"毫无问题。我可以去那儿，你可以来这儿，咱们可以在半路上见面。这不就成了！"

嘉莉绕过桌子，坐在卡莱尔的膝盖上，一边抚摸他的头发，一边看着他："你知道吗，要不是因为你，我不会想到重返学校的。你改变了你的人生。我看到你是如何改变的，所以寻思我也可以改变我的人生。你激励了我。我感觉就好像开始了新的人生，卡莱尔,这都是你的功劳啊。"

她竖起了脑袋:"那是什么?听起来像是筑路机一类的东西。"

"那是阿克塞尔·卢克在开他的斯泰格尔拖拉机呢。各方面都很出色的邻居,大型钢铁机器的冠军级驾驶员,铲我房前小路上的积雪也是一流的水准。"卡莱尔打开门朝阿克塞尔挥了挥手,但阿克塞尔已经铲完了,把雪堆在了小路两边,开着拖拉机颠簸不定地驶上了狼丘公路,朝依琳娜的方向而去。

"哎,卡莱尔·麦克米伦,我可以告诉你,昨晚这儿发生的一切,没多久就不会是咱们的秘密了。等阿克塞尔去了丹尼餐馆,就会有人在角落的桌子里偷笑我的野马车停在了你的房子外面,车上还积了五英寸的新雪。另外,我得上路了。我跟塞尔玛说今天会去在丹尼餐馆干活的。开着四驱汽车我就能到餐馆了。其实,昨晚咱们一开始看到下雪的时候,我也可以开着四驱车回家的。"她狡黠地笑了。

"也许吧。从另一方面来说,我认为留下来过夜是个明智之举。"

"我也这么认为。木匠,有扫帚吗?我需要清扫我的车了。"

"你穿靴子的时候我会去清扫的。"

翻斗车趴在门廊上享受着空气,它抖掉爪子上的雪,开始舔舐起来。看着清扫干净的野马车,嘉莉笑了。

"卡莱尔,到时候来丹尼餐馆坐坐。我会趁塞尔玛没注意偷偷给你添点儿东西的。"

"就在丹尼餐馆里吗?坐在吧台前,靠着冰箱?坐在哪儿呢?"

"过了昨晚那一夜,木匠啊,随便你坐哪儿。"

"好的,咱们很快就会再见的。我把你抱上车吧。"

新雪上反射出来夺目的阳光。嘉莉伸出双臂搂着他,他也回抱了她一下。

她开着野马车上了狼丘公路,尽管是四驱车,车身却仍然有些左右摆动,最后转上了通往萨拉曼达的大路。卡莱尔走回到房子里,身后跟着翻斗车。他系上了工具带,这样的感觉很久都没有了,十五年甚至更长的时间吧。他抿了一口咖啡,又爬上了活梯。翻斗车把尾巴翘在背上,狂野地跑上阁楼的台阶,从栏杆后面看着卡莱尔,一边眨巴眼睛,一边喵喵直叫。

第十一章

尽管老人比我大二十多岁,但真正论起喝酒,他的劲头却比我还厉害。大概十一点钟了,斯里比站在吧台后面,毫无想要关门的意思,我说:"嗯,我当然很感激你所提供的信息,但我可不想把你搞得疲惫不堪。也许咱们再过一两天还可以再来这儿。"

"别担心我,"他答道,"我可不是经常有机会喝好酒的,而且,像我这样年纪的老东西,可能明天就会死掉。"

我往录音机里又放了一盘磁带。

"卡莱尔·麦克米伦来到镇上的第二晚又抬头看了我的窗子,并且还向我招手,当时我几乎跳了起来,随后也向他招了招手。可是,我本不该太吃惊的,那天早上我在丹尼餐馆近距离观察过他,当时马上就认为他很可能是个不会太念旧的小伙子。他眼神里显现出来的,要比他的实际年龄老练,好像他的所见所闻,要比他所表现出来的多得多。

"那年冬天,一场中等规模的达科他暴雪过后二十多小时,我坐在丹尼餐馆里阅读餐馆里的《高原调查者》,该报纸自称是我们的州级报纸。萨拉曼达街道部唯一的优秀成员莫尔·巴格比已经把积雪清扫干净了，于是喝早咖啡的那批人聚集在了餐馆里，他们由于恶劣天气都在家中窝了一天。

"嘉莉正在为大伙儿准备午餐，喝早咖啡的那批人则讨论着暴风雪。她迈步进厨房后过了几分钟，阿克塞尔·卢克弯下腰，开始告诉他同桌和邻桌的人们，前天他在给卡莱尔的小路铲雪时，嘉莉的野马车就停在那儿，根据厚度来看车上积了一夜的降雪。

"这样的事实对于他们的逻辑思维能力，理解起来是个相当大的负担，但小伙子们还是得出结论，开始下雪的时候她肯定就已经在那里了。'综上所述'，就像我以前在萨拉曼达中学念书时的几何老师常喜欢说的，嘉莉在下雪前到达了卡莱尔的住处，然后在那里过夜了。

"光这一点就足以根据十分制的萨拉曼达堕落标准把卡莱尔和嘉莉评为八分，这个标准在一个以吃为主要肉体欲望的地方被用来评判这类事情。等那些女教友处理这些罪过的时候，她们又会添加另一条调情的罪名。所有这些都解决了之后，人们揣测的重点又会转移到事情的质量和数量问题上了。

"除此之外，坐在丹尼餐馆柜台前的观察家们都记得他们的发现，他们认为嘉莉给卡莱尔上肉包和热火鸡三明治的时候，在卡莱尔的盘子里多加了一份土豆泥。这一点无疑坐实了罪名，十分制天平顶上的大钟在摩特加油站前叮当响起，在萨拉曼达的主大街上回荡了好多天。

第十一章

"本地的行为研究者声称,他们发现嘉莉的态度发生了变化,她待人处事比往常更加友好了。简而言之,证据一边倒地指向一项结论,一致认定卡莱尔和嘉莉现在是情人关系,不过鲍比·埃金斯很可能会有不同说法。但那样的话还是有必要把报纸交给鲍比·埃金斯看,他总不能永远被排除在外吧。嘉莉和卡莱尔的事情渐渐平息后,萨拉曼达会将注意力再次转移到琐碎的话题上,比如死亡和政治事件。

"不过,我确实注意到,每到星期六晚上六点钟丹尼餐馆打烊之后——六点钟是星期六的打烊时间,嘉莉常常会把一只野餐食品篮和一只保温壶放到她的野马车上。然后我会目送她开车向西出城,我不相信她会去小萨拉曼达河边独自野餐,相信她的目的地是卡莱尔的住处。"

老人朝走进斯里比酒吧的一对牛仔点了点头表示问候。跟在他俩后面的是采石场老板哈维·古思里奇,此人乃是大众情人,把女人甩掉的时候身上还粘着她们的头发。哈维向老人招了招手,而老人只是冷漠地回道:"哈维。"

他看了看我,然后看了看那边的哈维:"从来没搞明白哈维是怎么办到的,但我给他挖石的时候受的伤,的确把我的工人生涯给毁了……真他妈狗娘养的!

"不说这个了,我刚才正说到卡莱尔·麦克米伦花了一年多一点儿才完成了他的房子,终日干活,每天干活,不过他也会去四处干点零活赚钱度日。我每天去邮局拿垃圾邮件,然后去丹尼餐馆听他们的聊天,以便能够一直了解到他的工作进程。做个不怎么被人瞧得起的断腿怪人也还是有好处的吧。因为人们会在你跟前谈话,却好像你不在那儿,他们什么都说,把你当成没人聊天的可怜老鸟而已。他们错了。像我这样的老人毫不在意人们说些什么,想些什么。想要知道真相吗?就去找老人和小孩吧。

"很多人在打扰卡莱尔,询问完工的时候他们是否能去参观,最后到了夏末,卡莱尔只好在《萨拉曼达前哨》上刊登了一则小公告,说他将在下星期六和星期天中午十二点到下午六点之间举行家庭招待会,欢迎那些想要参观的客人光临。嘉莉问我是否想去看看卡莱尔的作品,她可以开车带我去。由于我已经两年多没出过小镇,因此就搭了她的车,几分是去看房子,几分则是为了看看乡野的风景。

"这一趟去得很值。嘉莉举止就像个女主人,还有玛希·英格利,就是住在那边路上的那一位,她来给嘉莉帮忙。她们准备了咖啡和甜点,还有给孩子们喝的潘趣酒,孩子们都跑去小溪边看小鲤鱼了。根据嘉莉的说法,各种年龄、级别和宗教信仰的人总计二百五十七人来房子参观过,还有几只红头秃鹰在附近盘旋,看看年长的本地人。卡莱尔对此有所觉察,他甚至安装了临时的轮椅坡道和其他便利设施,让我们这些身体有缺陷的人可以走到房子里去。

"凯西和阿洛·格雷戈里安来了,大家都说小默娜长得好快。勒罗伊来了,奥利和哈蒙德太太也来了。休伊和弗兰·斯维尔森来了,比尼·威基斯没有来。印第安人和苏珊娜·班廷第二天下午才姗姗来迟,这时客人差不多都走了,正在帮着清扫屋子。

第 十 一 章

"鲍比·埃金斯说:'呸,有什么好看的,房子我又不是没见过,我才不会去呢。'可他还是去了,而且在房子里走来走去,一副既平静又崇拜的样子。卡莱尔的事迹还传到了东南四十英里远的瀑布城,一些人大老远跑过来参观。那边的美好家园房产公司的人风闻这项工程,专门派了他们的地区代表塞西尔·麦克林来探视,看看卡莱尔完工后是否有兴趣出售。塞西尔还问卡莱尔,是否可以建造'特别的家'的房子,说是有位身份不明的买家可能对这个房产有兴趣。卡莱尔笑了,说'不,谢谢',然后摇摇头走开了。

"经过卡莱尔的双手,威利斯顿的破旧房子变成了我所见过的最美好的地方。一切看起来感觉就是一套精美的细木工家具,只不过这是一整座房子和一片院子。我特别感兴趣的是他新近在内部铺设的硬木地板,木料是旧时'萨拉曼达高地'体育馆所用的地板。我站在那里,想起了一九三四年一月我在县锦标赛决赛中掀翻利物摩尔酋长队时抛出的那记低手投篮。

"地板之外,我也很喜欢他在南边设置的小天井,这个小天井你既可以从主屋进入,又可以从外面的门进入。嗯,其实也不太小,长度跟房子差不多,还伸出去十英尺的样子。地上铺的是砖,侧面跟房子其余部分一样,用的是红木,屋顶则是一种斜格排列的设计,由十八英寸的木框玻璃组成。卡莱尔计算了雪荷量、溢流量等数据,通过使用角度合适的较小的框玻璃,就可以防止丹尼餐馆的小伙子们所说的房子可能会被压垮的问题。

"苏珊娜和嘉莉这时多少已经成了朋友,在她俩的帮助下,卡莱尔在天井里挂满了各种各样装饰用的绿树，盆里桶里种上了花花草草。还有一小片菜园子，出产的蔬菜可以供给五人以上。卡莱尔说这个主意出自苏珊娜借他的一本书，书里提出了一种概念，叫'平方英尺上的园艺'。花草之间散布了很多小板凳，你可以坐下来欣赏植物的生长。我坐在一棵橡胶树后面，正巧看见阿尔玛·希克曼在四顾无人的情况下摘了棵大红番茄塞进自己的钱包。我看到了这一切，但她没有注意到我。

"说起来，你可能注意到了，这一带为数不多的新房子中，大部分不是从瀑布城的打折拖车场地里拉出来的活动房，就是同样从瀑布城的大西部公司提供的预制房。人们住在如此自然的空间里，反倒想把自己的住处划分成很多小房间，可以用货车一次拖走一半的房子。有一种推测可能是这样的，如此一来，他们就可以说他们有一间客厅、一间餐厅、一间厨房、三间卧室，等等。好像这样他们就让自己成了更高级的公民，这种推测是我从收音机关于这方面的广告里听来的。

"于是一切就都可以理解了，卡莱尔的房子只有两个房间，一间是带浴室设施的房间，装了红木淋浴器，另一间则配备了浴室设施以外的东西，似乎还没怎么确定用途呢。整座房子，用一个词说，就是空旷。换个词说，是开放。他在某种程度上参考了震教徒①的风格，为数不多的家具全都是他亲手制作的，不适用的时候就挂到墙上去。

---

① 美国贵格会的分支，以祈祷音乐闻名，现已几乎消亡。

第十一章

"他搭建了一间漂亮的阁楼,你可以顺着一座精美的旋转楼梯上去,楼梯的栏杆是由他在小萨拉曼达河里捡来的又长又弯的浮木搭的。尽管房子其实是个很大的房间,但却并不感觉大,因为他用各种方式摆放了植物和书架,把房子分成了几块区域。

"女人们又呼又叫,说他厨房里的东西真漂亮,尤其是他从零做起的梣木橱柜。他的银器、碗碟和其他东西基本上都是乱成一堆,都是他在瀑布城的清仓甩卖和捐品义卖上挑来的东西。但他挑东西很有眼光。

"整个房子似乎都有种带光泽的金琥珀色,这全靠他捡回来重新利用的红木。一切都在闪烁光芒,一切都那么漂亮温暖。让你想要坐下来看书,或者去拿挂在墙上的五弦班卓琴。不过,对于某些本地人而言,还是有个地方不太好。那就是摆在壁炉上的那尊发式狂野的裸女小雕像。雕像让女教会的会员们感到有点儿不安,她们走回车子的路上对此喋喋不休。然而年轻的女人们的感觉则不同,她们看了雕像后,还会去问卡莱尔许多关于房子的问题,一边问,一边还对他微笑。

"后门外是一块平台,上面有个木制的热浴缸,大得可以坐下好些人。带着双筒望远镜的小伙子们发誓说他们见过嘉莉和苏珊娜同时躺在浴缸里,而卡莱尔却不在旁边,不过他们不敢肯定,因为路边的观察角度有点儿别扭。还有人甚至声称玛希·英格利有一次也跟苏珊娜和嘉莉在一起。

"从平台出发有一条高出地面的木头人行道,在地面以上大约六英寸,搁在至少四十三英寸高的基木上。人行道通往一间十乘十五英尺的工作室,工作室的颜色和风格都跟房子一致,就连屋顶都一样。那间小屋子里有一张可折叠的工作台、碗柜、还有卡莱尔用来挂工具的所有钩子。卡莱尔·麦克米伦可有许多的工具。

"还有件东西很有趣,那就是卡莱尔的蝙蝠屋。我们大多数人对蝙蝠的印象就是夏天的夜晚,妈妈挥着扫帚在客厅里驱赶蝙蝠,而全家都会遮住头发,大叫疯狗或者吸血鬼。而卡莱尔却知道蝙蝠吃虫子,要想让蝙蝠不来你的院子,一种方法就是与它们为邻。想到这里,他就在院子里的橡树东南侧十五英尺高的位置给蝙蝠造了一堆小屋子。说是想让蝙蝠都住进去可能需要点时间,但它们会住进去的,它们会的。

"大门前有一块标志,用木头雕刻得很清晰。大部分人都不愿问标志的含义,我猜,他们大概是害怕可能的答案吧。标志下面的大门上刻有几个字:纪念科迪。卡莱尔说他宁愿不讨论这几个字的意思,大家都很尊重他的感受,不过塞西尔·麦克林从一名超级精明的房产商的角度,认为这样的特别设计相当程度上降低了房子的转售价值。

"总而言之,那个周末真是不错。有些人两天都去了,第二次甚至带了中午野餐的食物。县里的环境保护主义者帮卡莱尔设计了一座小水坝,让小溪流进了一个一亩大小的漂亮池塘。本地人坐在水上,与多年未见的人们聊天,因为他们终日在家看电视,而不是访友,我们曾经也是如此吧。

"自然,我也是两天都去了,第二天是跟塞尔玛·恩格斯特罗

第十一章

姆一起去的。大部分时候,我都坐在池塘边,感受绿草,看着水面。由于没有个人的交通工具,我可以说是被锁在了萨拉曼达,坐在那里的阳光下,只是看看在卡莱尔房子对面的树林附近盘旋的鸟儿,也是件很惬意的事情。我肯定认不出那是些什么鸟,但我记得很久以前曾经见过那种鸟,但最近都没见过了。

"卡莱尔似乎很是享受,又是解释,又是比划,又是回答问题。我们中有人注意到他时不时会跟嘉莉做点儿小动作。鲍比·埃金斯声称他就见到一次,卡莱尔经过嘉莉的时候伸手摸她屁股,还以为没人注意。鲍比说他也曾有一两次对嘉莉有所行动,虽说他更喜欢所谓的'经验较少的女人',但嘉莉的反应却是把热咖啡倒在他手上,然后说只是个意外。

"至于说到瀑布城来的那群人,他们截然不同。那里是县政府所在地,还有一所社区学院,已经成功吸引了一些工业企业,更不要说还有医生和其他专业人员。《瀑布城观察者报》听说了卡莱尔所做的工作,便派了名记者来打探,还派了个摄影师来拍照。他们发表了一篇报道,对房子和卡莱尔都是赞赏有加,称他为高原上最伟大的手艺工人之一。

"那以后,卡莱尔接下了瀑布城和周边地区所有力所能及的活儿。人们说你必须习惯他缓慢、系统的工作作风,但结果却很值得期待。由于他每六星期中只干四星期的活儿,因此你得等他有空的时候才行。他们还说,你不用把你所要的东西原原本本跟他说,甚至也不要给他看《漂亮房子》杂志上的照片。你所要做的是尽力告诉他这座新房子在你人生中将要起到怎样的作用。用

瀑布城一名内科医生的妻子的话说，就是：'靠后站，别理他，他会给你呈现完美。'

"有传言还说，女人们喜欢看他干活。说他总会在头上系一条红色或者黄色的花手帕，而他的手指非常漂亮。她们会从自家的窗子里凝神看着他修长瘦削的身体，猜测他的肌肉长得恰到好处。一名女子跟她的桥牌俱乐部成员说，卡莱尔的双手划过漂亮的木块，就像在抚摸女人。她的说法在圈子里反复流传，令他得到了更多的活儿，不过卡莱尔对所有这些事儿都毫不知情。

"后来，这个科迪，不管是谁，都对耶基斯县产生了很多影响，甚至影响到了耶基斯县以外。人们开始反思他们的建筑风格，不过萨拉曼达本地人还是喜欢他们的活动房和预制房。有人说卡莱尔的口味太'加利福尼亚'了，对他们而言也太昂贵了，不过大家都知道他在材料、家具和各式家居用品上花了不到四千美元，就完成了他自己的房子的工程。这个数字让本地的木料场和建材商很是担忧，但却没有必要，因为到处都会有些冤大头愿意花全价去买几乎变形的新鲜木材，更不用说还有其他类似的生活设施呢。

"因此，卡莱尔至少得到了不少本地人的尊重，然而他并不是我们萨拉曼达人的一员，并且永远不会是。他不跟我们生活在一起，不论是地理上还是心理上都是如此。并不是说他不友好，也不是说他傲慢之类的。你只是会认识到他行事的方式与整个宇宙中的其他事物都不一样。你就是会认识到的。

"他仍然会在每周六晚上带嘉莉去勒罗伊酒馆，而盖布也会

第十一章

带上手风琴现身。盖布会演奏所有的老波尔卡舞曲、两步舞曲和乡村小调,都是人们要听的。不过大约有十分之一的歌他会给自己演奏。起先下面的人会喊道:'盖布,你弹的到底是什么玩意儿啊?'

"然后,被人喊的盖布会看着那名喊他的人,十分安静地说:'是探戈,你这个蠢货!'然后,他们就不再问了。

"你瞧,盖布参与了解放巴黎,军队东去的时候被留下来守卫那里。他每晚都泡在小咖啡馆,那里全都是狂热的探戈舞迷。于是他学会了如何演奏探戈。学会了如何把探戈演奏得悦耳动听。

"如果勒罗伊酒馆的门在夏夜敞开的话,我就会坐在窗前聆听盖布演奏,音乐声飘过人群,穿过大街,来到我的面前。我也去过巴黎。我也听过探戈舞曲。所以我听到乐曲,就会回忆我深爱过的那个法国姑娘……"

老人的话语逐渐消沉,沉默了下来,任由思绪中断一瞬间。他最后喝了一口面前的"琥珀的真相",捏了一会儿下巴。双唇翻了翻,又抿了抿,然后抬手掠过稀疏灰白的头发。

他抬头看着我:"上帝啊,我是多么爱她啊——她叫艾米莉——她也爱我。但艾克①把我们送去了德国,很久以后我才得以回到巴黎。我去寻找她,我花了两个月去寻找她,但她却不见了踪影。

"我的激情时代差不多就那么结束了。哦,我后来娶了个利

---

① 即艾森豪威尔,二战时美国在欧洲的最高指挥官。

物摩尔的姑娘,生了个女儿。但一切都不一样了。当初在阴雨的日子里,跟一个女人躺在巴黎的阁楼上,你还为了这个女人与整支该死的德国军队战斗,这感觉完全不一样了。完全不一样了。

"因此我一直就喜欢盖布弹奏探戈舞曲。我会一边听,一边俯视萨拉曼达的主大街,看着外面的乡野,看着深蓝的暮色降临。我也会想艾米莉,回忆年轻时的感觉,巴黎屋顶的雨水,演奏的音乐。

"盖布还喜欢弹奏《秋叶》,原先这是首法语歌。他弹得十分优雅、阴郁,十分凄凉。于是我会躺在床上,躺在床上回忆艾米莉,回忆巴黎,回想她对我的感觉,寻思如果她还活着,可能会在干什么,我的双眼渐渐湿润,之后便渐渐睡去……心中依然在想这一切究竟是如何离我而去的。"

第十二章

初夏,卡莱尔的房子基本完工,只剩下一些不太重要的水管电线的铺设工作,这些工作他想在房子正式开放参观之前完成。那样他就有了更多的时间留给嘉莉以及其他一些一直在考虑的事情。春天时,他在《大地母亲新闻》的杂志上偶然看到五弦班卓琴的设计图。于是他制备了一个模型,仔细研究一番,琢磨出了一些改进措施。萨拉曼达的旧货现场交易会上出售一把古色古香的吉布森四弦琴,用箱子装着。他拆下了琴上的音铃,装到薄板枫木框上,这块木框是他租了一天车床加工出来的。琴颈则是用一块红木废料手工雕刻的,这块木头是他从瀑布城的一个建筑工地上捡来的,最后他用精确的千分尺把琴格安装好。

琴的声音非常不错,说实话,真的很不错,但他弹得并不那么好,只是买些书籍和磁带跟着学。显然,对翻斗车来说已经够好了,这只猫咪从来也不怎么抱怨。星期六晚上跟卡莱尔喝完啤酒后,嘉莉喜欢听他边弹边唱《那儿的出路》和《赶水牛的人们》。

正如老人所说,卡莱尔被盖布·欧罗克的音乐打动了。大部分的星期六晚上,盖布都会带上一名吉他手,那家伙抱一把黑檀指板的马丁·纽约客吉他,弹得相当棒。他们俩都是经验老到的音乐家,这让卡莱尔又惊又喜,他明白自己低估了高原上的人们各方面的能力。

他们演奏了不少本地人熟悉的东西,但时不时地也会才思匮乏,发挥不开,弹奏一曲探戈,对此卡莱尔起初都难以置信。这可是实实在在的街头音乐,从阿根廷和巴黎的咖啡馆直接一路来到了萨拉曼达的勒罗伊酒馆。

卡莱尔小的时候,有个名叫路易斯的家伙时常会去温·麦克米伦在门多西诺的家中坐坐。路易斯是跳探戈舞的,留一头披肩的黑发,举止有些粗野。一天傍晚,卡莱尔一边嚼着红甘草,一边听路易斯向围坐在温的大会客室里的人们解说探戈是一种怎样的舞蹈,包含了怎样的普世价值。

根据路易斯的说法,探戈的舞步代表男性对女性的统治。他进一步认为这种统治可以延伸到男性对于自然界野蛮的态度,与女性养育后代的本能。路易斯通过这一番演说,构建起了一套半自治的理论体系,解释了如何从探戈独特的舞步中探寻天体空间的演化与行为。

卡莱尔听路易斯演说的时候只有十一岁。发表完演说的路易斯又在起居室展示了一段舞蹈,来支持他的观点。他的舞伴是个妖艳的水彩画家,完全是一副极其愿意被统治的样子,或者说,在卡莱尔外行的眼中看来是如此。不过,卡莱尔回忆起来,最让他着迷的还是路易斯对于宏观世界有一套自己的理论。诚然,这

第十二章

套理论与卡莱尔的科学老师们所教的都不一样,但至少路易斯有套理论。认真的学者们是否买他的账另当别论,但他似乎给温·麦克米伦的朋友们留下了深刻的印象。

卡莱尔当时的年龄刚好足够进行一些揣测了,根据他的判断,路易斯根本就不在乎他的那套理念,他更关注的是要在门多西诺的晚会上跟水彩画家跳探戈。他的所作所为正是如此。

几年后的一个场合——这事卡莱尔想起来的时候总会感到自己有些愚蠢——他有些冒失地跟科迪·马克思讲述了路易斯的观点,并且问科迪是否认为这观点有道理。科迪看了看他,一口口地抽着烟斗,说了两件事:第一,科迪说他自己并没有什么关于普世价值或者探戈舞蹈的理念;第二,他说,如果卡莱尔能跳着探戈到外面的货车上把轴锯箱拿过来,他会不胜感谢。从此卡莱尔就没再想什么了。

盖布的探戈舞曲弹得非常好。正如卡莱尔常爱说的,非常准确,具有一种简朴、抽象的风格,非常符合亨利·沃顿爵士提出的那个优秀建筑工艺的原则:实用、坚固、赏心悦目。盖布刚开始弹奏某支咖啡馆歌曲的时候,本地人会喝倒彩。然而过了一会儿,他回过头来弹奏老探戈舞曲,他们就逐渐明白他是在认真弹奏,于是便会安静下来。

卡莱尔认为手风琴是一种遭受曲解的乐器,它的声音独一无二,无与伦比。每到夜深人静,勒罗伊酒馆开始清场时,嘉莉和卡莱尔就会一起跳舞,跳优雅缓慢的舞蹈。盖布会弹一些老歌,这一点嘉莉很是喜欢。她会要求弹奏《星尘》、《我记得你》和《九月歌》，都是她在"石板舞厅"的岁月时的动听曲调。这些曲子盖布都能弹。

卡莱尔总是要求弹奏《秋叶》，这是他最喜欢的一首歌曲。盖布会用他独有的方式把曲子撕成碎片，也把卡莱尔化作碎片，他轻抚曲调的样子，就像科迪在完工的时候手抚橱柜。吉他手会轻轻划动小七度的增和弦跟随盖布的音乐，或者弹上一小段来配合盖布的手风琴。

于是，卡莱尔在一个叫作萨拉曼达的地方定居了下来。他和嘉莉在勒罗伊酒馆里跳舞，在乡村野外驱车兜风，在纪念科迪的房子里做爱，互相给对方做饭，做大包的爆米花，去利物摩尔的露天电影院看电影。嘉莉一提要求，他就会从墙上取下五弦琴，用初级的抓奏指法弹奏曲子："我老爸是个住在耶基斯县郊的农民，他有八十英亩低洼地，脑子里总是想……"

有一回，一时兴起，他们在防水布底下的箱子里装了两个包，便开动货车走了九百八十四英里去拉斯维加斯。嘉莉从没去过拉斯维加斯，恶魔杰克曾经答应说到时候会带她去，可却从未带她去过。

他们住在一家名叫芭芭里海岸的酒店里，玩二十一点。在迷茫的年代，他跟巴迪经常从旧金山开车去维加斯或雷诺玩二十一点。一个星期六的傍晚，嘉莉的手搭在他肩上，他在二十五美元的赌桌上压了一枚绿色筹码，跟一名每六秒钟摆一手牌的女庄家艾琳面对面地开赌，十分钟之内他就翻到了九百多一点美金。

在卡莱尔的思维中，这样好的牌局既有巴赫的纯净，又有一

第十二章

场柔和性爱留下的汁液。当牌开始变坏的时候,他立刻就兑了现,拉上嘉莉去了一家价格昂贵的商店,为她买了新裙子、新鞋子,一全套用品。那晚,一身新装的嘉莉显得苗条雅致,卡莱尔则穿上了他在斯坦福念书时留下来的衣服,灰呢夹克衫、深灰宽松裤、白衬衫和条纹领带,他们去了一家小餐馆吃晚餐,餐馆的讲究程度嘉莉以前只在杂志上看到过。

晚餐后,卡莱尔带着嘉莉去一家真正的夜总会跳舞,这是他曾经答应过她的。玩牌、吃饭、跳舞,这些事对于他而言,最开心的是看到嘉莉过得快乐,听她温柔的笑声,看她在迈克餐厅面对菜谱时的困惑神情。那晚他们甜蜜地做爱,做到很晚,嘉莉好热情,好主动,还在他耳边低语她是多么的满足,多么的想要他。他也有同样的感觉,也跟她说了。第二天早晨他们驱车返回萨拉曼达,一路跟随货车上的收音机里的音乐歌唱,眼前连绵的西部山脉向他们涌来。

八月,嘉莉收拾好行李去了斯皮尔菲什,开始了她的学业。她写信给卡莱尔说:"这里非常棒。我感觉自己又回到了十八岁。我甚至还去参加了一场橄榄球比赛,合唱校际比赛的歌曲。木匠,来看我吧。我想你。"

卡莱尔·麦克米伦慢慢发现,他来到萨拉曼达只为了一个目的:躲避所谓"发展"的巨大经济体系。他希望经济发展可以无视他的存在,让他能够呆在耶基斯县,基本维持完好无损、心智健全的状态。

所以卡莱尔认为他已经实现了这一点：保持低调，干一份不错的工作，事情也不太多，净化一下自己的言辞，找个实实在在的女人。让事情简单化，不要太复杂。看起来这样还算行得通。

另外，卡莱尔对蒂鹰产生了兴趣。他第一天来到这块土地上的时候就注意到了这种小鹰。他在这里干活的日子里，小鹰不是在远方的头顶盘旋，就是栖息在他对面那片小森林的高大树杈上。

在常人眼中，鸟类有羽毛，还有其他一些特点，比如具有某种魔力，身体结构很适合它们的行动，还能够引发小猫翻斗车的兴趣。卡莱尔所关注的这种耶基斯县小鹰看起来像是某个更大型物种的雏鸟。不过它们似乎并不会长大，在小森林一带也没有什么较大的鹰类。卡莱尔每天用双倍望远镜观察，可以确定这些。

他买了本鸟类简介的书。什么也没有。然后他又买了一本专门介绍猛禽的书，仍然什么也没有。第三次则是瀑布城图书馆里一本介绍鹰类的书，在书的第二百四十七页上，出现了一段文字让他兴奋地抖了一下。这段简短的词条介绍了一种小型猛禽，名叫蒂默曼鹰，或称蒂鹰。这种鸟的描述文字介绍说，它的体积大约是红尾鹰的一半。词条的最后写道："曾经在北方大平原地区很常见，现在普遍认为由于栖息地的流失已经灭绝。由于某种未知原因，蒂鹰会认定一片特定的森林，定期出现群居行为，而不是比较常见的领域性独居。一块栖息地遭受破坏，就等同于蒂鹰聚居地遭受破坏，栖息地遭受破坏后，蒂鹰就不再繁殖，也不会为了寻找新栖息地而向别处迁移。"

第十二章

卡莱尔又把这段文字读了一遍,第一次听到"灭绝"这个词他就觉得很是讨厌。当你大声说出这个词的时候,声音就如同铁锤敲打在兵刃上。

他研究了画家绘制的图片,又用双筒望远镜观察头顶的鸟儿,反复对照了好多次。然后,他开始兴奋起来了。

他的下一步行动是去瀑布城社区大学的科学系走一遭。那里有位生物学家愿意听完他的话。他起初表示怀疑,但听了卡莱尔的介绍后,也有些兴奋了,于是那天傍晚他也开车上了卡莱尔门前的小路,还装备了正规的双筒望远镜。

他先是看。然后研究卡莱尔那本鹰类的书,还有一本他自己的书。然后又是看。仔仔细细,抬头看,低头研究,抬头看,低头研究。

"卡莱尔,我想你可能做出了一项重要的发现。"这位达里尔·穆尔说。他查阅完教科书后,抬起了头,远眺外面那片小树林。"科学界一度认为蒂鹰几十年前就已经灭绝了。这种小家伙有个更恰当的学名,叫作蒂默曼氏鹭①,是根据十九世纪动物学家H. L. 蒂默曼的姓氏起名的,他是第一位将其确认为单独物种的人。在我看来,那片小树林里面好像有一对交配期的成年鹰,还有一些雏鹰。鹰类极具领地意识,那片树林没有足够的空间,容不下一对以上的成年鸟,不过,群居的行为有时也会出现。我们必须马上请一位鸟类专家到这儿来。"

---

① 拉丁学名 Buteo timmermanis。

卡莱尔看了看达里尔·穆尔，说："跟你说啊，如果真的是这种鹰，那么发现它的好处由你来得。我正想尽办法让自己隐居在这儿，所以在这世上我最不想做的一件事就是去参加什么学术会议，讲述我是如何坐在门廊上一边喝着啤酒，一边询问我的小猫翻斗车的心思，纯粹吃饱了没事干地看到了这些小型食肉动物。"

生物学家正要抗议，卡莱尔却打断了他："穆尔先生，做出了正确鉴定的人是你。我只是在猜测而已。我不想寻求终身教职，所以也许这会对你有好处，而对我却没有任何意义。就说你的一位朋友跟你反映说那片小树林里住了一些小鹰，而你对科学的嗅觉完成了余下的工作。"

"哦，我真的感觉那样会不好。"达里尔·穆尔表现得有些吃惊。

"这样吧，现在开始我会否认在你来访之前曾经见过这种鸟。它们都是你的了。穆尔，跟它们一块儿飞吧。"

"那个……谢谢你，卡莱尔。你真是这么想的吗？"

"我就是这么想的。现在去给你的专家打电话吧，你可以跟那个男的或者女的合作一篇论文。你们都会玩得很高兴的。而对于我而言，我也会很高兴的。"

于是一时间，这座纪念科迪的建筑前的小路上就变得尘土飞扬了。大部分是越野车，老式的万国和吉普，车身上的字样标明它们来自这家或那家科学机构。卡莱尔开始担心热闹的场景会惊扰到蒂鹰，于是穆尔也答应以后尽他所能限制洪水一般的鹰类专家们。

第十二章

有关新发现的论文最终得以发表,但确切地理位置的方向没有公布,为的是更好的保护栖息地,这里很可能是这种小猛禽的最后一块避难场所。不再有各种各样的科学家带着笔记本,扛着比卡莱尔的手臂还要长的望远镜头前来,卡莱尔也不再需要请他们挪动汽车,让他可以进出房前的小路。

卡莱尔和穆尔有意买下蒂鹰森林所在的那块土地。事实却是,联邦政府拥有这块土地并无意出售,因为大部分土地都出租用作放牧。不过随着事情平静下来,蒂鹰似乎也很快乐,于是穆尔和卡莱尔就打消了这个念头。而穆尔则开始与猛禽同盟合作,打算把蒂鹰列入濒危物种的名单。

鸟类学家推断说,如果仍然存在一对蒂鹰,那么可能就会存在更多的蒂鹰。经过一番仔细的搜寻,在耶基斯县方圆一百英里的范围内又发现了两对蒂鹰。全部就这么多,是六只成年鹰,还有它们的孩子,总共十五只鹰。小鹰存活下去的希望微乎其微,就如同骑到蜻蜓背上所需的力量一般。

卡莱尔的生活很快乐。他有嘉莉,也有一份有意义的工作在干。他的头上翱翔着蒂默曼鹰,门廊的栏杆前趴着翻斗车,还可以弹琴唱歌。而且说实话,他仍然会不时地想起苏珊娜·班廷。所有的男人都是如此。苏珊娜·班廷显然是个值得想念的女子。她和嘉莉一起布置安顿卡莱尔的温室,就成了朋友。夏天的黄昏,他从瀑布城干活回来,有时会发现她俩躺在外面平台上的浴缸里喝啤酒,她们的出现还会把翻斗车搞得有点儿气恼。

每当看到赤身裸体的苏珊娜,卡莱尔就会转移眼神,这更多的是出于自我保护,而非出于礼仪。自从一年前那个夜晚,她和印第安人赶走了潜伏在他房子里的恶灵,换成善良的守护神,他就从未摆脱对她的那些感觉。嘉莉是一种类型,而苏珊娜则是截然不同的另一种。他心中自忖,不是更好,而是不同。就在这一瞬间,他发现苏珊娜正在注视他。然而,他俩四目相视时,他却把脸转了过去。

之后,苏珊娜和嘉莉就会在门廊上现身,衣服穿好了,一副反客为主的高兴样儿。苏珊娜总会让卡莱尔唱《夜鹰约翰》,然后他就拿出班卓琴,唱起他那颤动的男中音:"夜鹰约翰啊,他像月亮一般穿过峡谷地……"印第安人经常会出现在暮色之下,他们四个人会坐在那儿观看蒂鹰和翻斗车,聆听印第安人做夜祷告,让夜色随其自然地安息。

卡莱尔痴迷于狼丘周围的那些传说故事。夏末的一个雨天,就在嘉莉快要动身去斯皮尔菲什前,他们两人把车停在路边,穿过草原前往狼丘,那里距离公路大约有一英里。那天的天气很像他来到耶基斯县的第一天,寒冷的雨水,低沉的云朵,穿行于山丘之间。

"那堆古墓在哪里呢?"卡莱尔问道。

"我想大概是在那一边。"嘉莉把雨衣的帽子戴在头上,哆嗦着说,"卡莱尔,这个地方给我毛骨悚然的感觉。这里离杰克遇难的地方非常近,这一点也令我心神不宁。"

卡莱尔顺着孤丘的岩壁向上看去,山顶位于他上方三千二百英尺:"那个教授是从哪儿摔下来的呢?"

第十二章

嘉莉表情不安地想要离开:"我知道他当时正在俯视那堆古墓,他并不是从狼丘上摔下来的。在那一边,距离这里西北方向大约半英里远的地方有一座比较小的孤丘,所以他应该就是从那座孤丘上摔下来的吧。"

卡莱尔想要翻过孤丘去看一下古墓,但嘉莉一点儿也不想去。"你想去就去吧,我就在货车里等着。"

"不用了,没关系的。我回头可以自己去。我能够理解这地方为什么会让你紧张不安。"

"我平常并不那么迷信,但我觉得所有那些人,包括杰克,都死在这一带,真的是太奇怪的巧合,那些关于这个地方的古老传说似乎在人们的脑子里根深蒂固了。还有那个名叫西奥拉的女祭司,那个被称为守护神的不知是人是物的东西。我一想到这些就不禁毛骨悚然。"

他们从另一条路线回到了停货车的地方,途中路过一根金属杆,上面插了块标示牌,朝着马路的方向:奥拉公司所有,请勿入内。

卡莱尔仔细端详这块标示牌:"作为一个公司的名字,有点儿奇怪,你觉得呢?"

"是啊。就像这地方别的东西一样奇怪。"

雨水渐渐变成了薄雾,卡莱尔让雨刷在挡风玻璃上又划了一下,然后才把它关掉。他又往孤丘的方向看去。水汽和云雾飘浮在山丘之间,顶峰之上,将孤丘笼罩其中,但他仍然可以看见朦胧的轮廓。

"嘉莉,你看见那个了吗?"

"看见什么啊?"

"我觉得我看见孤丘顶上有什么人还是什么东西在移动呢,"他走下货车,站了一会儿,双臂扶在敞开的车门上,"我确定我看见那上面有什么东西。莫非就是那个守护神?"

"得了吧,卡莱尔,咱们走吧。我真的想离开这儿。"

他们的位置太远了,无法听见孤丘山顶传来的长笛声,但要是天气晴朗的话,他们肯定看得见有个女人在那儿跳舞。

第 十 三 章

卡莱尔的新房开放后,他的电话铃就开始响了。一天要响两三下。利物摩尔的一位校监想给他现在的房子加一座辅楼,瀑布城的一位外科医生的妻子想要一间新厨房,一名生物化学家想要建整个家。科迪的做法是:(一)以合理的价钱干一份好工作,工作永远也不会缺少;(二)对于干得了的活要精心挑选,只要活干得足够好,他们就会等着你。

嘉莉在大学念书,卡莱尔自己的房子也完工了,于是他开始招揽木匠生意,使用的风格正是科迪教他的,他也再次感到惊讶,自己曾经是多么远地偏离了科迪的道路。但他知道:这是短期的诱惑,总是这样。他很礼貌地精心挑选了一些工程,这些工程他自己就能做,或者雇少量按日计费的劳力就可以,他开着货车行驶在耶基斯县的马路上,车上装载着齐整的工具,还有几乎同样齐整的梦想。

卡莱尔·麦克米伦现在很满足,生活低调,充实愉快,就像一个回家休息的流浪汉。如果说还不至于得意忘形,至少也能知足常乐。一月的一天傍晚他就在想这些，当时，他跟苏珊娜、印第安人以及翻斗车一起嘎吱嘎吱地踩过池边的雪地，琢磨着蓝鳃鱼是如何在冰面下吃食的。

三天后，一项修建新的州际高速公路的计划正式宣布。

卡莱尔走进丹尼餐馆的时候，莱斯特商店楼上的老人正坐在他常坐的座位上。他把一份《高原调查者》沿着吧台推到卡莱尔面前，说："麦克米伦先生，我想你最好看一下这个。"

卡莱尔注视着六栏宽的醒目大标题："高原大道已获提案。"他赶紧翻到了第二第三页的地图，食指划过图上的路线。这条马路从新奥尔良西北面斜向出发，沿着对角线颤颤悠悠地一直到达加拿大阿尔伯塔省的卡尔加里。这条曲线显然会经过小石城、堪萨斯城还有奥马哈。《高原调查者》竭尽全力地使用各种图样，精致详细地标示了这条三百码宽的四车道公路加上草地隔离带，是将如何横穿该州的。

这条路线涵盖的范围包括瀑布城和利物摩尔，从距离萨拉曼达六英里的地方经过，然后顺着卡莱尔住处前的乡村公路一直向上，正好通过卡莱尔的房子，又正好通过蒂鹰的小森林，最后拐向西北方，从嘉莉的牧场中间穿过。别的客人们都注视着卡莱尔，他显得又疑又怒，挣扎着想要控制面部的表情。

"卡莱尔，如果你想要的话就把报纸一起带走吧。"塞尔玛·恩格斯特罗姆说话的时候没有一丝笑意。

他花了一整天来研究地图，阅读四篇相关的报道，然后思前想后。这条马路在瀑布城的东南面打了个完全没有必要的急转

第十三章

弯,才得以在距离瀑布城和利物摩尔很近的地方经过。这一点令他生疑,也使他更加气愤了。他在加利福尼亚的时候到处见过这类烂事儿。有人骗取了路线,而且哪里有欺骗,哪里就有金钱交易。

根据卡莱尔对于高速公路的既往经验,他还从未见过项目的进度会如此迅速。暂定的投标文件已经泄露给了六个州以及加拿大的承包商。第一轮公开听证会安排在两个月内开始,提案的线路问题将会得到讨论。基于高原地区的情况,工业和土壤都已经恶化,水也几乎流失,因此必须解决一些事情,而且得尽快解决。官方路线就是如此。

木桶里的猪肉就要浮到边缘了,大家都有份。美国参众两院的议员们自豪地认为公路的建设将为他们的地区带来经济利益。此外,石油就可以从北极通过管道送到卡尔加里,再从那里通过货车运送到新奥尔良的炼油厂,以弥补德克萨斯和海湾地区石油产量下降造成的缺口。因此,货车公司、石油公司以及新奥尔良都将获益。

为了得到海岛的默许,考虑到存在的问题,这项工程也包含了自我强化的成分。关于在北极钻井的提案还没有批准,但既然花了这么多钱修建高速公路来拉油,这项提案又怎么可能被拒绝呢?而且,要想掠夺北极的资源,石油无论如何都得运送。所以说高速公路是必不可少的。

天才的最后一招是获得支持,支持来自于钻井队、钻井设备的制造商、货车制造商和一系列其他的利益集团,包括工会组织。

但卡莱尔怀疑北极的钻井其实只是第二位的。高速公路，至少这个主意本身，受到了自身内部的推动，就好像混凝土总能带来美好的天堂。让一条主干高速公路穿过你的州，一切就都会好的。

也有一点儿面包屑扔给了环境保护主义者。这项计划中有一部分是提议购买阿克塞尔·卢克和嘉莉·德弗卢的所有土地。一块新的羚羊和野牛的保护项目将会在那里启动，最终将会成为羚羊国家公园。一块属于大家的地方。

高速公路途经的这些幸运州的州长们兴奋不已，他们在报纸上大量发表文章支持高速公路的修建，吹嘘说这将推动难以置信的经济发展。在他们看来，旅游业将会兴旺，小城镇将会复苏，富裕的城镇将会更加富裕，人口会增加，如此等等。欢乐的呼声占据着一个又一个版面。

卡莱尔阅读了所有的文章，然后又读了一遍，心沉了下去。那天傍晚嘉莉从斯皮尔菲什打电话过来了。

"卡莱尔，我对高速公路的事情感到忧心忡忡。我一直在想这事儿对你的影响，一整天都在吞眼泪。在此之前我跟塞尔玛聊过了，她说镇上的每个人都相信这将使萨拉曼达获得解脱。"

"嘉莉，我不愿意对你说这句话，但我还是得说，萨拉曼达已经死了，而且还对此一无所知。那么一条混凝土从六英里外经过，对于小镇而言毫无意义。如果说有什么意义，那也就是本地人开车去瀑布城的购物中心更方便了。塞尔玛那些人也许愿意把那个垃圾当真，但其实并不是。很抱歉我说得那么直，但这就是我梦想的棺材上的又一枚生锈的铁钉。我讨厌这些混蛋，讨厌

第十三章

他们一心想要把整个世界变成混凝土和烂货组成的沙漠。"

嘉莉沉默了一会儿,接着平静地辩解道:"卡莱尔,这件事真的很复杂。你可以捡起工具去有活干的地方。我们许多人根本做不到,而我们也得生存下去。我不能捡起我的土地把它搬走,我距离破产法庭也就是一步之遥。塞尔玛也不能捡起丹尼餐馆搬走。你可以再造座一房子,对吧?"

"我可以再造一座房子。蒂鹰却不行。"

"要是说到鸟,与人类相比……"

他打断了嘉莉的话:"嘉莉,我要再说一遍。这条高速公路对于丹尼餐馆和萨拉曼达并不会有任何帮助。如果说除了承包商、水泥工业和你以外——再除了阿克塞尔,如果他想卖地,可能他也没得选择吧——还有谁能得到好处的话,那就只有那些已经不错的城镇了,外加斯塔基①、华美达②和德士古③,还有剩下的那些一心想要同化这个星球的人们。"

"卡莱尔,这是小镇唯一的机会了。还能怎么样呢?"

"假如我是这方面的专家,人们就会从我家门前排队排到黄石了。我只知道两件事:第一,这条公路对于萨拉曼达的伤害要大过它带来的益处;第二,这个项目里有一种坏的味道。在所有的鼓动吹捧背后,有一些不好的音乐。我内心能够感受到这一点,这与丹尼餐馆能够招揽到更多的客人毫无关系。"

---

① 美国连锁便利店。
② 美国连锁酒店。
③ 美国石油公司。

马路对面,蒂鹰结束了一天的活动回来了。蟋蟀已经开始活动,空气正在降温,卡莱尔眯着眼睛透过那扇打造完美的窗子眺望西方,看到了一道粉橙色的晚霞。

"嘉莉,我承认我对这些事情有点偏见,但发生的一切确实有人为的痕迹,不仅仅是这条高速公路的烂事儿,而是这整个地方。高速公路、公寓大楼、被当作新房子的豆腐渣建筑、快餐垃圾,购物商场里充斥着根本没人要的破烂,所有那一切。资本主义变成了废物主义,我们正在毁灭这个国家。"

卡莱尔此时完全是滔滔不绝,愤怒不已,他对嘉莉生气,对全世界生气:"有人劝我们说越'多'越好,可是没有人说多的是'什么'。就是要'多'。越多越好,因为越少越糟,讨论似乎到此结束了。我们以为知道自己在干什么,可是似乎并没有能力明白自己在干什么,我们也不会算计长远的后果。我们需要一个'长久部'之类的组织,人们才能够处理长期的事情。我不知道,这一切对我们没有意义。我所知道的,只是这个国家已经失去了义愤填膺的能力,但我还没有。我再也咽不下这口气了,为了我自己和蒂鹰,主要是为了那些鸟儿,我打算与这条高速公路抗争下去。"

嘉莉再次沉默了,从斯皮尔菲什通来的电话似乎切断了几秒钟。不过,卡莱尔可以听见她在呼吸,显然她在考虑,在选择措辞。

"卡莱尔,我不知道对你说什么好。我感到非常的遗憾,真的很遗憾,对科迪纪念碑可能的命运感到遗憾。你给自己建造了一块伊甸园,一想到高速公路将要从中穿过,把它摧毁,我就想哭。

但我不像你那样对这个世界的一切生气,即便我生气,我也没有强大的力量去改变这些事。我希望我能在你那里,用双臂拥抱你,可我明天还有场考试。"

"哎,嘉莉,至少高速公路将会解决你想要卖出你那块土地的难题。这是它带来的好事儿。"

"你打算干什么呢?"

"我不知道。斯坦福有位教授在碰到这类事情的时候总会出来做一名真正的战士。在今年夏天的校友杂志上看到过一篇有关他的文章。我想我会给他打电话。"

"我得去准备我的考试了。这个周末你能过来吗?"

"我不知道。说实话,现在我很可能不是个适合相处的人。也许我最好还是不去了。如果我改变主意,我会给你打电话的。"

"好吧,"她若有所思地说,"星期六晚上我有安排,但如果你决定要过来,我会取消我的安排。卡莱尔……"

"嗯。"他回应着,声音中透出冷淡与不耐烦,似乎他有其他更重要的事情要做,而不是跟嘉莉·德弗卢说话。

"我非常挂念你。"

卡莱尔叹了口气,放松了一点:"嘉莉,我知道,我也很挂念你。祝你考试好运。"

第 十 四 章

瀑布城的办公室里,雷·达根正在向一群本地的商人发表演说:"小伙子们,我没告诉过你们这是一次真正做大买卖的机会吗?我告诉过你们,要信任你们的好哥们儿雷,对吧?这条马路将要穿过这里,就跟我对你们说的一模一样,还有……"

"雷,"其中一名男子插话道,"这件事还没有确定,对吧?我们所看到的这些计划被称为提案路线。"

雷·达根自信地笑道:"这条马路将会穿过这里,就跟计划所标示的一模一样。老杰克·威姆斯是我的参议员朋友,还在我们国家的首都担任高速公路法规的主管人,他对此做出了保证。"达根坐在皮转椅上前后摇摆,双手交叉抱在圆鼓鼓的肚子上,他对于自身的能力十分满足,对于将要发生的事情更加满足。

"你敢完全肯定我们去年买下的那批地皮不会出问题吗?"另一个人问道,他是瀑布城的一名医生。

达根哼了一声,伸出右手在空中挥舞着,挥去了大家的忧虑:"为一件无论如何都将发生的事情花上一点儿钱,对于我们这几

第十四章

个人来说没什么错。就像《圣经》里所说的,一往直前,就会成功。"

达根停顿了一下,努力回忆这句话是否真的出自《圣经》,然后便对此相当确定了。这群人中并没有人纠正他,于是他继续说了下去。

"当然啦,在《高原调查者》发表公开记录之前,我们都不能表现得好像早就知道这些了。眼下咱们就别担心了,还是再来商量一下如何分摊这些土地的购买份额吧,这样才不会因为我们购买地产的数量引起人们的注意。"

一家货车公司的老板坐在吉尔·雷明顿的左边,这一晚他跟吉尔说话的时候,一直都垂涎她的胸脯。他的眼神从她的面颊到领口以下来来回回打量着。他唠唠叨叨地说话,令她厌烦。但她脸上却始终保持着微微的笑容,摆出一副感兴趣的样子。(天啊,除了政治与事业,这些男人们难道不会谈点儿别的吗?)

不过,吉尔·雷明顿还是很高兴参议员杰克·威姆斯邀请她参加了这场气氛亲密的晚宴。杰克的妻子以及他所代表的那批保守人士都阻止他带吉尔去餐厅,可他还是喜欢在相对安全的情况下公开带着她。今晚在参议员的助手们看来还是比较安全的,他们不喜欢吉尔,只是因为参议员对她很有兴趣,而这样的兴趣意味着政治上的风险。

在吉尔的右边长桌的一头,参议员正探过身子跟一位新奥尔良的建路商说话:"不会的,我们不认为那儿会出什么问题。高原上的那些可怜的家伙太渴望这条路了,他们为了得到帮助会不惜一切的。那些环境保护主义者很可能会给我们带来一些问题,他们来自路易斯安那州的湿地,也许还有更北面,我们的马路在那里从一个国家公园的边缘穿过,但这些问题都可以解决。我还在秘密筹集公共建设与交通委员会的投票,应该可以在明年方便的时候公布最终的路线,当然啦,路线将会按照我们已经确定了的走。"

"我说,参议员,如果你到最后需要更多的钱,就给我打电话吧。"那位建路商承诺道。

"谢谢,我们可能会需要的,到时候我会让你知道。不管用什么样的方式,我们都会把一切搞定的。卡尔·埃克斯已经在议院那边为我打头阵了,卡尔知道在有必要的时候如何去踩人家的屁股。他虽然天生就爱胡说八道,但却是个真正的神枪手。"

参议员在烟灰缸上弹了弹雪茄,摇了摇头,毫无表情地放声大笑:"上帝啊,等那些可怜的乡巴佬看到《墨西哥贸易协定》将会如何满足他们吸引工业规模的小小希望和梦想时,他们就会做出贡献的。墨西哥人是白干活,或者说差不多是白干,贸易协定将会像一根槌球棒一般,把西部那些小破村子统统打到地里面,可话说回来,它们已是垂垂将死,而且这是个完全不同的问题了。"

在座的其他人都点头表示同意。

"卡尔·埃克斯怎么说的来着?"参议员威姆斯停下话头,抬头看了看天花板,雪茄里冒出的烟飘过水晶吊灯的链子,缭绕在天花板上,"让墨西哥劳动力使用美国技术制造出产品,然后我们再把产品卖到日本和欧洲。他将其称作'格兰德河创新方案'。不错的名字。"

吉尔·雷明顿歪着脑袋，警觉得像只瞪羚，一心两用地一边聆听参议员，一边又点头附和着货车老板的言谈，她用训练有素、无伤大雅的话语应付着他，指望用她丰满的胸脯聊做补偿。今晚她是个陪衬，她也知道这一点，虽不喜欢这个角色，但同时也很庆幸自己没有住在那片高原地区，被参议员用西部的上帝称呼，或者配以别的名字。

"吉尔，你去过托莱多吗？"货车老板色迷迷地盯着她，她脑子里闪现出一面红旗，上面赫然飘扬着一排字："问题已经问过！"杰克·威姆斯正在朝她这边看。

"没有，我从没去过。那儿漂亮吗？"她想，这样一说，又可以让货车老板再扯上十分钟无聊的废话了。她瞥了一眼参议员；参议员抽着雪茄，假装对她视而不见。

货车老板看着她的胸脯，重新打起精神，继续说道："亲爱的小姐，我们正打算带你去那儿，让你看看……"

他说话的时候，墨西哥航空公司三十二号航班降落在了杜勒斯机场①的跑道上，飞机上乘坐着美国商会的常务董事卡尔·埃克斯。

吉尔·雷明顿愉快地接受俄亥俄州托莱多的地理知识教育

---

① 位于美国首都华盛顿的一座国际机场。

的第二天,卡尔·埃克斯就参加了基督教商界早餐,将一路旅途的疲惫一扫而尽,然后脚步轻快地走进了他在国会大厦的办公室。墨西哥人已经来这里准备签署贸易协定了,而他已经可以想象出成群的工厂排满美墨边界的场景。让高傲的欧洲佬和烦人的小日本都为他们的前途伤脑筋去吧!

"早上好,吉尔!"

"早上好,埃克斯!欢迎回来。这次旅行怎么样啊?"

"超级棒,吉尔,真是超级棒啊。留言板上有什么消息呢?"

在卡尔·埃克斯的世界里,除了一次失败的婚姻,一次即将失败的婚姻以及因为投资一家珠宝连锁店而可能破产以外,所有的一切都是"超级棒"。吉尔过去六年一直在为卡尔工作,已经开始讨厌"超级棒"这个词了。

"埃克斯先生,我已经按照他们的顺序在你办公桌上排放好了。高原开发公司的弗拉尼根先生打了好几次电话。还有,参议员威姆斯也打了电话,他要求马上跟您谈谈。"

"给我拨通他的电话吧,然后咱们再接通弗拉尼根。"

参议员正在骑大马,满头大汗地翻滚着。跟吉尔·雷明顿混一晚向来也是如此。"卡尔!"他吼道,"让你在西部鬼地方的好朋友比尔·弗拉尼根跟这个雷·达根谈谈吧,让这个狗娘养的在搞坏这一整套计划之前冷静下来。哈兰,你知道的,就是来自那儿的参议员斯特克,他跟我说达根在上周发表公告之前,已经伙同一帮人秘密购买了提案路线沿途的土地。按照哈兰告诉我的说法,他们一年多前就这么干了。天啊,我就知道弗拉尼根这么早把路线透露给他是个错误,就算达根是该州的高速公路主管又怎么样。"

参议员的用语令埃克斯感到畏惧,这让他想起自己在戒烟皈依基督之前,也是这么说话的:"雷·达根是谁?除了有一次弗拉尼根曾在我的电话留言机的留言里提过他,我从未听说过这个人。"

"卡尔,雷·达根坏透了,"杰克·威姆斯答道,"根据斯特克的说法,达根整天就在他自家油腻的溜冰场里滑来滑去,是那种十分保守的人,全然不晓世界的变化。总体而言他其实并不那么聪明,但却精于算计,卑鄙无耻,总是逼别人按照他的意愿行事。没人喜欢跟他交往,因为他不管是做多么肮脏下流的事情,都不会有良心,也毫无顾虑。不久以前,他还让瀑布城一名反对哈兰的女人失去了竞选资格,他的手段就是印刷一份匿名传单,声称此女吸毒,跟一名波多黎各的吉他手性交,还让她丈夫在一旁观看。

"这些全是谎言,但没人能发现是他捣的鬼。达根还为哈兰的竞选资金投入了许多钱,而你知道哈兰是我的一位好朋友。我还正好知道达根在一个叫作狼丘的地方拥有一大块土地。他在大约十五年前购买的,哈兰是这么说的。好像跟那里一条小溪附近发现的微量金矿有关系。我还不是很确定那事是怎么扯到这件事上来的。"

"好的,参议员。我马上就给弗拉尼根打电话核实一下。"卡尔·埃克斯挂上电话,然后让吉尔拨通了比尔·弗拉尼根的电话。

"这里是高原开发公司,我是安德鲁太太。"

"美国商会的埃克斯先生要跟弗拉尼根先生通电话。"吉尔很好奇这位安德鲁太太是否曾经被参议员玩弄过。

安德鲁太太从来没有被参议员玩弄过,不过她倒是在电视上见过好些参议员。除了毕业舞会之后一次草率拙劣的经历外,她就只有她丈夫一个男人,而且他在十年前就已经失去了兴趣。

玛格丽特·安德鲁有点无精打采。昨天一晚她都在帮助女儿照顾患喉炎的小孩,而她女婿一直在电视机前看橄榄球比赛。自从玛瑞丽从美容学校辍学嫁给一个明摆着的败类,她就知道这是一个错误。然而不知为什么,跟所有的母亲一样,她心中却希望这场婚姻能够成功,如今仍然抱有希望。

"弗拉尼根先生在接另一个电话。您可以留个号码让他回电吗?"

"等他有空的时候,请让他给埃克斯先生打个电话。"

"我会转告他的。"

"谢谢你。再见。"

"再见。"

吉尔按响了卡尔的信号机:"弗拉尼根先生现在正忙。我让他给你回电。"

"谢谢,吉尔。"卡尔·埃克斯用钢笔连续叩击桌上的笔记本。吉兹·路易斯,你再也不能带任何人去任何地方了。

第十四章

十分钟后,比尔·弗拉尼根回了电话。卡尔拿起话筒,用最好听的笑声说道:"比尔,你好吗?我很抱歉这么晚才回复你。我一直在国会里,还去墨西哥城呆了一个星期,为我们所谓的'格兰德河创新方案'奔波呢。一切都很顺利,只不过那些自由主义者都在抱怨廉价劳动力和环境问题。

"不管怎么样,我就是要把高速公路项目的事情都跟你说,想问问你那边的情况如何。这儿的事情进展得很快,快过了我的预想。那位好样的参议员正对着这个项目挥舞肉刀,招呼了各方支持,揍扁任何阻挠他的人。加拿大人现在也同意了,新奥尔良则帮助我们组织了一个石油与货运商的全国联盟。

"我们的联邦规划师和工程师们还有些问题。规划师一直发牢骚说他们没有足够的钱维护现有的州际公路,更不要说造新公路了。工程师的情况则不同。他们不喜欢让公路突然转向,涵盖瀑布城和利物摩尔。两天前,参议员亲自去跟他们谈了一次,跟他们说如果他们指望在将来十年里拿到实实在在的钱,最好还是用心让这个项目通过。那么一说似乎奏效了。虽然还有些怨言,但他们已经表示同意合作了。"

"有没有机会让马路穿过萨拉曼达呢?"

"不可能了。我们试过了,就是你问的这个问题,但是工程师们对此真的是大呼小叫的,所以我就放弃了。不管怎么样,你我都知道那个小池塘就要枯竭了,一条马路救不了的。目前看来我们还是按照提案的路线运作,这条路线距离萨拉曼达大约六英里路,从利物摩尔西北方横穿过去,与42号公路相交,然后再穿过一条向北的土路,跟我们以前谈论的一样。看起来,这条公路过了利物摩尔之后,就清晰地掠过了一片空旷地区,如此有助于将获取土地的开销降到最低。你那边的情况怎么样啊?你发现什么问题了吗?"

"嗯,萨拉曼达的事情本来可以起点作用,不过我们会给他们放些烟雾,跟他们说建造高速公路会对小镇产生很多好处,就算是离小镇西面还有六英里路。那些农场主和牧场主会拼命叫嚷说公路将穿进他们的土地,但他们是可以对付的。另外还出现了一个问题。传说苏族人认为狼丘周围地区是块神圣的土地,不过他们并不拥有这块土地。很久以前他们确实拥有过这块土地,但政府和淘金者们觉得很不方便,于是土地就这么转移到其他人手里了。印第安人仍旧觉得土地是他们的。我们的一些开发工程也遇到过类似的问题。不管怎么说,我们会想法解决的,给他们一些与珠子等价的现代商品——比如一卡车啤酒之类的东西——或者,干脆不惜一切代价把这块土地废了。"

"好的。听着,比尔,我给你打电话的主要原因是为了一个名叫雷·达根的家伙,此人正在明目张胆地购买高速公路沿线的土地。这种行为必须制止,至少他得将保密程度提高六个等级。显然达根会出力促成公路穿过你的地区,但如果他不低调下来,整个事情就会完蛋的,至少也会受到耽搁。"

"卡尔,我刚刚风闻此事。你听说的雷·达根的事儿不管有多糟糕,都不会错,而且真实情况很可能还更严重。他还是本州的高速公路主管。老实说,我很讨厌跟他坐在一辆车里,跟他说

第十四章

话的时候我总是感觉他像是在用一种莫名其妙的方式骗人。每次只要有人提到高速公路,他就会舔舔嘴唇,擦擦喷满香水的双手。总而言之,这个人已经无可救药了,而且他还是哈兰·斯特克的铁杆支持者。不过我会找他谈话,想办法让他闭嘴。"

埃克斯继续道:"杰克·威姆斯提到,达根似乎在一个叫作狼丘的地方附近拥有地产。好像跟金矿有关。知道这方面的事情吗?"

"我不知道。不过我会看看能找到些什么线索。"

"好的,我就靠你了。比尔,我又有电话进来了。只是想让你知道这边的情况进展如何,坚持信念,保持联系。如果一切进展都像现在这样,我们会在几个月内就公布最终的高速公路规划方案。"

"这听起来太好了。我们很感激你的帮助。我很想什么时候找你谈谈你提到的这个《墨西哥贸易协定》,谈谈这个协定会对我们这儿有什么影响。"

"当然。不过,我也向参议员询问了这方面的事,他还没有预见这会对你们那边真正产生什么负面影响。其实,他倒认为这会为额外的小麦出口开启一扇门。比尔,我得挂电话了。"

电话控制台上的灯熄灭了,表明比尔·弗拉尼根已经结束了通话。玛格丽特·安德鲁还在想她的外孙女,担心她女婿可以找份什么样的工作来长久养活一家人。那儿的一切似乎都在崩溃,工作越来越少,人们纷纷离开。不过,弗拉尼根先生曾对她说,好日子快来了,说这话的时候还眨了眨眼。她很相信他,希望这话是真的，双手感受着身边的窗子里射入的高原上秋天的日光。她坐在那儿，紧握手指，知道冬天已经不远了。

她真希望女婿当初能上大学，而不是去萨拉曼达那边的古思里奇兄弟沙石场工作，整晚泡在利物摩尔的斯里比醉翁客栈里。她估摸着一旦天气变冷，他就很可能会失业下岗了，然后坐在家里边喝啤酒边看体育比赛，叫嚷着他要有机会参加"命运之轮"的节目就能大显身手。她曾经提出给他付学费，让他去城里的三丘社区大学念书，他却大笑着出去给他的汽车换机油了。她也对她女儿提过同样的建议，但玛瑞丽说她想上美容学校，就像摆弄她自己的头发一样做头发。后来她怀孕了，于是一切都变了。尽管阳光从窗子射进来，暖洋洋地照在手上，玛格丽特·安德鲁还是意识到冬天马上就要来临了。

第 十 五 章

"你的猜想是对的。他们会用土地征用权来对付你。"斯坦福大学环境经济学的教授正在跟高原某处一位名叫卡莱尔·麦克米伦的男子通电话。

"第五修正案允许在提供公平补偿的情况下,私有财产可以征作公用。关于取得州际公路的用地方面,修正案有特别的规定。交通部长得到授权,这里我引用法律条款:'以合众国的名义……着手获取并最终占用这样的土地或土地上的利益,可以通过购买、捐赠、没收以及其他遵守合众国法律的方式来实现。'在这里,遵守的意思是他们得补偿你的损失,但他们可以占用这块土地。"

"那么说来,我就无能为力了么?"

"你就得用别的方式保护自己了。其实,你得采取攻势。根据你所说的情况,我推测这条路线上有一些胡乱规划的路段。我以前见过这样的情况,太多次了。认真研究一下工程的数据,让他们解释他们所选路线的合理性。百分之五十的情况下他们都做不到这一点。我会给你寄些材料,让你知道如何好好地处理这种事情。"

教授坐在帕罗奥图的办公室里,看着学生们从他窗前走过,有红背包,有背蓝包,他瞥了一眼去墨尔本开会的飞机票,又说:"还有,关于你提到的那种鸟,蒂鹰,给我再讲一点它的情况吧。"

卡莱尔叙述了他和穆尔如何发现了这种鹰类以及此后又发生了一些什么事。

"这种鹰在濒危物种名单上吗?"教授问道。

"不在,因为大家都以为它已经灭绝了,不过它已经列入濒危物种候选。猛禽同盟正致力于这件事。"卡莱尔在瀑布城的公用电话亭里,背靠着电话亭的门。他正在为一名本地律师建造花园辅屋,工程已经完成了三分之一。他努力想集中精力干活,然而对于那条公路的愤怒之情却仿佛波浪一般,不断涌来、消退,继而再次涌来。

"那太糟了,"教授叹道,"一个物种如果列为濒危,或者受威胁,即濒危的次一级别,那么在此类情况下是一种有力的武器。《濒危物种法令》的要旨便在于此,而高速公路显然将会破坏栖息地。

"不过我要提醒你:高速公路工程第一定律是这么说的:'任何两点之间的最短距离总是会穿过一片森林。'问题在于,目前没有一家立法机关会保护那些列入保护动物候补名单、但还没有列入正式名单的物种。而把一个物种列入名单的过程不但缓慢,而且很不确定。最近的一份报告显示,仅仅是全面审查目前需要提

第十五章

请关注的动植物,政府就要花费九十四年的时间,部分是因为濒危物种保护部门缺乏资金和人员。

"除此之外,负责此事的美国鱼类和野生动物保护组织必须服从各种各样的政治压力。即便你最终将这种鸟列入了保护名单,也无法保证就能起作用。在目前受到保护的名单中,三分之一的物种数量还在继续减少。鱼类和野生动物保护组织把大部分的资金用在那些众所周知的物种上,特别是那些魅力足、公众人气高的物种,比方说白头鹰,而我怀疑你的这种鸟不属于那种范畴。"

这些话对于卡莱尔而言似乎非常无情:"好吧,你有什么建议吗?"

"你有非常好的机会让高速公路的建设停下来,至少在一段时间内可以停下来,从技术角度而言,最初的环境影响报告写得并不充分。这在以前就有过先例。如果你有资源,首先依照报告的情况寻求禁令,暂时停止公路建设;然后第二步,提出诉讼,推动这种鸟列入濒危动物名单。如果这种鸟能够进入名单,那你就几乎大功告成了。注意我说的是'几乎'。还会有各种法律与政治的诡计可以用来绕过这个名单,但正如我之前所说的,这是一种有力的武器。你有钱用于诉讼吗,比方说两三万美元?"

"没有。"

"猛禽同盟有那么一笔钱吗?"

"我不知道。不过三丘社区大学有位生物学家,名叫达里尔·穆尔,他曾经提到过猛禽联盟正在讨论一项禁令,因此说不定他们确实有钱。"

"好的,这是第一步,"教授说着,看了看手表,用手指对了对那张去墨尔本的飞机票,"让猛禽同盟来处理环境方面的问题,因为这需要自然科学方面的高级专业技能,此事还得能够尽快处理。还有,联邦的项目极少会单纯因为环境方面的考量而停止。你得专心研究路线,努力证明为什么提案的路线并非最优路线。那会是最佳的策略。听着,麦克米伦先生,我要乘坐飞机去澳大利亚,飞机不到两个小时就要起飞,所以我现在得赶紧走了。祝你好运!我会让我的秘书把我之前说到的材料寄给你,这些材料可以帮你详细、缜密地分析路线选择的问题,如果你有需要,随时可以再给我打电话。"

"温斯坦教授,非常感谢!看起来有点儿让人沮丧,不过你已经给了很多帮助。"

"非常高兴能发挥一点儿作用。先别挂电话。那些混蛋讨厌的就是智慧与承诺,他们根本就不打算处理品质的问题。不过我得警告你,这种事可能会遇上麻烦。很多钱都会有风险,这才是他们所关心的。我通常投入这类战役时,都会认为这些战役至少也是限制级的。我得走了。祝你好运!"

麻烦。教授说了这事可能会遇上麻烦。四天后有传言说达里尔·穆尔与猛禽同盟为了一种该死的鸟正在努力杯葛新公路,事情开始变麻烦了。卡莱尔·麦克米伦在瀑布城图书馆里花费了许多时间,研究了与高原林荫大道相关的所有文件,企图尽他

第十五章

所能阻挠高速公路从此穿过。

卡莱尔的信箱在星期三晚上爆满了。第二天,来了一封匿名信:"滚回加利福尼亚去,干苦工的家伙!这里不需要你!"当天晚上,电话里传来一个沙哑、凶恶的嗓音,小声说:"还是管好你家里的那只猫吧。"

"比尔,那儿究竟发生什么啦?"美国商会的卡尔·埃克斯正在与瀑布城的高原开发公司负责人比尔·弗拉尼根通电话,"两小时前我接到参议员的电话,他正被高速公路路线上的什么鸟的问题搞得焦头烂额,有个木匠在给我们制造麻烦。到底发生了什么啊?"

"卡尔,真不知道到底是从何而起的。不久前有个叫卡莱尔·麦克米伦的人从加利福尼亚搬到这里来,天知道是什么原因,他在我们的公路用地上直接建了一座新房子。其实就是一座他彻底重新改造的旧房子。当然,他不知道高速公路将会正好穿过他的抽水马桶座。估计他那座房子建造得让人不可思议,这是瀑布城的报纸《观察家》上说的。文章中把他称作出色的手艺工人。大约有两三百人去参加过他的家庭招待会。现在本州一半的医生和律师希望他能给他们干活儿。这是一件事。"

"干死这个木匠,这个……该死的他叫什么名字来着?米勒?"

"麦克米伦。卡莱尔·麦克米伦。"

"好的,麦克米伦。我们可以用六英尺的土地征用权混上沥青,把他的屁股埋在底下,他不会知道是怎么遭受袭击的。放心吧,比尔,这不是问题。"

"嗯,当地人似乎觉得他们可以用自己的方式来解决这个问题。那里有点儿群情激愤,都反对麦克米伦,似乎出现了不少暴力和恐吓来威胁他。"

"比尔,为什么我们总是碰到一堆白痴啊?那种垃圾解决不了任何问题,反而会造成许多不好的社会影响。你看看是否能够让他们认识到这一点。跟他们说闪一边去。麦克米伦是对付得了的。另外还有什么事呢?"

"我们这位加利福尼亚的老兄在建造房子的时候,似乎就注意到他房子对面的小树林里有一种罕见的鸟。结果证明是一种大家以为已经灭绝的鹰。"

"噢,他妈的。"卡尔·埃克斯虽然皈依了上帝,决计改善生活,但有时还是会出现高度紧张的情况,"这种鹰在濒危物种名单上吗?"

"我不知道。"

"土地征用权是一回事,而濒危物种则是完全不同的另一回事了。田纳西州的特里科大坝项目就是由于螺镖河鲈的原因被搁置了四年。我们以前怎么会不知道这件事呢?等一会儿,我的文件夹里有环境影响报告。别挂电话,我把报告找出来。"电话里没有声音,一千二百英里外只传来了书页轻柔的噼啪声,"好了,我正在翻阅文件。上面提到了印第安人的土堆,不过这些土堆所在的土地属于那个雷·达根。他是属于咱们阵营的,所以说那不

第十五章

是问题。我没找到什么关于鸟的内容。他是什么时候发现那种鸟的呢?"

"就我所知,就在不久以前。可能就是几个月前。"

"环境影响报告的草案大约一年前就已经秘密完成了,所以文中并没有提到这些鹰。此外,那些报告绝大多数不过是装点门面而已。我先给鱼类和野生动物保护组织打个电话,然后再给你答复。要保持信心。我一发现什么就会马上给你打电话的。"

"好的,卡尔,谢谢。哦,我差点忘了说,这个激进的环境组织简称 EWU……"

埃克斯与弗拉尼根交谈的时候,卡莱尔正驱车经过高原开发公司,前往萨拉曼达。他面目冷酷,全力以赴,决心要将他的战争进行到底,不管结局如何。

卡莱尔·麦克米伦或许已经下定了决心,但是下面这些人已经被气得快要中风了:他们是美国商会的卡尔·埃克斯、高原开发公司的比尔·弗拉尼根、杰瑞·格拉瓦特和其他五名州长、十二名参议员、不胜枚举的美国众议员、加拿大经济发展部的官员、各种石油和货运公司的主管、水泥承包商、各种联盟组织、几乎整个耶基斯县以及每一个与高原林荫大道厉害相关的人。

他们都对卡莱尔·麦克米伦大为恼火。他在他们那条高速公路的途中建造了一座著名的房子,对吧?他发现了蒂鹰,对吧?他还把这种鸟的情况告诉了三丘社区大学的达里尔·穆尔教授,这件事也是他做的吧?于是后来穆尔联系了一个名叫猛禽同盟的组织,该组织现在正在寻求禁令,停止高速公路的建设,然后推动这种鹰立即考虑列入濒危物种保护名单。如果这种鹰得到了这样的地位——只要诉讼成功就肯定能做到,那么高速公路就可能要停止建设,一切都完了,或者至少得进行大幅度的重新设计,花费的时间可能会导致撤资。另外,据说麦克米伦已经研究了整篇高速公路报告,有意对路线提出异议,而所藉的理由目前却还无人能知。高速公路支持者的不满仿佛汇入了一口巨大的水缸,翻腾之后又流下去形成滔滔之水,汇合成一股邪恶的力量,统统向麦克米伦直冲而去。

既是生意人,又是开发商的雷·达根也很气恼,右手小指上的钻戒显露出了他的粗暴。早在十五年前,一位名叫威利斯顿的老人在狼丘附近的一条小溪内发现了微量的黄金。县里的黄金分析师欠达根一个人情,威利斯顿来他办公室的当天,他已经给达根打了个电话。于是达根花了三千美元从威利斯顿手中购买了土地所有权。最终的结果是,根据《一八七二年采矿法》,达根几乎没花什么钱就购买到狼丘以及方圆一千五百英亩内的土地。这件事有点儿棘手,因为印第安人反对将这块包括古墓的公共土地转让到私人手中,但雷·达根依靠他的政治关系把这一切都搞定了。

从孤丘上坠落的岩石砸死了他派到那儿去的第一批采矿工程师。雷·达根并没有放弃。正如他跟妻子所说的那样:"傻瓜都知道不可以在离悬崖那么近的地方扎营。"

第二批派去的成员更加小心,他们完成了工作,向达根报告

第十五章

说，黄金出自一条小矿脉，其价值还抵不上开采的成本。他们还对达根说，孤丘上留有举行仪式留下的篝火的痕迹，那儿的岩石上还刻有奇怪的符号，更不要说深夜呆在帐篷里的时候，还能听到好像翅膀的声音。可是雷·达根感兴趣的只是黄金，而不是所谓的"印第安人的魔法与其他狂欢仪式"。

于是他就这么受制于这片一千五百英亩的起伏、坚硬、干燥的土地，每当想起一块毫无价值的土地就这么搁置在那儿，附近的人们都不会傻不拉唧地去购买，他就气得咬牙切齿。做生意的想法是为了赚钱，而不是花钱。这就是他对此事的看法，而他仍然在为毫无价值的土地支付税金。

他购买土地的两年之后，一度出现了一场轰动，据说孤丘的另一边有印第安人的古墓，就在达根拥有的土地上。一位人类学家请求得到许可，进行勘探乃至挖掘这块土地，他看起来并无恶意。当时雷·达根正忙于别的项目，于是就给了他一份书面许可，让他开展工作，只是要求能够随时通报事情的进展。后来，他渐渐认识到可以通过这块印第安人的神圣土地谋取钱财。可惜的是人类学家从一座孤丘上摔了下去，不久就死了，不过调查行动的中断给了他时间收回书面许可，把那些搞科学的踢了出去。

他不知道如何处置那些印第安人的古墓，不过突然想到了一种可以借之赚钱的方法，是高原林荫大道给了他这个主意。他会根据商业活动将这块土地重新分区，建造一座主题公园，他起名叫"印第安神秘地"。挖掘一些古墓，建一座摆放古文物的小博物馆，再雇一位馆长做导游，并且讲述鬼故事。把旅游者从新建的高速公路上吸引住，停下车一边观看骨头与罐子，一边聆听鬼故事，与此同时，他们还可以在他新建的餐厅内用餐，而把他们的孩子放在雷·达根为他们准备的游乐设施上。

东部的一个大组织已经设计好了嘉年华的游乐设施，并且还给他寄来了一堆拟定的名字：水牛捕猎、战争聚会、乒乒乓乓和致命毒药。他喜欢这些名字，还有顾问们提供的另外两个名字，一个是给神秘地迷宫起的，叫老少一起玩，另一个叫先锋派教堂，如果某些州法律可以做一些微调，就可以在这个教堂里安排快速结婚了。

各种各样可能的玩意儿在他面前铺开，就像高原本身一样，这里面还包括模仿印第安人攻击的驿站马车，还要建造一座汽车旅馆。就叫棚屋旅馆吧。房间可以用灌浇混凝土建造，做成印第安锥形帐篷的形状。他还会建造一家地下餐馆，起名叫仪式会议厅。汽车旅馆的标志是："住在帐篷里，吃在地底下。"

一切都将集中在一起。再开一家名为"杰罗尼莫藏宝屋"的礼品店——卖整个印第安家族的珠宝和鹿皮鞋。他的一名合伙人提醒他说，杰罗尼莫是阿帕奇的，不是苏族的，而且活动于美国西南部。

达根看着这个人，对于吹毛求疵的细节表现出了不耐烦的气愤，他说："好吧，搞什么啊，那我们就换个名字好了。无所谓。你难道觉得旅游者会发现什么不同，或者提出什么异议吗？"

还有别的。雷·达根发现了一起针对现存印第安古文物的可靠贸易，不管是非法获取还是其他渠道获得的，他正与一些博

第十五章

物馆和私人收藏家联系,这些人都有兴趣从达根那里小心谨慎地购买挖掘的古文物。古文物加上主题公园再加上他跟合伙人在公路沿线秘密选取的土地,将会把高原林荫大道最终变成他个人的大矿脉。他会一如既往地将一切屈从于贪婪的欲望之下。正是这种大胆的想法才使这个国家成为过去和现在的样子。这就是雷·达根对此事的看法。

然而,然而,眼看那片土地上就要产生另一种黄金时,却出现了一个名叫麦克米伦的外来捣乱分子,他跟另外几个人一起反对这条高速公路。达根头一个要拜访的是三丘社区大学的校长,拉尔夫·盖格尔。

"拉尔夫,你的这位生物老师,还是别的什么职务来着。穆尔,我想这是他的名字吧,他应该考虑一下这条高速公路的事儿了。告诉他,世界上有许多鸟类等着他去看呢。你还可以告诉他,我是银行董事会的成员,而他正在银行努力申请个人贷款资助他母亲去疗养院呢。拉尔夫,请你一定要把这件事告诉他。嘿,你目前好像正在筹款建造那幢新楼,对吧?"

"是的,雷,正是如此。说实话,我正想找你谈谈怎么筹款呢。别担心,我会跟穆尔进行一番友好交谈的。而且,我们这儿的老师可没有州立大学那样的终身职位。"

"好。拉尔夫,我就知道你是靠得住的。如果我们的妻子继续去首都,为桥牌锦标赛购买那些昂贵的衣服,那么我们就得在这儿取得更大的经济发展。一个男人必须挣钱支付他的花费,对吧?"

雷·达根站起身，与拉尔夫·盖格尔握了握手："如果你在筹款方面有什么需要可以告诉我，我会让我的秘书在邮件里放上一张支票。"

两天后参议员哈兰·斯特克抵达了瀑布城，与他的选民们一起参加了每月例行的周情报中心末活动，活动的大部分时间他都花在了选民雷·达根的身上。

"雷，你要冷静下来。这些事都需要时间。你要知道，还有一些诸如法律和程序的问题。"

"参议员先生，我对法律不感兴趣，对程序也不感兴趣。我所感兴趣的就是生意。你可知道这条即将修建的高速公路沿线的土地关系到我多少资金吗？够让你在你的位子上呆很长一段时间了。你上次的竞选活动里，我捐助的也有大概两万美元了吧，我给你那些钱可不仅仅是因为我有兴趣完善民主建设。你懂，我也懂的。现在咱们的朋友，高原开发公司的比尔·弗拉尼根告诉我说，为此事打头阵的参议员杰克·威姆斯正在让工程师研究是否能够改变高速公路的路线，以避开那些吱吱叫的鸟儿。哈兰，我要你向我保证，路线是不会改变的。我期待下周早些时候就能听到你的保证。"

总工程师认真研究了威姆斯提交的关于重新设定高速公路路线的要求："参议员威姆斯，我们又检视了一遍高原林荫大道的路线。我们认为，可以避开那片鸟类引发问题的地区。不过一条

第十五章

大路是一个系统,改变一部分,那么许多其他东西都得改变。这就意味着高速公路必须向利物摩尔和瀑布城的西面移动大约四十英里,如此一来,根据我们原先的计算,这条路线无论如何都会更有效率,不管是建设费用还是车辆通行时间上都是如此,因为目前的路线需要绕路经过瀑布城和利物摩尔。我们是否要继续下去,改用这条避开鸟类的线路呢?"

"不要。我的好朋友参议员斯特克确实很难做出路线上的变化。现在就别多想啦。"杰克·威姆斯把电话放回支架上,转身对一名助手说:"接通哈兰·斯特克的电话。"

"参议员斯特克正在佛罗里达。他留了个号码,但他说可能会很难联系到他。要我试一下吗?"

"算了。我还是跟商会的卡尔·埃克斯说吧。"

埃克斯的电话接通了:"下午好,参议员。出了什么事?"

"我无法联系到哈兰,所以就跟你说了。你可以告诉你那些高原地区的乡巴佬们,我们已经放弃了更改林荫大道路线的想法。不过我还要你告诉他们,这条高速公路的资金筹集需要小心启动,公共建设与交通委员会的众议员已经开始动摇他们的支持,如果你的朋友们再不小心,咱们就无法造什么高速公路啦。"

"好的,我刚跟高原开发公司的比尔·弗拉尼根交谈过。看起来这个名叫卡莱尔·麦克米伦的家伙遇上了暴力,或者说是暴力威胁。弗拉尼根正在调查是怎么一回事。"

"看在上帝的分上,卡尔,那些人难道不知道怎么做事才是对的吗?怪不得他们是一盘散沙。"

"参议员,坐稳了。事情变得更加有意思了,如果可以用有意思这个词。有没有听过一个叫作 EWU 的组织?发音是'依—呜',全称是地球战士联合,或者类似的名字。嗯,弗拉尼根给我打电话之前我也不知道。这是西部某地的一个激进的环境保护组织,他们渴望在这件事上插一脚。两天前,三个该组织的成员坐着一辆老式面包车开进萨拉曼达,开始四处闲逛。传言如果高速公路穿过蒂鹰的栖息地,他们就将炸掉萨拉曼达的水塔,那还仅仅是开始的第一步而已。我听他们中的一个人说,他们无论如何也要干一把,就为了引起人们的注意力,关注那儿发生的事情。

"这个组织的领导据称是一个名叫里迪克的家伙,此人曾被怀疑在去年将多桶旧机油倒进德克萨斯一家石油公司经理的家中,当时这个经理正躺在家中的游泳池里。那天晚上,他家所有的东西都沾上了机油,包括经理和他妻子的身上。不过,里迪克并没有和 EWU 的成员一起来到耶基斯县这儿,至少目前还没有。就我所知,他还牵扯到了另外一起恶作剧当中。据说他是个非常坏的家伙。

"哎,如果这类事情真的发生了,再加上鸟儿的事情以及达根的诡计,我几乎敢保证,工务委员会将把建造公路的这笔钱用到别处去,而我将对此无能为力。我会让联邦调查局的人员来调查这个 EWU 组织。耶基斯县什么时候举行高速公路的公开信息会呢?"

"二月中旬,在利物摩尔。弗拉尼根估计麦克米伦会在利物

第十五章

摩尔的会议上制造麻烦。"

"卡尔,咱们对付的究竟是谁啊?这么说吧,麦克米伦到底是何方神圣呢?"

"参议员,弗拉尼根说他真的很难对付。他寡言少语,思维敏捷,对自己的所作所为信心十足,而且还善于做准备工作。"

"咱们就不能给他点儿压力吗?也许可以在经济方面给点压力呢?他靠什么谋生?他的贷款从何而来?"

"参议员,咱们想到一块儿去了。我刚问过弗拉尼根这事。弗拉尼根深入调查过,他说麦克米伦没有债务,只是在房产方面欠了一点点钱,一两千美元吧。他是个建筑师——他们说他是大师级木匠。很难去杯葛他,因为他造的房子太他妈好了,而且他给自己干活。瀑布城的医生和律师都想要他们的房子造成那个样子,而他们相信麦克米伦是附近唯一能做到这一点的人。换句话说,普通的经济手段对付不了他。

"参议员,现在听我说,你了解雷·达根这家伙。嗯,弗拉尼根说,那儿有个关于达根的经典笑话,说他不是生出来的,而是漂在油上,在合同之中成长起来的。显然这种说法很容易让人相信。达根不仅在一年多前就以本州的高速公路委员会成员资格获取了内部消息,买下了高速公路沿途的土地,而且还在运用粗劣的手段对付那个一直帮助麦克米伦的社区大学教师。

"你知道发生了什么吗?麦克米伦几天前开车去了达根在瀑布城的办公室,他进屋就靠在达根的写字台前,用只有达根的秘书才听得见的轻柔的声音说:'达根先生,我知道事情已经启动了,在这一切结束时,你会在监狱里等待宣判五到十年。你已经制定好了游戏规则,无需提问,无需怜悯。只要足够的公平,老爹,我们会按照你的规则来玩一把。'

"我没有在开玩笑,参议员,他就是这么说的。而且你知道吗?据弗拉尼根说,达根在发生这一切的时候非常平静。麦克米伦显然怀疑高速公路的路线设置有作弊行为,达根利用内部消息买下高速公路沿途的土地,使他和他的合伙人受益,他打算证实这些,很可能就利用我们那些蠢货。"

"看在上帝的分上,卡尔。"参议员瞬间安静下来,陷入沉思,"你知道吗,要不是这件事,我觉得我会喜欢上这个麦克米伦了。按照目前的情况来看,我们要么让他听话,要么就防住他。最好的办法就是尽可能快地开始建造高速公路,这样一来,大家就会忘掉鸟儿,忘掉达根,也忘掉麦克米伦,回到他们的日常工作中去。"

杰克·威姆斯结束了与卡尔·埃克斯的谈话,瞥了一眼日历,还有六天就是一月底了。他走到参议院办公楼的窗前,俯视底下的交通状况,高峰时段差不多结束了。他不知道此时此刻那个名叫卡莱尔·麦克米伦的木匠正在高原上干什么。

此时此刻的麦克米伦正在阅读州长杰瑞·格拉瓦特寄来的信件。

亲爱的麦克米伦先生:

首先请允许我向您保证,我跟您一样关注健康的生活环

第十五章

境,希望我们大家都能够与自然和谐地相处,同时建立繁荣的高原经济。我非常愿意与您讨论我们共同关心的话题。因此,在本州高速公路委员会成员雷·达根的建议下,我已经让我的秘书与您联系安排一次会面,我们可以坐下来友好地讨论如何妥善解决目前的问题。只要我们能够坐到一起,我认为就有乐观的理由。

您真诚的,

杰瑞(签名)

尊敬的州长杰瑞·格拉瓦特

这份皱巴巴的信飞到了卡莱尔·麦克米伦厨房的废纸篓里,翻斗车转过头,饶有兴趣地望着他。那天早些时候,一群男子敲门时也打扰了这只大公猫。当时,卡莱尔迈步走上门廊,注视着利物摩尔市政支持者俱乐部的四人代表团。

他们踱着脚步,作了自我介绍,其中一人担当了发言人的角色。

"麦克米伦先生,您是个商人,跟我们一样,这条高速公路意味着经济发展,因而会有许多木匠活儿的。您不觉得您有一点儿不通情达理吗?"

卡莱尔瞪眼看着他们,不敢相信他们竟如此天真。难道他们真的对他的所作所为无动于衷吗,难道他们真的对蒂鹰的未来无动于衷吗?显然是这样,在某种程度上,卡莱尔为他们感到遗憾。他又深呼一口气,望了望天空,然后转向大衣架,说道:"不觉得。"

之后，他便礼貌地点点头，关上了房门。

格拉瓦特州长的信击中了废纸篓的边缘，停了一小会儿，才掉进了纸篓，就在这时，卡莱尔听到他的温室里传来了玻璃破碎的声音。开始他还以为是只松鼠从窗子里垂直掉了下来。但之后就听到了步枪的声响，他跑到了楼上，迅速地爬过去把受惊不已的翻斗车从窗台上拖了下来。他抱着局促不安的猫儿刚低下身子，第三枪又击中了温室。之后一切平静下来，不过卡莱尔在楼上又呆了几分钟，才站起身子透过窗角向外望去。没有人。

斯坦福的教授曾说过这种事会遇上麻烦，也许会是限制级的麻烦。他是对的。卡莱尔检查了损失，把植物搬了进来，然后关上温室的门，坐在柴炉边，心中寻思是否值得花精力修补温室。翻斗车跳上他的膝盖，蹲在那里喵喵直叫。

第二天，耶基斯县的一位副警长检查了卡莱尔的温室："看起来像是有人从马路那边用步枪发射的。沟里的弹壳是点 30-06 口径的，威力强大的武器。我得说他们打击的就是瞄准的目标。这一带的小伙子们都是相当不错的乡村射手，如果他们的目标是你，咱们现在恐怕已经不会在这里说话了。我们会深入调查此事，不过就目前而言，你在这里非常不受欢迎。麦克米伦先生，我要是你的话，就会小心行事。"

第十六章

许多人都尝试过寻找苏珊娜·班廷,但几乎所有的人都失败了,在找到她的人当中,有一个是乔治·里迪克。那是在高原林荫大道的消息公布前的很多年。

流浪的生活有它自身的规范,有些人曾在一生里自由散漫地旅行,他们不会设定目标,只会寻觅目标,所以需要懂得路牌和标志。漫长的里程,不规则的睡眠,带来的是明显的倦意,坐在一家沙漠餐厅里,椅子旁摆着磨损的鞋子和老旧的背包,午后的阳光从满是灰尘的窗户中斜射进来。你喝咖啡的样子是悠然自得的,你清点香烟和零钱的样子是小心翼翼的,你得确定烟和钱足够你坐上公交车,公交车将会在一声哀鸣中打开车门,把你带往下一个地方,然后再带往更远的地方。

在亚利桑那到加州路线上的托波克,苏珊娜·班廷一直在等待公交车,但车却没有来。公交车停靠的格雷西餐厅将在五点钟关门,现在已经四点了。咖啡厅里空荡荡的,只有格雷西和苏珊娜,还有一名留着黑胡须的大个子。大个子一边喝着咖啡,一边朝苏珊娜这边瞥上两眼,他所关注的却是公路上的路牌和标志。

收银机后面墙上的电话铃响了。格雷西接了电话,然后走到苏珊娜的座位前:"小姐,我很抱歉地告诉你,公交车在金曼发生故障了,明天前无法到达。托波克没有地方可以住,但如果你能去尼德尔斯,也许可以找到一个房间。"

路上的生活就是那样,苏珊娜·班廷已经学会了随遇而安,而且尽力把这一点想个透彻。她的一生中已经有许多次陷入相似的窘境。一个星期五的晚上,一架德里起飞的泛美公司航班超额预订了机票,而下一航班直到星期二才有。火车停在布鲁塞尔以南五十英里的一座乡村火车站,乘客们被迫下车,因为布鲁塞尔车站在冬天的暴风雪中塞满了火车。还有一次,她父亲的货车在距离奥杜瓦伊一百英里的地方抛了锚。

苏珊娜面前的茶壶差不多空了。她将最后一点热水倒进杯子里,思索自己的选择,选择的数量近乎于零。外头有三名男子坐在一辆旧车上,一边放声大笑,一边朝地上吐痰,时不时向屋里的苏珊娜看上一眼。距离冬天太阳下山的时间只有三十分钟了,莫哈韦沙漠①上的光线暗得很快。独自旅行有很多好处,不过对一个女人而言,如今的情形肯定不是什么事儿。男人可以走到屋外,踢上几脚车胎,找个小伙子付点钱搭他的车去尼德尔斯。女人那么做就得承担风险,这也合乎情理。很不公平,可事情就是这个样子。苏珊娜不喜欢这样,不过她理解。

---

① 美国加利福尼亚西南的一处沙漠。

第十六章

柜台前的大个子走到她面前:"喂,我要前往弗拉格斯塔夫,不过既然你碰上了麻烦,我倒是很乐意带你去尼德尔斯。"

苏珊娜抬头看着他。他点咖啡的时候对格雷西很有礼貌。有点儿风险。她揣度了一下,又看了他一眼,然后说:"谢谢你。我很感谢你能够……不过我想我会为此给你报酬的。"

"没必要这么做,尼德尔斯并不远。我名叫乔治·里迪克。"

他拿起苏珊娜的背包,帮她按住门,两人便朝他的面包车走去。屋外的小伙子一边踢着轮胎,一边吐痰,彼此不怀好意、心照不宣地传着眼色。苏珊娜和那名男子走过去的时候,他们中有个人故意用苏珊娜听得见的嗓音说道:"大胡子,你能在那个可爱的小东西上头动来动去,真是爽啊。我们都还差那么一步。"

里迪克放下苏珊娜的背包,转向那名男子,啪的一声狠狠打在他脸上,力气大得让那人一个踉跄,差点跌倒。另外两名男子在刚才靠着的车边站直身子,男性荷尔蒙往上涌来:同伴被打倒,沙漠里的尊严,所有这些。里迪克看着他们,一边微笑,一边等着。他们还没动手,他就拿起背包,为苏珊娜打开车门,把包放在她的脚边。她颤抖了一下身子。这个男人猛烈的动作有点儿生硬,让她感到不安。

面包车上有股雪茄的烟味。工具撒得七零八落的,旧咖啡杯扔在后座上。他转动了点火钥匙,转头看着苏珊娜:"不好意思有这些乱七八糟的垃圾,需要精明的时候,我往往有点儿急性子。"

内心的紧张情绪稍稍放松了一些,但还不多。她握紧着双手放在腿上,觉得谈话也许可以放松心情:"你住在弗拉格斯塔夫?"

"不，我住在那边南面的山里，靠近一个叫塞多那的地方。听说过那儿吗？"

"听说过。我到那儿去过一次，只是路过而已。那儿十分漂亮。"

"你当时是去哪里啊？"

"纽黑文……在康涅狄格州。我父亲去世以前，我就住在那儿，我在那里仍然有些遗产方面的事情有待解决。"

"如果你愿意的话，我可以把你送到弗拉格斯塔夫。到了那里你就完全可以乘坐公交车了。"

三小时后，他们在弗拉格斯塔夫城外转弯去了南面，苏珊娜继续跟着乔治·里迪克去了山上他的住处。她在那儿呆了两个月，里迪克没有碰她，甚至没有想过要碰她。乔治·里迪克过的是一种禁欲者的生活，他有一种与生俱来的怒火，一直没有改变过，性爱不再是那种生活的一部分了。

不过经过那些年，她知道里迪克只关心外头那些对他十分重要的事情。报纸上间或会报道一些恐怖的暴力事件，发生在里迪克所憎恶的人和组织上，于是她一直都感觉这背后笼罩着一层黑幕。不管是传言还是报道，都从未提过他的名字，但她还是知道是他干的。他那辆破旧的道奇面包车里充斥着报仇的怒火，车轮已经磨得光秃秃的，挡泥板上锈迹斑斑。一把枪管缩短的十二毫米口径雷明顿散弹枪和一把九毫米口径的贝瑞塔手枪都用防水布包着，放在他的驾驶座后面，他很容易就可以拿到这些武器。里迪克身穿一条褪了色的卡其裤，一件破损的法兰绒衬衫，脚踩一双伞兵靴，头戴一顶黑色球帽，帽子上手工缝着"地球卫士"的

第十六章

字样。旧式的野战外套,右胸口袋上方贴一条电工带子,盖住了印着名字的位置。他嘴里叼着冰冷的雪茄,一脸斑白的大黑胡子,点头的时候就会轻轻摩擦胸膛。

在环境保护的激进主义方面,不管是静坐抗议,不合作主义还是大规模的暴力,乔治·里迪克都是无与伦比的。他是无法估量的。苏珊娜刚认识他的时候就已经认识到了这一点,他在追求目标的过程中所表现出的野蛮无情,既让她害怕,却也令她着迷,甚至可以说是一种性感。

塞拉俱乐部?他把他们称作政客,一群身穿三百美元的帕塔哥尼亚①外套的男男女女。"地球之火"和夏日集会又如何?他们一次次企图让西南部电厂的输电线项目告吹,却给搞砸了。里迪克鄙视他们是半吊子的捣乱分子,他们看爱德华·艾比的书,只会躲在背后小打小闹,抨击的都是流于表面的技术问题,而不是破坏者本身。

有一次他对苏珊娜说过:"当其他一切都失败的时候,我就会出现。我的所作所为没有什么可以佩服的,不得不如此而已。如果阻止已经不可能,那么报应就是最好的结果了,如果报应的出现足够确定,来临的时候力度足够强大,那么最终由于恐惧,它也会成为一种阻止的方式。"

里迪克就是那么个人,他的一生都在冒险。他有两枚紫心勋章,还有别的奖章,所有这些多年前就被他扔进了垃圾堆。他曾

---

① 帕塔哥尼亚(Patagonia),户外服装品牌。

经安然无恙地生活在水蛭、蛇、疟疾的环境里,那里还有黑衣小个子们,带着他们的武器和米饭走过柬埔寨丛林树荫下平滑的小道。早年的 M-16 功能还不完善,经常在关键时刻卡住,因此里迪克就想方设法走私了一把十二毫米口径雷明顿散弹枪。他锯短了枪管,端着枪,爬过丛林,成了一台杀人机器,为世界的经济发展和生物技术提供安全保卫。

乔治·里迪克所做的计划不会超过一个下午,一个晚上,或者第二天。他每天的生活就是用标志性软管把那些污染自然界的人们的下水道和大烟囱里的东西送到行政办公室去。

他做那些事有他的方法,乔治·里迪克的确有。有没有喝过你的下水道里流出来的一大杯流感绿二号饮料?有没有闻过你的工厂烟囱顶上喷出来的满满一塑料袋狗屎味的褐色垃圾?这种气味你在距美墨边界不远处的马塔莫罗斯①可以闻到,在那里不用理会严格的美国环境保护法。

有没有吃过黄不拉叽、长满蛆虫的海豚,这只海豚一周前正是死在你的金枪鱼船队的渔网里?如果你在合适的情形下碰上乔治·里迪克,你就会吃到,你肯定能吃到的。高档酒店的经理和精彩的年度报告都无法告诉你如何防范里迪克恶毒原始的力量。你会在痛快喝水,尽情呼吸,专心咀嚼的时候大吃一惊。你会被贝瑞塔枪射入你的胯下,你会听见你的十二缸捷豹汽车粉碎成了最初的分子形态,你还会看见你妻子被人剃光了头,因为吞

---

① 墨西哥东北部港口城市。

第十六章

咽几片貂皮外套而几乎窒息。

乔治·里迪克在他身后留下了一连串受尽了精神折磨的公司高管和政府官员,他们中有许多人只跟他遭遇过一次,便宣布退休。在加勒比海美丽的度假胜地,关于里迪克的传闻传遍了每一张海滩的睡椅。在幽灵湾的别墅住一晚要花费一千四百美元,当地岛民都被拒之门外,可如果里迪克决定要来,你仍然逃不出他的手心。那些手捧朗姆混合饮料的人们一边这么说,一边在和煦的阳光下微微颤抖。

乔治·里迪克知道富人们很少会因他们所制造的问题受到影响。其他人则会受到影响,不管是人还是动物都是如此,不过律师会用脱离现实的抽象术语让设计者的行政办公室不受影响。乔治·里迪克会保证你为自己所做的决定吞下苦果,不管生理层面还是心理层面。他们说他总会对你的所作所为进行不可预测的效仿,瓦解你的精神和气魄,你要是还想做这样的事,就得考虑再三了。

正如里迪克对苏珊娜·班廷所说的:"我只是对那些做出错误选择的人们进行额外的惩罚。"

是的,乔治·里迪克就是那么一个人,他仍然在那里,仪表板上贴着一块标签,上面写着"惩罚那些坏蛋!"如果你破坏了他单方面制定的标准,他就会来的。不用多久,反正他最终会按照你的方式来找你。每当他一次次穿过莫哈韦沙漠的时候,他都会想起苏珊娜·班廷,期盼他的思念能够到达一个地方,在那里他能够真正拥有这样一个女人。

第十七章

老人说:"我开始发现,卡莱尔·麦克米伦和我除了都喜欢嘉莉·德弗卢以外,至少还有一个观点是一样的,那就是我们俩都不怎么喜欢那些穿着颜色光鲜的运动衫、自称是社区代表或其他类似身份的人。你也知道他们,很容易识别的。他们那些家伙带着吃屎一样的笑容,出现在颗粒状的黑白报纸照片上,总是站在一位市长、州长或者其他某位官员的身后,出席某个剪彩仪式,庆祝新近落成的神殿,向人类的才智、财富和陆军工兵队致敬。

"我不喜欢他们,主要是因为他们总是他妈的非常开心。别误会我,这个世界极其缺乏幸福,我完全赞成兴高采烈的态度。但如果你确实凑近观看那些照片,你会发现,就在他们用牙线小心清洁过的牙齿上,沾满了金钱的收益。这个情况甚至出现在一些糟糕的照片里。他们脸上洋溢着欢乐,并不是因为看到小萨拉曼达河上的美丽日出,也不是仅仅因为一天的新生活,而是因为他们做着甜蜜的金钱梦,在梦中他们的所作所为可以赚到更多的钱。只是我不清楚他们打算用这些钱做些什么,甚至他们自己可

第十七章

能也不清楚。

"我还注意到另外一件事情,这些剪彩仪式几乎总跟自然界的破坏有关。那些穿着光鲜得体的军人特别喜爱诸如高速公路、堤坝、核废料堆、巨型桥梁一类的工程,这些都是非常宏大的计划,将由除了他们自己以外的纳税人承担费用,似乎会对自然界造成巨大的破坏。他们在讨论这些事情的时候经常使用'进步'一词,不过最近这个词有点被'经济发展'取代了。

"他们只在秘密透露的时候才会穿上他们珍贵的光鲜行头。也就是说,是在工程已经完成或者进展已经无法中止的时候。工程的早期,他们从事刺探和谋划活动,因此保持低调。而当工程以成熟的姿态出现,准备建设时,他们就能够靠着以前的冒险行径让公众大吃一惊。而且,吃惊还具有炮弹发射的价值,可以将工程经过管道,直达另一端,使得任何人都无法从成本方面对一项宏大事业的优点提出质疑。"

对于老人的话,我报以微笑,然后打量了一下摆在他早餐盘旁边的磁带录音机。我见过那些衣着光鲜的人们,大家都见过。

老人一边嚼着他的双面煎蛋,一边啜了小口咖啡,继续道:"对付任何形式的反对意见,他们主要就是采取所谓'公开听证会'的形式。我曾参加过一次这样的会议,当时他们想要在小萨拉曼达河上建一座大坝。你瞧,规划是由官僚、工程师和精挑细选的成功人士制定的。等到一切都已确定好之后,就会召开一场公开听证会,并且堂而皇之地冠以'征求市民意见'的名义。

"可是大思想家们并不是真心想要征求市民的意见。如果普通群众的意见太多，提出很难的问题，比如谁会真正从大坝和高速公路中受益，那么这些项目可能永远也无法完成。听证会只是用一种有效的方式让人们以为自己有了发言权，他们的确有发言权，只不过他们的意见跟最终的结果没有任何关系，因此也就没有任何价值，简直毫无用处。

"做规划的人都知道这一点，这就是一种微妙的平衡作用，既能够让人们以为自己在这件事上发了声，又能够不让他们坏了大事。这就是为什么本地领导人也会坐在这些听证会的听众席上，而且还以普通市民自居。而且，他们还会监视真正的捣乱分子，一旦发现捣乱分子，他们就会向推动项目的主要首脑报告，而这些首脑都来自小镇之外。

"而且我可以告诉你，卡莱尔·麦克米伦马上就引起了他们的注意，因为卡莱尔不像大多数温顺的绵羊，在我看来，他似乎不会被任何人吓倒。不仅如此，他绝对讨厌专家。你明白，咱们这儿所谈到的整个骗局中，专家是关键。在听证会上，普通人问的都是些简单的问题，比如，'在丹佛难道找不到别的水源，却要在小萨拉曼达河上筑坝，把水从高原一路输送到东部的坡地吗？这是一条相当适合钓鱼的河流，我们中有些人不愿意看到这条河变质。'

"就在这个时候，那些衣冠楚楚的人就会兴奋起来。所有一切都是精心编排好的，因为这其中涉及太多的利益关系，决不容许发生任何纰漏。听证会的主持人会说些话，比如'我把这个问题交给我们的专家，工程学博士拉里·索夫特维尔，他来自麻省

第十七章

技术专家学院①,这所学院在解决这类问题上有两千年的经验,它的教职员工有四百六十名毕业于常青藤盟校,还拥有一台比这个镇子还大的计算机。'

"拉里博士坐在房间的最前面,他手边大约有二十卷塑料纸包裹着的卷宗。这些加在一起被称作《报告》。拉里专家站起身,把手放在这堆卷宗上,然后说:'我希望你们所有的人都有时间来阅读和思考这份报告。在第十二卷的一一六页到二九〇页是关于对这个项目的效益成本分析。当然,在第十五和十六册中,连同《报告》两卷附录中的有用注释,是我们多重标准的决策模式,其中包括了一套可供选择的方法,按照优先次序排列标准的重要性,根据这些标准估计出每个方案的结果。啊,对了,你或许还注意到第十一卷中我们的折扣率。我们运用这些信息在我们的大型计算机克劳爸爸290FXZ上进行了一亿八千二百万次的模拟操作,不断调整和测试我们的概率值,检查模型对于参数变化的敏感度。显然,唯一可行的选择就是在小萨拉曼达河上好好修筑大坝,这样,丹佛的人们就可以得到他们需要的水来冲洗车辆和维护主题公园了。'"

老人摇了摇头:"现在我来问你:喜欢在小萨拉曼达河钓鱼的市民会比拉里·索夫特维尔精明吗?他会比克劳爸爸290FXZ精明吗?会比他率领的数百号专家精明吗?见鬼了,不可能的!在

---

① 原文为Massachusetts Institute of Technocracy,故意将麻省理工学院中的Technology(技术)说成了Technocracy(技术专家政治),带讽刺意味。

拉里的洗脑过程中,我们的渔夫远比他所能想到的还要可怜。他没看过《报告》,因为他并不知道还存在这么一份《报告》,而且,他宁可去钓岩鲈鱼,也不会费力研究这种东西的,因此就算知道存在《报告》,他也不会看的。可是他站在那里,还是不时地点点头,这样才不会显得太过愚蠢,而他自始至终只是暗暗感到拉里博士所说的真正含义是:'我就把这个项目贴到你漂亮的屁股上,你这只小癞蛤蟆,还是坐下闭上嘴吧。'

"除此以外,州长支持这个项目,这一点主持人大约每三分钟就会提一下,所以不管我们讨论的是什么项目,都得做到一切顺利。要是州长不知道他自己在做些什么,就不会是州长了,对吧?而且,反对像州长这样的聪明人所支持的事情,一些人通常会感觉难受的,仿佛这么做就是一种不爱国的表现,于是仅仅因为这一点,他们就会表示深信不疑,也不管这件事究竟有多胡扯。

"问题是,我前面说过,卡莱尔·麦克米伦对专家毫无敬畏。而是恰恰相反。他以前在加利福尼亚的时候就见过这种造假的会议进程。因此,我们州信赖的报纸一片狂喜地报道新高速公路的消息时,卡莱尔看了一眼报纸第二页的地图,就知道他有麻烦了。我们的记者不但用总图标出了从新奥尔良到卡尔加里的提案路线,还列出了一系列本州的分段小地图。于是乎:一条精美的粗线正好穿过萨拉曼达西北面卡莱尔的那三十英亩地,还穿过了他家马路对面的小树林。

"地图旁边附有一些最沉闷无味的文章,让你完全不想看,承蒙本州经济发展部的支持,这些文章相当详细地描述了新公路建

第十七章

成后将会带给我们的好处,几乎是势不可挡。这个项目背后的一个主要观点是,它所提供的一条高速公路将会把尚未开发的北极油田将要修建的输油管终点和卡尔加里连接起来。然后油罐车就能把便宜的原油从卡尔加里运到德克萨斯和新奥尔良的精炼厂的炼油厂,这些地区的经济正处于低潮期。哥们儿,这想法太美好啦。使用大量的油来运送油,一边补给,一边满足自己的消耗。

"当然啦,另外还有不少广为宣传的好处,比方说,可以把农民的谷物和家畜拉到市场上去,可以刺激以东京为基地的大型电子企业在这儿创办工厂,众所周知,他们一直就渴望在这儿办厂,只是因为缺少现代公路系统,而且我们的九洞高尔夫球场灼热的绿地上爬满响尾蛇。还有人认为,本地的旅游业将会蓬勃发展,人们渴望参观萨拉曼达以及诸如勒罗伊酒馆和邮局的众多景点,现在可以更加方便地来这儿了。

"一些人甚至提出可以在莱斯特电视电器大楼里开张一系列精品店,只要把住在二楼的那个老房客,也就是我赶出去就行了。这些新生的企业家们得到了律师伯尼的保证,确实,无论从哪个方面而言,住在这儿的古怪老头都没有任何权利,驱逐他们不成问题。

"不过,我把这一切都估计到了,就算他们要强行驱逐,我也不会担心。我有个计划。一九四四年冬天我在穿越欧洲期间收集的纪念物中有一枚尚未爆炸的手榴弹。它还能炸吗?我相信可以炸!即使它炸不了,我估计眼球的震撼效果也会跟真实爆炸差不多。

"我可以构想出整个计划,并且详细讲述。计划的过程是这个样子。我会坐在公寓楼梯的台阶上,把手榴弹藏在腿下面,拔了保险栓。我会压住手榴弹的手柄,用一根绳子连接手榴弹和藏在我身后的扫帚柄。我估计无畏的弗雷德·芒利佩格,作为镇长兼驱逐队队长,会带头冲上楼梯,律师伯尼紧跟他身后,然后陆陆续续上来的是所有头脑健全的商业术士们,他们将会因为一个愚蠢的主意而失去金融利益。

"我想我会听到弗雷德开口说:'我们得到授权……'大家都拥挤在他身后的楼道里,抬头看着我。正当他要说下去的时候,我摇了摇系在扫帚柄上的小东西,小东西就在他们面前晃了起来,我喊道:'放你扫帚的屁!'我觉得接下去还得说:'把他们全杀了,让上帝来解决吧!'我的老排长曾经说过这句话,不过我自己觉得这样说有点儿过了,我希望等那些纳粹党徒们走上楼梯时,我在最后一刻能想出更好的词儿。我觉得我能想得出来,因为到时候我会看到弗雷德跪在地上,律师伯尼则会践踏身后那些衣着光鲜的胖子们,我跟你说吧,那样的场景将会给我灵感。

"不过我又岔开话题了。关键的一点是,从这条伟大的高速公路上可期待的好处其实是无止境的,差不多每天都会在我们的州立报纸上重复,然后由每周三的周刊《萨拉曼达前哨》上的一篇傻瓜型报道来补充,甚至作出更加夸张的承诺,不过这篇报道连续两周把地图给印倒了。

"你看,本地人对于他们所说的高原林荫大道表示出的兴奋

第十七章

之情很可以理解,因为萨拉曼达已经奄奄一息了。我对于萨拉曼达的临终看护已经进行了十五年,不过小镇的衰落在我关注以前很久就开始了。真正的问题在于是否有办法拯救病人。我的个人意见是无计可施,不过我也知道我根本不是这方面的专家。我们离复苏太遥远了,就好像煤渣:虽然还不完全是灰烬,却已经无法再燃烧了。

"对此我感到很不舒服。萨拉曼达曾经是个相当不错的地方。在某种程度上,如今依然如此。可是对我而言有一点越来越明显,自从埃布尔·奥尔森一八九六年把一根标桩打进这片土地,并且根据小萨拉曼达河的名字(而这条河的名字来自骑兵)给这个地方起了名,我们就在透支我们的日子。那些后来者们打着'天命昭昭'的旗帜,横扫这片土地,大批杀害原住民们,清除障碍,为白人移民提供住所。

"根据历史上的真实情况,我应该指出印第安人是英勇无畏的,但他们斗不过康涅狄格沃特镇的本杰明·伯克利·霍奇基斯所发明的三十七毫米口径机关炮,也抵不住理查德·乔丹·加特林博士发明的速射枪。除了火力之外,还有被废弃的条约,被掠夺的土地,这些会令成吉思汗都感到脸红,更不要说还有传教士们致力于说服异教徒,无论如何,只有基督教才是获得救赎的真正途径。

"印第安人最终真正得到了什么呢,难道不是我们夺走了他们的主要资源吗?我们杀死了所有的水牛,一八六三年在加农玻尔河上通过联合军队、雇佣兵和苏族的旧敌,来自林区的克里人,彻底消灭了最后一群北方野牛。哎呀，政府甚至为水牛猎手们颁发了奖章，表彰他们为镇压印第安威胁所提供的帮助。

"还有，我记得我还是个小伙子时这里的样子，我记得这里一度被称作西河乡村。我尤其记得每周六的晚上。农场主和牧场主们会来到镇上，为了赚点零花钱，在本地的农产品市场停下来卖些鸡和蛋，然后沿街一路逛过杂货店、理发店、五金店，凡是镇上有的都逛遍了。我们曾经把那样的晚上称为'女儿和鸡蛋之夜'，因为这是大多数农场主带到萨拉曼达的两件东西。

"小镇的乐队会在公园的小凉亭里演奏，人们会去那儿的红、白、蓝三色小推车购买爆米花，当他们听到'星条旗永不落'①和其他喜爱的歌曲时，还会大声咀嚼着走开。孩子们在嬉戏，老人们在交谈，其他的人们跳着复杂的舞蹈，这些舞蹈最终促成了新的家庭。

"然而，时钟一直都滴答滴答地走，我们的利益正在受到威胁，可是没有人意识到这一点。我们只是理所当然地以为，一切多多少少都会永远快乐下去，随着农业化学和农具改善所带来的奇迹，还会渐渐变得更好一些。

"乐队演奏着他们的'加里·欧文'，这是卡斯特的老进行曲，星期六夜晚的主大街上飘扬着悦耳的曲调，一切似乎都相当好。我们都没意识到清算者正朝我们走来。他瘦削凶残，面容憔悴，但他离我们还很远，我们还无法辨认出他。

---

① 指美国国歌。

第十七章

"明白吧,先生,这可是超级难搞的乡村。这一点千真万确。贫瘠的土壤,矮小的草地,稀缺的水分。不知什么原因,早年的制图师并没有把这个地区称作大美洲沙漠。若不是因为帝国的梦想,这里很可能不会有人来定居。联邦政府在骑兵们丢盔弃甲的地方又举起天命昭昭的旗帜,把它交给了各种各样行动快捷的人们,他们把旗帜翻转过来,让大家都看到了背面的海盗旗。

"然而,联邦政府继续置身其中,他们通过各种各样的议会法案分给我们土地,提供我们补贴修建高价灌溉系统,种植已经过剩的庄稼。自然,得了贿赂的人们总是愿意去做事的。受到鼓励排干蓄水层的人们也倾向一下子就把蓄水层排空,而这些蓄水层可能需要一百多年才能够重新蓄满水。土壤方面也是类似,比如任由大风吹散土壤,或者任由不善农耕和过度放牧将土壤冲入河流。问题在于,在水和土壤方面,有一条有效的定律。那就是:一旦没有了,就不会再有,至少会长期没有。

"来自某东部大学的一位教授来此参观后说:'大伙儿,这里都完蛋了!'他跟我们说,根据这里的土地和水受到的破坏,我们也许只剩下三十年了,不会再长。

"他提议把这一部分的地区变成'水牛社区',也就是说,联邦政府应该迁走这儿的居民,除了主高速公路沿线以外的城镇全部回归自然,再把水牛和其他动物运到这个地方,这些动物对这儿的管理干得比人类要好。

"我个人觉得这是个相当不错的主意。当然啦,不是每个人都那么认为的,有些小伙子还威胁说,如果这位教授不乖乖地滚回他那所常青藤大学，他们就要把他迁走。鲍比·埃金斯把这位教授称作'鸡蛋脑袋'，他说这些所谓的思想家都是神经兮兮的狗屎。鲍比说他自己一直开着他的布雷泽在乡下到处转悠，有大量的水从灌溉系统里源源不断地流出来呢。

"然而事实上，我们的确用尽了水源，严重破坏了土地，总而言之，对这个地方造成了巨大的毁灭。美国纳税人的钱仍然不断来到我们手中，对此我们既有点儿感激，也有点儿不安。大家都知道，这些补贴只不过是为了让人们继续从事他们所做的工作而发的救济钱而已，而亲爱的市场体系却说，他们应该停止他们所做的工作。当然啦，我们很反感用那样的方式思考问题，因为那有点儿福利的意味，而我们这儿的人一般都很反感福利骗子和政府干预。于是我们就通过使用'农业计划'和'农村政策'这样的术语来掩耳盗铃。"

我把磁带换了个面，中断了老人的历史讲座。他去了趟浴室，回来的时候带了两杯新煮的咖啡。

"想到一个场景，我自己总会呵呵笑，"他说，"那就是国会讨论农业计划，对于他们所谓的'拯救家庭农场'进行争辩的时候。在都市人的脑海中，那样的议题似乎创造了一副温暖朦胧的景象。你也想象得出来，柴炉旁坐着老爷爷，谷仓周围小鸡在啄米，星期五晚上市政厅广场上的舞蹈，秋千上的柠檬汁，对于旧时代的价值观，包括所谓'真正的美国'，那是最后的避难场所。

"其实，依我的想法，我们这儿从事的是制造业，而且已经有很长时间了。匹兹堡出产钢铁，西雅图建造飞机，我们则制造粮

第十七章

食和肉类。我们的所作所为,说起来,跟炼油工业和底特律的生产组装线没有什么区别。如果你对此表示怀疑,尽可以参观一下瀑布城那边的大型牲畜厂和食品罐头厂,看他们将动物切成碎片。比方说,阿克塞尔·卢克就拥有两千亩土地,还租了一千亩。阿克塞尔的谷仓周围并没有啄米的小鸡。其实呢,阿克塞尔就没有谷仓。

"他所拥有的是一座牧场风格的新预制房,一些预制配备的金属屋顶,和一小片预制的 MFS 银粮仓,用于储存粮食,等到合适的时节出售。阿克塞尔也不用担心,因为如果粮食的价格无法达到他的要求,他可以退而求其次,让政府来帮他解除负担。然而,如果价格上升,他却没有义务与其他纳税人分享超额的利润。

"顺便说一句,阿克塞尔的妻子去利物摩尔那边的皮格利·维格利商店里买鸡蛋和炸鸡腿,而不去本地韦伯斯特的郎才女貌杂货店。她购物的时候,阿克塞尔会去市中心,到经纪人事务所了解期货市场的情况。农业局尤其不喜欢讨论那些事情,他们更喜欢好莱坞电影里独立奋斗的农民对抗贪婪的银行家,农业局一向的支助把最后那些真正的家庭农场主和小镇逼到了走投无路的境地。

"除了农牧业,我们还以一种滑稽的方式从事着资源开采业。在我看来开采就是拿了东西却又不放回去。因此,我们已经一次性使用了土壤和水分,远远超过了自然的更新速率。也就是说,我们的主要活动的副作用就是在从事采矿业。在这里,我们是在开采土壤和水分。不管怎么说,并不需要太过担心,因为如果土壤和水的问题太过恶化的话,我们都可以肯定美国的纳税人会帮助我们拯救家庭农场,即便是我们首先造成的问题。

"所幸,我们把这些问题隐藏得相当好,直到最近几年,才有一些外人开始提出相当有针对性的问题,质疑我们在这里的生存能力。不过,我们的国会议员们,却向美国其他地方非常有效地兜售了保存农牧生活的思想,这样的生活如今不再存在了,也许从来就不曾存在过。一个十足的谎言反倒是个非常有用的神话。

"伴随着这个坏消息,还有许多事情让萨拉曼达难以立足世间。农业规模越来越大,这一部分归功于国会的慷慨,让财富流到了这里,可是越来越少的乡下本地人生孩子买东西了。育龄的男女会离开这里,只有很少人会留下,如果你没有足够的孩子,你也就不需要学校了。而如果你没有了学校,你也就撕掉了社区的心脏。极少数留守的孩子们乘坐黄色巴士,长途跋涉去忍受美国各州所谓的教育。因此,跟普遍观点正相反,财富虽在这里流淌,却根本无法帮助小镇,而只会帮助大地主和大型的农业综合公司。这样的情况似乎愈演愈烈,根本不会好转,只会更糟糕。

"时不时萨拉曼达会出一两个搞零售的人想要激励我们。有个年轻女子在一九七六年接管了杂货店,她就是这样的。她建立了一个开发集团,推行一些似乎与本地人格格不入的理念。甚至还从大学那边请到了一些顾问,他们来到这儿,研究问题,提出建议。

"可是,小伙子和镇上的民众都觉得那些教授其实是些古怪的蠢鹅而已。有一位推出了所谓的'稳步发展',却好像是在对我

第十七章

们大多数人说外语。他的观点与我们从州长和他的经济天才们那里得到的建议截然不同,州长他们只希望萨拉曼达能够引入一家大型的肉类罐头厂,更理想的话,可以引入激光研究所。

"问题是,如果一个地方缺乏劳动力,污水管道系统陈旧,水资源供应衰竭,那么工业企业是不会兴奋地落户的。我以前就说过,企业经理们只要瞅一眼萨拉曼达的高尔夫球场遍地炙热的绿草和响尾蛇,就会考虑选择一些稍微出色点的东西了。

"不管怎么说,莎琳·劳伦森的杂货店垂死挣扎的时候,本地人却到瀑布城的沃尔玛超市去购物,她还想着让我们兴奋地把萨拉曼达建设成她所谓的'一个人们想来生活的地方'。我得承认她有一些很有意思的想法。

"比如说,既然你几乎不用花什么钱就能在萨拉曼达买到房子,她建议我们为努力奋斗的艺术家和作家们提供庇护场所。他们可以通过给所有本地人教授课程来支付房租,从而在社区里营造出更多的知识与艺术氛围。小伙子们在电梯里,在勒罗伊酒馆那边打趣说,这一带唯一值得画的东西就是阿尔玛·希克曼的脸蛋和高速公路上的黄色条纹。

"莎琳还谈到了其他一些行得通的方法,比如修建新的污水管道系统,重建我们的城市供水设施。可是一提到要为此抬高一点儿税收,就没有任何兴趣了。尽管我有点儿以偏概全,但在一个满是老人的小镇里,有个问题是他们都不愿意为未来投资,因为他们根本就不会得到什么好处。

"莎琳邀请来此的那些经济学教授中,有一位我觉得非常有意思。他说萨拉曼达不会吸引到大型工业,对此孜孜以求就是浪费时间。与之相反,他认为我们应当投入到他所谓的'袖珍制造业'中。他说,我们要做的,是去瀑布城以及其他类似的蓬勃发展的经济中心参观那里的产业,看看我们本地人可以生产什么东西,作为那里制造的较大型产品的子部件。他说,生产高质量、价格合理的产品,永远都是不会失败的策略。他还指出,萨拉曼达的每个新工作都是大负担,我们不需要来许多的新工作来维持萨拉曼达的发展。

"他还说我们需要决定想要住在什么样的地方,然后再向那个方向努力。对于那些习惯了政府的慷慨援助与自由放任的人来说,这似乎非常容易处理。他就提供了一种可能的目标,与沙琳的想法也很吻合,那就是将萨拉曼达简单地定义成近郊住宅区,类似于利物摩尔和瀑布城的郊区,然后致力于把这里建设成最适合居住和养家的地方。

"此外,他建议本地的农具商把所有那些生锈的收割机从主大街的空地上搬走,这些机器损坏了这个地方的面貌。这条建议很不合时宜,让他不但上了农具商的黑名单,还上了这儿许多本地人的黑名单,在他们眼中似乎生锈的农业机械也是一种美。我估计这就是他们在农场上把农具推入沟渠中的唯一原因吧,这样一来他们就可以在傍晚愉快地去看侧躺在那儿的一九四二年的搂草机了。

"教授列出的可以一试的事情,对于那些啥也看不到的人们来说似乎永无止境。他不断说:'你们用不着有什么想象力,只需

第十七章

要看到一些可能实现的东西。'我们大部分人都不容易做到第二部分,但我们在克莱德射手军团二二七邮区的免费午餐上对他还是很礼貌的,只是祝福他平安返回他的大学。

"过了一段时间,沙琳似乎感到了厌倦,人们总是跟她说,她和其他人所提出的新点子在萨拉曼达行不通。你能从她脸上看出这一点。最后,她廉价甩卖了剩下的存货,关了她的杂货店。上次我听说,她在瀑布城经营一家家居装饰店,情况很不错。

"不管怎么说,在街上,在本地所有的聚会场所,人们谈的都是新高速公路。美国代表拉尔金在军团大厅举行了一场新闻发布会,大肆吹捧修路、交通与经济发展的优点,还称颂了发展所带来的进步。他甚至还含糊其辞地说,也许高速公路还能够重启里德镇那边的采矿业。

"处在一个相当严峻的地位,埃布尔·奥尔森小镇的居民们可以看到的唯一希望就是这条提案的州际高速公路。这条马路会给萨拉曼达带来什么好处,从来就没有十分明确过,但专家们都说它会带来好处,于是究竟有什么好处就留给我们自己丰富的想象吧。

"有一段时间,卡莱尔和社区学院那边的教授穆尔先生,加上一群关注老鹰幸福的外来人员,突然中断了高速公路的进程,他们提出了要求停工的法律诉讼,美国鱼类和野生动物保护组织试图评估是否要将蒂鹰列为濒危动物,因为蒂鹰几乎要灭绝了。尽管我们拥有共同的目标,为了改进购物商场,得到美好的生活,几乎可以破坏一切,但是某些头发留长、不爱祖国的社会改良家,似乎在多年前就通过了一些法律，说是如果动物物种濒临遗忘，那你就不可以破坏它的栖息地。

"说起来，在好几个月中，小小的蒂鹰成了严重的障碍，令所有报纸陷入了相当强烈的绝望之中。勒罗伊酒馆的啤酒聚会上出现了各种各样充满创意的解决方案。几个小伙子说，反正这种鸟也不多了，只要用猎枪放上十分钟，就可以把濒危物种变成灭绝物种，这样一来也就不再濒危了。我得承认，那么做符合一定的逻辑。但也得承担大约二十年服刑和五万美元罚款的风险，于是事态多少平息了下来。

"之后，他们弄了些车尾贴，上面印着：我最爱的早餐？油炸蒂鹰。这种无脑的垃圾对于没有头脑的人们十分有效，因此过了不久，萨拉曼达差不多所有人的车上和店窗上都贴上了那样一张车尾贴。有个名叫雷·达根的家伙还贴了一张在丹尼餐馆门上，不过塞尔玛连夜用刮胡刀片刮掉了。

"很不幸，穆尔先生很快就不说话了，因为他所在的小学院院长说高速公路显然符合学校的最大利益，而穆尔先生对于高速公路的支持显然也符合他自己的最大利益。不过，穆尔还是很勇敢的，他仍然始终坚持在幕后与卡莱尔站在一起。

"事态变得相当危险。据说高速公路的资金变得不太稳固，而这只会增大反对公路的人们的失望。最后，我们的国会议员说，他们将会支持在加利福尼亚圣巴巴拉附近的大陆架探油的议案，以换取投票支持免除对蒂鹰的保护，由于最近在这里的西南方发现了另外两对蒂鹰，这么做变得容易了一些。鸟类爱好者在

第十七章

首都华盛顿提供证据证实,另外的几处蒂鹰栖息地也遭到了破坏,因此保护耶基斯县的栖息地就显得至关重要。你可以听到他们从这里向白宫呼喊,但是毫无用处,真相仍在继续前进。

"首先,一些本地的农牧场主由于公路穿过了他们的土地,也是支持卡莱尔的,不过他们承认与激进的环保主义者结盟有些不安。不仅如此,他们还害怕本地人会开始把他们叫作'蒂鸟',他们在卡莱尔背后就是这么叫他的。

"阿克塞尔·卢克领导这支团队反对高速公路经过或者穿过他们的土地。但阿克塞尔看到他的地产可以换钱时,他就坐下来盘算了,就像这一带的小伙子们爱说的那样,'用铅笔写写看'。大笔的报价可以让他和依琳娜到佛罗里达去过退休生活,对此他们一直都梦寐以求。随着阿克塞尔收回反对,联盟也就彻底失败了。阿克塞尔还放话说,他不会再在冬天给卡莱尔门前的小路铲雪了。

"如果说卡莱尔在这件事上就此完全孤军奋战,未免不太公平,但也差之不远了。一对牧场主夫妇,也就是玛希和克劳德·英格利,有些特别,仍然支持他。但不管怎样,他们都显得孤立无援了,因为他们深陷'整体资源管理'的处境之中,他们宣称要恢复和保护这一带的草地资源,在几十年中继续用于放牧。对于那些从小接受《创世记》的教育和安慰的人们来说,我们人类对于上帝创造的一切都有支配权,因此那样的宣称听起来简直有点像是恶魔撒旦。此外,这个主意是个非洲的家伙想出来的创意,而大家都知道非洲的情况不怎么样。克劳德和玛希人很好,在此期间多次邀请卡莱尔去吃饭,拒绝做出让步,迫使政府最终不得不在他们身上使用各种法律暴行。

"卡莱尔和他的伙伴把公路的进程拖延了几个月,但是他们的选项也渐渐减少了。我知道,利物摩尔中学体育馆里举行的最后一场公开听证会值得一去,看看卡莱尔还有些什么别的武器。于是我跟克劳德·英格利一番软磨硬泡,事实上几乎是卑躬屈膝了,最后他同意下周二晚上带我去参加。

"我预想将会有一场真正的枪战,于是考虑戴上我的旧军盔,纯粹为了好玩儿。可那些商业巨头们打算把莱斯特变成一个商业场所,吸引那些顺着我们备好的混凝土小道,涌入萨拉曼达的游客们,我担心他们会以精神不健全为由将我驱逐出场。

"假如那样的话,我最害怕的是他们会把我送到耶基斯县的疗养院,那里被鲍比·埃金斯称作'开膛小巷'。于是我决定还是尽可能不引人注目为好。

"克劳德和玛希接我去参加高速公路的晚间听证会。苏珊娜·班廷与我们同去。这倒有点儿意思,因为我从未靠近过她,更别说跟她谈话了。她长得很漂亮,问了我许多日常生活与过去年代的问题,我讲了一两个小笑话,她还笑得挺纯真的。

"她根本不像我想象的那样冷漠,即便是跟她坐一辆车,都能让我这样的老头子起鸡皮疙瘩。她好像有一种能力,似乎可以预见所有的事情。当然啦,看着她也让人开心,就像是漂亮油画一类的,我真希望自己能年轻一些。就年轻一会儿而已,然后再回到现实里,在寒冷的二月傍晚乘车前行。"

第十七章

交谈中我看出老人有点儿累了,于是提议休息一下,第二天继续说,也可以让自己誊抄笔记。第二天晚上八点左右,我又见到了他,我给自己买了杯啤酒,给他买了威士忌。

"我说到哪儿了?"我们找了张雅座坐下后,他问道。

"讲到你、苏珊娜·班廷和玛希·克劳德·英格利去利物摩尔听证会的路上。"

他点点头,喝了一口威士忌,梳理了一番思绪。

"好吧,就从我上次中断的地方说起,利物摩尔体育馆很热,气味也不好闻。散热器发出嘶嘶的声音,人们纷纷扇起了扇子。迫于公众的要求,学校门卫打开边门,让新鲜空气能够吹进来。但那些坐在门边的人们开始抱怨起过堂风,于是他又把门关上了,让我们三百五十个人一起呼吸反复循环的气流,里头夹杂着贪婪、针对卡莱尔·麦克米伦的敌意,还有旧的弹力护身的气味。

"这次听证会的基本规则就跟利物摩尔体育馆内的空气一般令人窒息。每人只给分配九十秒钟的陈述时间,而且只能起立一次,如此一来就缩短了各种诚挚讨论的时间。

"一位名叫R.M.'高速公路鲍勃'·霍金斯的人朗读了开场白,他啜了口水,然后做了自我介绍,他是州承包商联合会的执行副总裁。他指出,在工程建设上每花费一美元,由于他所谓的乘数效应,将会得到二点七美元的附加效益。他还说在公路建设上每花费一百万,就有六十七名工人得以增加薪资,这意味着建设活动本身就可以在周围为本州创造四千五百个工作岗位。最后他说,'无疑,我们经济的强大驱动器,就是工程建设。这是真正

的起动装置,能够带来一浪又一浪的经济利益。'

"就在这时,克劳德·英格利起立说,如果建设能够带来这么多的好处,那为什么我们州不造上一堆金字塔,来解决大家的问题呢?相当一部分观众大笑起来,尽管他们知道克劳德并不支持高速公路的工程。但他终究是他们中的一员,很长一段时间都是如此,开个小玩笑还是可以的。主持人敲响了锤子,维持会场秩序。

"听完了'高速公路鲍勃'的夸夸其谈和克劳德的评语,听众们接受了由瀑布城商会、耶基斯县发展局、利物摩尔支持者俱乐部、农业局和高原开发公司做出的支持高速公路的陈词。高原开发公司的比尔·弗拉尼根一脸严肃地说他的集团仔细权衡了工程中所有事项的好处和坏处,然后才决定赞同公路穿过耶基斯县,而且还提出基本上没有发现什么坏处。

"这时,玛希·英格利站起身来,她甜美温柔的声音足以将专家们击落。她的声音有些颤抖,不是在公众场合发言的声音,她的主要论点就是要保护家庭农场,不要通过公路建设掠夺土地。主持人笑着对她的发言表示感谢,提醒她农业局也是赞同公路的,然后环顾场内,等待下一名自投罗网的家伙。

"场内寂静了几秒钟。然后卡莱尔·麦克米伦站了起来,他看起来极度疲惫,因为他企图为生存与高速公路抗争。他按照要求说明了他的姓名,将他的最后谈判拉开帷幕。他直接请专家们证明,根据他们在报告的第十二卷中列出的标准,所选路线就是最佳路线。后来他说,他得到了报告的副本,总共十五卷,花了许

第十七章

多时间阅读,并运用一名斯坦福教授所提供的方法进行了计算。

"主持人是州高速公路部的公共关系专家,他向卡莱尔致以故作谦逊的微笑,说选择涉及复杂的数学,暗示卡莱尔应该坐下来做个好孩子,因为计算有点超过了他的理解范围。

"卡莱尔没有表现出任何不安,他答道:'我想我能够理解这些计算,我希望看到计算过程得以展示。'

"这让大家感到不解,他们向卡莱尔发出了嘘声。瞧,大部分本地人甚至都不喜欢'数学'这个词。专门提到这个词通常就足以引起公众的大量退场。所以当卡莱尔坚持己见要求证明的时候,人们纷纷指责他厚颜无耻,他们都希望他滚回加利福尼亚,那里尽是些自以为懂数学的家伙。

"这时事情变得更加有趣了。主持人与支持者的头头,温德尔·汉默博士私下交换了意见。然后,主持人红着脸结结巴巴地说,进行计算的人士当晚没有出席会议。卡莱尔说那无法让他罢休,建议说,在场的其他人肯定有能力证明为什么提案的路线是最佳的,既然他们都强烈赞成。更多的人围聚到了前排。支持者座位上的那些本地领导人显得非常焦虑不安。

"汉默博士被推到了最前沿,他企图将卡莱尔弄糊涂,使用了一堆含糊其辞的技术性用语,诸如'社会功利函数'和'贴现率'。卡莱尔仔细倾听后,说他的个人计算最终证明,基于报告本身给出的标准,原路线以西四十英里的另一条路线才是最佳路线,他很高兴能论证这一事实。他还说(这一段我基本是逐字写下来的):'这个研究中所使用的贴现率远低于工程真正的资本成本。

我很想知道你所使用的贴现率是如何选择的。这个数据并不真实，而任何接近真实的数据都将会产生更加有利于西面路线的效益成本比。而且，我能证明即便使用你们这些专家所选择的贴现率的数据，西部的路线还是更好。'"

老人不禁笑出声来："对列席的人们来说，汉默博士和卡莱尔之间的这场对话就像是一场机器人之间的战斗，一个使用光之剑，一个使用射线枪。没人明白他们俩在说什么，包括我也是如此，特别是卡莱尔在他的批评中还使用了'诡辩'一词。而且，大家都已经知道提案的路线是最佳路线，因为它涵盖了利物摩尔和瀑布城，又何必对于建设成本上多花费五千万美元而耿耿于怀呢？别人，也就是国家的纳税人，会为此买单的啊。

"主持人试图用会议规则来对付克莱尔，他说：'麦克米伦先生，我认为我们已经听了太多你的发言了。'于是，群众鼓起掌来。

"卡莱尔并不为会议规则所动。他说：'我的问题还没得到回答，作为一名耶基斯县的纳税人，我有权要求得到回答。'

"重要的是你得明白，大部分群众都是耶基斯县的纳税人，还有一名外来者卡莱尔，此人只是碰巧也是纳税人而已，这多多少少是有所不同的。人们开始朝卡莱尔喊叫，让他坐下来不要说话，此时事态已经失控了。有些本地人穿上了外套，朝门口走去，一面对愚蠢的行为连连摇头。

"卡莱尔显然已经把汉默博士逼到了墙角，他只能为自己并不十分有把握的事情进行辩解。好个汉默博士，他为了扭转颓势，让我们大家听够了空话，围绕卡莱尔的问题翻来覆去竟有二

第十七章

十七遍之多,最后终于瘫软成了一摊黄油。随着更多的人围聚到了前排,主持人只好宣布会议暂停,并说下周继续进行,届时其他数学专家和资本家们的走狗会从维也纳飞来,为支持提案路线提供证据。

"对每个人而言这都是漫长的一周,尤其是卡莱尔。报纸连续刊文宣扬经济发展的需要,介绍高速公路在那些计划中如何起到关键的作用。比尔·弗拉尼根发表了一项声明说,高速公路将会保证本州在未来二十五年中具有可持续的经济发展。

"听证会结束后的星期三,一只年幼的蒂鹰被人发现挂在萨拉曼达邮局前的街灯上,蒂鹰的胸口有一个点二二口径的弹孔,脖子上缠绕着电线。它右边的翅膀上钉了一张字条,是用粉笔写在包肉的纸上:'不是这些小鸟死,就是我们死!'《高原调查者》印了一张死鹰在冬天寒风中摇曳的图片,并发表了一篇社论谴责这种行径,呼吁大家冷静,判断力要强,这两点在耶基斯县已经找不到了。

"萨拉曼达街道部委员莫尔·巴格比,把鹰从街灯上剪了下来,仅过了三个小时,卡莱尔就进韦伯斯特的郎才女貌杂货店买杂货了。卡莱尔拎着两只袋子从前门出来,正好鲍比·埃金斯和另外几个人从勒罗伊酒馆出来,开始骂他。他们说他应该夹着屁股从这里滚出去,回到其他那些讨厌的嬉皮士居住的地方。卡莱尔开始并没有理他,结果鲍比一把将他推到了韦伯斯特店的厚玻璃窗上。于是卡莱尔扔下手中的两袋杂货,警告鲍比住手,然而鲍比却一拳打了过去。他没打中,卡莱尔将他打昏在麦克林夫人道奇车的引擎盖上。

"这是不是个错误仍然尚待讨论。然而结果却是,哈克·肯布尔走上前去将卡莱尔狠狠地打倒在主大街上。卡莱尔就他的标准而言很强壮,但毕竟体形还没那么大。即便哈克有所发福,还是比卡莱尔身强体壮,也比卡莱尔卑鄙得多。打闹开场之前,他还喝了好些格兰贝尔,在众人的怂恿下,他可能都会杀了卡莱尔,幸亏塞尔玛·恩格斯特罗姆大喊着从丹尼餐馆里出来,在吉姆·韦伯斯特的帮助下阻止了这场打斗。

"吉姆帮助卡莱尔拾起地上的杂货,并给了他几个新的杂货袋,扶他上了皮卡货车。从勒罗伊酒馆和丹尼餐馆冲出来的人群一直在嘲笑卡莱尔,休伊·斯维尔森却没有如此,他只是看起来有些伤心。有人还注意到阿洛·格雷戈里安远远站在一边,什么也没说。这一切发生的时候,鲍比·埃金斯始终躺在麦克林夫妇的车盖上,难得安静一回。

"卡莱尔鼻青脸肿地来到一周后继续的公开听证会上,看起来好像几个月没睡过一样。这一次专家们带来了电脑打印的资料,比提案的高速公路还要长,他们把资料拿出来,让大家都能看到。然后工程师们登场,再次解释了所有的技术细节。

"卡莱尔坚守阵地,后来有人私下说,他似乎依靠逻辑和数字就击败了他们那堆人。他一再强调,根据他们自己的标准,选择的路线并非最佳路线,而且他们的贴现率和效益成本比也是大错特错。工程师们一边玩弄塑料保护套里的钢笔,一边在桌子底下摆动双脚,紧咬嘴唇面面相觑,似乎他们也知道卡莱尔是对的。

第十七章

然而大官们只管承受击打,他们在从政多年中已经学会了如何对付这一招。你瞧,问题是,卡莱尔在跟那些掌控发言的人们争辩,那样做从来都是一场失败的战斗。

"而且,人们想要得到一件东西的时候,知识层面的内容,包括证据,最终都没什么价值。两天后,州高速公路委员会和交通部部长投票赞成最初经过瀑布城和利物摩尔大拐弯的混凝土路线。同时,他们宣布建设工程已经在南部各州开始,只要天气允许,很快就会在耶基斯县开工,这一消息得到了全县人们势如潮水的欢呼。

"本地人都认同这一选择考虑周全,也得到了民主的体现。毕竟,民主是建立在少数服从多数原则的基础上的,对吧?大多数人赞成提案的路线,对吧?有些动物爱好者温和地评论说,这个消息对于蒂鹰而言很糟糕,但他们也指出物种的灭绝只是自然界说晚安的方式而已。我在丹尼餐馆听到了这种说法。

"就在高速公路的决定公布的同一天,《高原调查者》发表了一篇文章,刊登在最后一版,根据一位州地质学家的研究,由于地下蓄水层的快速排空,本地乡村多处形成了污水坑。与此同时,啦啦队队长们脱下了光鲜的运动衫,送到干洗店用消毒水浸泡,为众多仪式做准备,我们要好好庆祝颂扬将要来临的繁荣昌盛。"

第 十 八 章

高速公路的决定公布一周后,卡莱尔坐在柴炉边,思考下一步该怎么办,然而他已经没有什么可以做的了。也许只能收拾行装走人吧。

嘉莉·德弗卢几天前从加斯珀打电话来,她在那儿和她女儿一起度过了圣诞节。她听说了高速公路的决定,并且说她为卡莱尔感到非常难过,她的声音仍然温柔体贴,但他们之间已经发生了一些细微的变化。他把注意力完全放在了工作和为高速公路的抗争上,而她也沉浸在课程当中。此外,尽管她说得并不多,但卡莱尔还是感觉到她可能有了别人。

他们几周前曾在萨拉曼达到斯皮尔菲什半路上的一家汽车旅馆见过面,但却有点儿不同了。嘉莉不同了,变得很快。卡莱尔也不同了,对于公路建设的气愤让他变得严厉无情,嘉莉在学业中学到了点点滴滴,很想以重拾自我的热情与他交谈,然而他对这一切却提不起兴趣。由于规划中的羚羊国家公园包括了她的土地,因此嘉莉的财政问题似乎也不复存在了。

第十八章

她尤其想说说教她殖民地历史课的教授，他多有才气，他愿意在她课外的时候花很多的时间跟她交谈。她和卡莱尔共同拥有的一切就要结束了。对此他们俩都心知肚明。不是谁的错，有时事情就是这么发展。在汽车旅馆分别时，他们俩彼此拥抱的时间不同寻常的长，但谁都没提要再碰面。

没有太多东西能把卡莱尔留在耶基斯县了。高速公路将带走他的房子和鸟儿。他往柴炉里扔了几根橡木柴火，然后关上炉门，坐在炉火前，翻斗车盘蜷在他腿上。他为自己感到一些遗憾，努力盘算着下一步该如何行动。重新做个吉普赛人，也许就那么干了。另找个地方。也可能远走高飞。

他一直在考虑完成餐桌的制作工作。餐桌本该挂在墙上，可以通过旧教堂门上取下的黄铜大铰链把桌面从垂直位置翻到水平位置。但是他仍然没想出既美观又实用的方法，能够在不使用的时候将桌子固定在墙上。这有什么意义吗？高速公路经过这里的时候，一切都会消失不见了。不，他想，无论如何也要干好，完成一切，好好地干。完成餐桌后，还要固定天井的玻璃，让整座房子漂漂亮亮地迎接葬礼。

他站在那儿看着桌子，摆在面前的是形态与功能如何两全的经典老问题。他一直使用的简单的钩子并不雅致。需要的是同样简单的东西，但得多一点样式。翻斗车不停地跳上桌子想要睡觉，每次卡莱尔要把桌子翻上去琢磨问题的时候，就得让它下去。

下午四点钟的样子，日落时分，翻斗车从睡梦中醒来，进入警觉状态，一对耳朵竖了起来。过了一会儿，卡莱尔听到雪地上响起了细碎的脚步声。他迅速安静地走到一扇窗前向外看去：是苏珊娜·班廷，独自一人。她踏上了门廊，卡莱尔开了门。在下小雪。

她微笑着，面颊在寒风中刮得通红："你好啊，卡莱尔！我想今天对你说新年快乐似乎有点儿晚了。我可以进来吗？"

"当然可以了，苏珊娜，我也献给你一份迟来的新年快乐。我可以帮你拿披风吗？"

"我还想再这样穿一会儿。一路走过来很有意思，可我现在还是有点儿冷。不过，来杯热茶的话就会不错了。"她环顾房子四周，"你想怎么处置那张餐桌呢？"

"想个办法恰到好处地跟墙配合起来。"

卡莱尔站在厨房里跟她说话，一边准备茶，一边在思考。苏珊娜现在不再像从前那样让他感到高不可攀了。在建造科迪·马克思纪念碑的过程中，在遭遇了高速公路战役后，他已经完全成为了一名男子汉。于是苏珊娜强烈的自我意识对他的威胁感也少了许多。

而且他们一年多前在河边的谈话已经或多或少清除了他俩之间的芥蒂，至少对于卡莱尔来说如此。当时他说话平实真诚，她能够理解。加上过去的一年中，她一直定期跟嘉莉或者印第安人一起来串门，因此卡莱尔原先跟她在一起的紧张感已经基本上不见了。可以说大部分不见了。不过她仍然是个性感的女人，由此带来的紧张感从未消失过。他回想起这是她第一次单独来他这儿。

第十八章

"餐桌出了什么问题呢？哦，我明白了。你想要换个方式把它挂到墙上去。"她弯下身子，检查桌上的铰链。

卡莱尔从炉子上端来两杯热气腾腾的茶，递了一杯给苏珊娜："我会想出办法的，只是个时间问题。"

"我曾经在伊拉克见过像这样的东西。我在回忆他们是怎么做的。咱们可以坐在炉子边，让我暖暖身子吗？"

苏珊娜啜了口茶，绿眼睛沿着杯子的边缘看着卡莱尔·麦克米伦，红褐色的头发从斗篷的头巾下披撒开来。

他回敬了一眼，可是仍然难以维持与苏珊娜·班廷长时间的对视："你怎么会在一月这么寒冷的日子里一个人到我这里来？"

"我在玛希和克劳德·英格利那里呆了一整晚。他们真是好人，偶尔会请我去他们那儿。你认识他们，对吧？"

"是的。我最初认识他是向他购买底层地板木材的时候。高速公路出乱子的时候他们夫妇请我去他们家吃了几顿饭。好人，也很聪明。"

"我和玛希对集约园艺很感兴趣。我们俩是在萨拉曼达图书馆里看同一类书籍的时候遇到的。他们夫妇想要我在那里过夜，可他们家里还有小孩，而且我总觉得呆的时间长了有点儿给他们添麻烦，尽管玛希说没什么关系。此外，我也喜欢走路。我从萨拉曼达出发，然后便想到顺便过来看看你是否在家，看看你在高速公路战役之后情况如何。"

"我很高兴你来这儿。我很想留你吃饭，但恐怕我没什么东西可吃的。我一直呆坐在这里暗自感伤，这个星期都没去韦伯斯特的郎才女貌杂货店。"

"卡莱尔·麦克米伦,木匠活儿也许是你的长处,但在没东西可做的情况下做吃的则是我的一大长处。跟我父亲旅行的那些年我学会了这些本事。"

"你曾经说过他是位人类学家,对吧?"

"是的。有时候我们距离最近的食品供应场所也有三百英里远,在澳大利亚内陆和玻利维亚的某山口都是如此。我还记得在玻利维亚的那个圣诞节早晨,我父亲拉长脸看着我们的食物储备的样子。当时我只有十四岁,可还是穿上了外套到周围走了一遭,最后找到了一个农民,他卖给我一只长相粗野的鸡。于是我就用这只鸡配上一些罐头蔬菜和土豆做了餐饭。介意我检查你的食品柜吗?无论储藏室里的食物有多匮乏,你都可以做点汤的。"

"要是这样的话,那我可得谢谢你了。如果你能从里头的东西中弄出什么好吃的,我保证咱们可以喝一瓶上好的红酒。最坏的情况是我们可以光喝酒,省略掉吃的部分。"

苏珊娜笑着脱下斗篷:"不会那么糟的。这一点我基本上可以向你保证。"

她是对的,半小时后,厨房区飘来了阵阵香气,而卡莱尔还盯着那张餐桌,思索着如何将它固定到墙上。苏珊娜站在二十英尺外的炉子前面,却让他难以聚精会神了。苏珊娜当初在他所站立的这块地板上跳舞的身影不停地萦绕在他脑海之中。

她哼着小调,微微卷曲的长发披下来,一对银耳环摇摆不定,

第 十 八 章

回头看着卡莱尔:"怎么样了,那张桌子?有好主意了吗?"

"有几个主意,但没一个好的。那边儿闻起来很香啊。"

"那是汤的香味。你注意到没有,你把自制面包的所有用料都跟果酱罐和屋顶旧螺钉的罐子混在一起了?"

"没有啊……是我干的吗?"

"是你干的,我等会儿就去整理。烤面包里有一种很基本的气味,这种气味很久以前就有了。"翻斗车正在一边蹭她的腿,一边喵喵叫。

"你说对了。我也正好想出如何把桌子挂上去了。用一块一乘四的雕刻红木通过铰链连在墙上,桌子翻上去的时候,这块木头可以跟桌子底部的支架紧密相接,将其固定住。我想是烤面包的想法给了我主意。"

他走到窗前,向外望去,然后打开门,又看了一眼。女人和暴风雪似乎是同时光顾他家的。他对这个巧合琢磨了一会儿,然后作罢。"苏珊娜,外面的雪确实积得很厚呢!"他叫道,"要不要我趁天气还没变得更糟之前把你送回萨拉曼达去?"

"不,我正在做汤和烤面包呢。暴风雪就随它去吧。如果天气没影响你的话,那对我也没啥影响。"

八点钟,晚餐准备好了,卡莱尔也已经做好了把桌子挂在墙上的装置。现在桌子已经摇摇晃晃地挂在那儿了。他把桌子翻了下来,在桌上摆好碗碟、银器,还在小片松木上用热蜡油粘了两根粗短的蜡烛。收音机里插进一盘磁带,他又把灯关上:"不错吧,嗯?这屋子看起来相当棒吧。"

"看起来很是优雅。恰到好处。而且令人感到温馨的是,还有一张触手可及的锯床。"

阿斯托尔·皮亚佐拉①在收音机的磁带中演奏起来:是探戈舞曲。卡莱尔听了盖博·欧卢克在勒罗伊酒馆里演奏探戈后,就买了这盘磁带。苏珊娜举起了玻璃酒杯:"为玻利维亚干杯!"

"就为玻利维亚干杯,祝它繁荣昌盛,不断为游客们出产色彩艳丽的毛毯。"

苏珊娜笑了:"我曾经学过探戈,要真论起来,跳得还很不错呢!"

"在哪儿学的?"

"在阿根廷。我独自旅行,在那儿逗留了一段时间。我父亲死后,我动身寻找早年与他旅行时错过的地方。当时我所想到的只是,下一个火车站,下一班开往某个陌生地的大巴。道路渗入了你的血液。"

她转向收音机那边看了一会儿,回忆教她探戈的那个阿根廷人。

卡莱尔注视着她,她转身的时候,红褐色的头发也随之摆动,轻轻飘落在脖子和肩膀上,样子有些许不同。她用餐巾抹了抹嘴,然后又看着卡莱尔。卡莱尔也在看着她,他身穿一件蓝色工作衫,一件黑色旧毛衣,牛仔裤上沾着锯屑。

她右手的无名指上戴着一只猫眼石戒指。而她的食指上则

---

① 阿根廷探戈作曲家和演奏家。

第 十 八 章

环绕着另一只平常的、细小的金戒指,手腕上挂着一条叮当作响的银手镯。脖子的项链上吊了一只银鹰饰件;他以前曾经见过,因此还记得。裙子是羊毛织的,奶油色,一侧肩膀上披着一条黄褐相间的披肩,刻意显出不拘小节的风格。

她从桌上伸过手,搭在卡莱尔的手上。凉凉的猫眼石戒指压在他的皮肤上:"卡莱尔,我一直在考虑高速公路给你带来的困境。我可以提醒你一下吗?你在愤怒和悲伤之中忘了一件事。"

"我忘了什么呢?"

"你对科迪·马克思的悼念并不体现在木头、钉子、门窗以及咱们这里的物件上。真正的悼念是你以他所喜欢的建造风格为他建造了这座房子。在这过程中你也重塑了自己。对此他立刻就会懂,但我觉得你却忘了。根据我从你的叙述中听到的科迪·马克思判断,他所感激的会是一次悼念,而不是一座纪念碑。两者有所不同。"

卡莱尔笑道:"说得好!你说对了,科迪不需要纪念碑。我一直关注出产的东西,因此只关注这房子代表的意义以及高速公路将会造成的后果。而科迪总是更多专注行程,而不是目的地,更专注技艺,而不是实物,他明白只要你不赶时间,精美的过程最终会造出精美的产品。我曾经也明白这个道理,造这房子的时候也曾经想起来过,但后来却又忘了。嘉莉·德弗卢曾经说过这样的话,大意是说,只要愿意,我可以收起帐篷,一大早就远走高飞。有必要的话可以再做一次悼念。不过我觉得我没必要再来一次了。"

这时苏珊娜·班廷笑了:"我喜欢……那个……一大早就远走高飞。一身轻装、便携。我从来不会让我累积的固有资产多过能带上大巴和火车的一个手提箱和一只肩挎包。我还记得喀拉哈里沙漠的布西曼人。他们就能做到这一点,在不到一个小时的时间里收起帐篷,带上所有的东西远走高飞。"

"你跟你父亲一起去的喀拉哈里沙漠吗?"卡莱尔脸上露出几乎无法置信的表情。那么遥远的地方啊,那些地方他只是听说过而已。

"是啊,"她开始大笑起来,"他们很喜欢我父亲的便携收音机。在我们离开的那天,他把收音机送给他们作为礼物。那些布西曼人跺着脚步,礼貌地拒绝了。收音机背在身上太重了,而且不管是过日子还是过夜都不是必要的东西,从日到夜才是他们生活的基本期限。他们只拿可以轻易携带的东西,一身轻装。收音机只对我们而言才是便携式的,因为我们有辆陆虎车,对他们而言就不是了。"

苏珊娜从热面包上撕下一小片来。皮亚佐拉演奏起了"新派探戈",歌声交织在一月的寒风中,寒风在科迪悼念馆中寻找裂缝,却什么也没找到。

"炉边的咖啡怎么样?"她问道,"如果你能来清理桌子的话,我就去煮咖啡。看起来公平吧。"

"成交。"

卡莱尔把枕头扔在柴炉旁边的地板上。苏珊娜用普通咖啡、可可浆、肉桂粉和少量威士忌调制了饮料。喝完咖啡,他们又倒

第十八章

了些卡莱尔的红酒。苏珊娜平静地凝视着杯子。在她身边卡莱尔很难让自己平静下来,她在场的情况下他似乎紧张得必须说点话。他内心拥有某种古老的力量,平等分成了黑暗与光明两部分,他能感觉到这种力量在活动。女人啊,她在这里,下一步该干什么。他不知道女人是否也有同样的感觉。

"苏珊娜,你知道有关狼丘的事情吗?有关那个地方有各种各样的传说。自从我来到这片土地,我就注意到山顶上有东西像是火光,通常是在夜里很晚的时候,就在拂晓前。"

她缓缓抬眼看着他的眼神,像一支箭一般直直地瞪着他:"嗯,我知道有关狼丘的传说。我觉得'故事'是个更确切的词儿。'传说'有种不真实、过分夸张的意思。然而对于狼丘而言,你所听说过的大部分事情都是真实的。那个地方拥有伟大的力量,先人们就知道了。如果你问的是那些死在那里的人们,他们之所以会死,是因为他们企图改变的东西守护神认为不该损坏。"

她深吸一口气,伸手从包里取出了一把弧形的墨绿色梳子。她用牙齿衔起梳子,把浓密的头发高高盘在头顶,然后用梳子扎牢。卡莱尔看着她,她则朝他微笑。

"你听说过没有,有位教授在为一项考古挖掘工程做准备的时候死在了狼丘附近?"她靠在垫子上,问道。

卡莱尔点了点头:"我听说过。"

"那人就是我父亲。"她平静地说。

"天啊!"卡莱尔低语道。

"于是我才会首先来到耶基斯县,想要私下调查他的死亡。

所有的解释似乎都有点草率,无法解释一个行事谨慎的男人,为何会从走过许多次的地方摔下来。我父亲很熟悉丘陵地带,知道如何保护自己,所以我感到怀疑。他曾跟我说,学术界的声誉受到了威胁,萨拉曼达路口,就是那个地方的挖掘工作,可能会推翻广为接受的古代先民大陆迁移的假说。危险相当大。他死后挖掘工作就立刻终止了。"

"你的调查进行得如何?发现什么了吗?"

"没有,什么也没有。后来我碰到了一个人,就是你所谓'吹笛子的'。那以后我就跟他一起上了很多次狼丘。他知道那儿的每一块岩石、每一株树木、每一道裂缝。他让我相信了,我父亲的死是因为他们要挖掘墓地。他说那些年很多人都死在了那里,孤丘的守护神有一种看守土地的手段。而且你知道奇怪的是什么吗?我父亲也会理解那种力量,会相信那种力量。因此,我懂得了他死亡的意义,因为他也会懂得这其中的意义。"

"你为什么在萨拉曼达呆了下来呢?"

"这地方生活开销小,又是广阔平静的乡下。于是我定居下来,专注于自己的生活,而不再只是终日挂念我父亲的死因。说实话,我的钱不多,因为我父亲一直在东奔西走,他的退休金里没有留下多少死亡抚恤金。那一点儿钱我也花在旅行之中。但我还是熬过来了。"

"来耶基斯县之前你在哪儿?"

苏珊娜·班廷直勾勾地盯着他,那眼神似乎是她所独有:"我在旅行,过去七年中大部分日子都在路上,这儿呆一段时间,那儿

第 十 八 章

呆一段时间。那以前,我跟一个名叫安德鲁·坦纳的男子在西班牙海岸生活了三年……在圣塞巴斯蒂安。他是个自由撰稿人,战地记者。"

"苏珊娜,那是什么生活啊!"卡莱尔缓缓摇着头,忽然感到内心隐约对那个名叫坦纳的男子生出了一股妒意,"你若不介意,我还是问你别的事吧。我想这个话题可能有点儿不合时宜,如果你不想说,可以不必勉强。"

苏珊娜·班廷笑道:"我做事情基本上都不会勉强的。你的问题是什么呢?"

"你知道守护神是谁吗?"

"我不知道,我是说真的。但我相信那儿有东西。"

"你觉得会是'吹笛子的'吗?他就是守护神吗?"

"我真的不知道,但在狼丘上,在狼丘周围,有一股强大的力量。这点我很清楚。"

"那么你注意到高速公路的路线在孤丘三百码范围之内经过,并且穿过了孤丘背面的墓地吗?"

"是的,那个我知道。'吹笛子的'也很担心。他说守护神有强大的惩罚手段,但这次可能还不足以制止将要发生的事情。"

"那些普通的印第安人怎么想的呢?你似乎像印第安人一样思考。他们不会做什么吗?"

"卡莱尔,我必须委婉地纠正你以及其他人对于印第安人和我的一些观点。其实也不是你的错,无论是我们的媒体,还是教育机构,他们既不知道,也不教授任何有关印第安人的正确知识。

印第安人有许多的问题,包括失业、极端贫困、犯罪、家庭破碎、酒精中毒。而且糖尿病十分流行,明显与基因和日常饮食有关。我不知道他们是否有一点关心这条高速公路。根据我的了解,关于古文物方面的法律很复杂,在这个州,土地所有者几乎可以为所欲为,包括处置考古发现。

"而且,我父亲曾叫我提防原住民'高尚的野蛮人'的观念。白人对于印第安人总觉得他们很神秘。我们喜欢他们只是因为我们将历史染上了浪漫主义色彩,而且有些臆想,以为白人到来之前他们的生活犹如田园诗歌,仿佛与自然界自由和谐地相处。假如我告诉你,有些印第安人为了得到尾羽射杀濒危物种秃鹰,即便这些尾羽只是用在宗教仪式上,你可能也会开始改变观点。但假如我告诉你,许多秃鹰被杀害,只是为了用它们的羽毛制作各种小饰物卖给游客,而且这样的事情一直在发生,你很可能会强烈地反对。这些都远比大多数人以为的更加复杂。

"除了这些,印第安文化和信仰倒有许多方面接近我自己的观念。这就是为什么'吹笛子的'能以他的方式接受我。但我不是新世纪的神秘主义者,开着宝马车参加蒸汗茅屋典礼,或者做个周末印第安人。我不是印第安人,我也永远不会成为印第安人。印第安人对于生命与自然界有种独特的观点,这是白人难以理解的。同样的,印第安人也无法像我这样。从我不同寻常的童年以来,我就拥有自己的信仰,自己的行为方式。我在非洲、亚洲、南美洲以及更小范围内的美国西南部的部落文化中生活了好多年。我的方式不是印第安人的方式。我有我的方式,不过两者有一些相似的地方。"

卡莱尔略显懊悔地说:"啊呀,演说得妙极了!"

"我并不想做演说。我只是想把几件事情理顺了。"她热情地笑着,啜了口酒。

"苏珊娜,无论如何,所有这一切都让我难以着手。你父亲、守护神、在狼丘那边死去的人们、高速公路、那些鸟儿,还有一个叫作奥拉的组织。"

她抬头望着天花板:"'奥拉'这个词,在字典上是什么意思呢?是指某人或某物周围的东西,一种自身的氛围。"

"嗯,我得说意思已经相当近了。"

她微微歪着脑袋思索道:"让我想起了奥罗拉,掌管黎明与日出的古罗马女神。"

卡莱尔搬出他陈旧的大学字典,一边翻阅,一边嘀咕道:"A……a-r, a-t, a-u……在这儿,'奥拉'。"

苏珊娜伸手拍着书页:"瞧瞧'Au'打头的第一个词,是什么?"

卡莱尔的手指顺着词条向下移动,然后用手狠狠敲打字典:"Au 是'金'的化学符号!"

苏珊娜笑了:"我早知如此。我的高中化学不怎么样,但还记得在某处看到过'金'的化学符号就是根据那位古罗马女神的名字命名的。那么,这个拥有这片土地的公司的名字是不是由大写 A 后跟小写 u 组成的呢?"

"你又对了,就是这么写的。"

她一边笑一边看着他:"那么咱们现在都掌握什么信息了呢?

'奥拉'难道只是'aura'这个词的另一种巧妙的写法,意义在于表示'金'的符号?或者还另有其意?"

"我不知道,但我觉得你可能已经想到什么了。"

"我也不知道。"苏珊娜答道。

卡莱尔沉默片刻,说:"也许咱们该跟'吹笛子的'谈谈。"

"或许咱们该跟保留地里那些更加激进的印第安人谈谈,或者找首都那边从事北美印第安运动的人们。我曾见过拉蒙·克劳·文,他是北美印第安运动的一名打手。也许还可以做更多的工作。然而目前呢,我太累了,不想考虑这些问题。你有什么东西让我睡的吗?"

"要衣服还是要床铺啊?"

"请都给我吧。"

苏珊娜大约有五英尺六英寸高,比卡莱尔矮七英寸。他觉得他那件破旧的灰运动服可能合适。于是他把运动服给了苏珊娜,而她则进了浴室,几分钟后出来,看起来还不错,衣袖卷起,裤子鼓鼓地拖到地上。苏珊娜懂得怎么穿衣服,一身打扮显得身材曲线玲珑,这样子都可以参加月光时装表演了。

"苏珊娜,你可以睡床。我把睡袋放到阁楼就行了。"

"不,我更喜欢睡袋。其实我就是在睡袋里长大的。"

她拿着睡袋走上曲折的楼梯,半道停住脚步,向下看着卡莱尔,另一只手搭在栏杆上:"晚安,卡莱尔。我很欣赏你修建的这一切,但我更加欣赏你和你的技艺。"

卡莱尔躺在床上很久没有睡意,心中想着苏珊娜,想着她所

第十八章

说的话,耳边聆听暴风雪的声音,还有翻斗车从炉子底下出来轻步跃上阁楼楼梯时发出的低语声。早上四点钟之前炉子需要好好照料一下了。他穿上一件毛衣,套上一条牛仔裤,蹑手蹑脚走到炉子前,尽量不打扰苏珊娜。风力接近普氏七级的强风像一只巨大平整的手掌,猛烈拍打着红木墙板,他打开炉门往木炭上放了几块加工过的白橡木。温度重新开始上升,他蹲在那儿,听任温暖注入他的身体。

"早上好,卡莱尔。"苏珊娜靠在阁楼的栏杆上,小声说道。

"早上好,苏珊娜。如果是我吵醒了你,对不起啦。"

"你没吵醒我。我之前就醒了。我一直躺在这儿倾听风声。你要咖啡吗?"

"要的,不过我会去搞定。你可以在我煮咖啡的时候在炉子前面坐一会儿。也许你更想喝茶?"

"谢谢,我的确更想喝茶。"她说道,将睡袋裹在身上,赤脚踩着阁楼的楼梯走了下来。

卡莱尔拧开收音机,音量很低,对天气预报表露出了兴趣。每隔几分钟就会有段天气的简报,单调低沉的声音在播送学校关闭和医疗队的信息。已经下了十二英寸的雪,还要再下十二到十八英寸。风速在傍晚前将会达到每小时四十英里。回到音乐中,默尔·哈格德唱起了马路。默尔唱得太早了,马路的日子很糟糕,于是他插进了一盘旧磁带,播放的是保罗·温特在大峡谷吹奏高音萨克斯管。

苏珊娜坐在枕头上,睡袋裹在身子周围,一边小口喝茶,一边看着卡莱尔撑起一条胳膊悠闲地喝咖啡:"卡莱尔,你在想什么呢?你是在想事情。"

他在想火光、羊皮鼓和女人跳舞的场景。在二月风雪交加的早晨,他想的却是一场甘霖。

他没有回答苏珊娜。

"卡莱尔,你想做爱吗?"苏珊娜的话说得直截了当,朴实无华,而且平心静气,一脸笑容。

他笑道:"我想。自从我在萨拉曼达的第一个夜晚,你走过我的车灯前,我就想和你做爱了。"

"我也感觉到了。而我对你的感觉也是一样。首先,我得洗个澡。然后我要用剩下的酒给咱们调点儿好喝的东西。"

卡莱尔把毛巾递给她时,试图掩盖双手微微的颤抖,她正从背包里小心仔细地拿出各种各样的东西。萨拉曼达女巫,绿色眼睛,复古的风格。她一边朝浴室走去,一边对他微笑,然后停下脚步,拉起他的手,抬头看了他一会儿。

淋浴打开了,卡莱尔靠在厨房墙上,倾听水声,想象她站在水下的样子。十分钟后,苏珊娜走出浴室,斗篷被当作长袍披在身上,头巾摘掉了,头发松散地落在瘦小的背上,银耳环在耳边摇摆不定。

"我也得去冲个澡。"她在浴室里留了一小块檀香味的肥皂。水槽边摆着她的发刷和绿梳子。梳子旁是一小瓶没有标签的香水,再旁边是她的牙刷和一瓶小苏打。女人特有的物品,浓浓的女性香气隐隐飘来。他打开香水瓶上的塞子,闻到了底格里斯河沿岸的花朵、沙粒和轻风。

他让水打在身上。屋内的热水、屋外的暴风……苏珊娜·班廷。他洗完后,穿上牛仔裤和毛线衫,走进了起居室。

"卡莱尔,我在上面。"她的声音从阁楼传来。

她已经用枕头、毛毯和睡袋搭起了温暖的吊篮,几乎占据了整间小阁楼。她全身赤裸,坐在枕头中间,双腿盘在下面。一支蜡烛插在空酒瓶里,房间里烧着香。她的双手轻轻捧着一根黄色的羽毛。卡莱尔心想,假如西奥拉降临人间,一定会是这个样子的。

她拿羽毛轻巧地指向乳房中间一道又细又淡的疤痕,长约六英寸,一直延伸到了右侧的肋骨上:"是一只母狒狒在我十二岁的时候干的,当时我正跟它的孩子玩耍,它变得紧张起来,想要回它的孩子。"

红酒温暖芳香。她伸手将羽毛插进头发里,丰满的乳房随之抬了起来。她笑着又把羽毛拿下来放在一边:"我来这儿的路上捡到了这根羽毛。"

从夜晚到天明的过程很平稳,几乎无法察觉,暴风雪把屋外变成了一片深灰。苏珊娜仿佛领着他走过一条通道,那种感觉他从未经历过,甚至从未想象过。跟她做爱就像是经历一场优美的仪式,就像经历一段进程,向上把他推往某个地方。

苏珊娜的面颊埋在他脖子里,嘴唇贴着他耳朵,一遍遍地低声吟诵她自己的语言,最后仿佛变成了一段咒语,而他则不再想象与他相依的躯体。跟苏珊娜·班廷做爱,她不仅能在肉体上与你触碰，而且还能存在于你的意念之中。

苏珊娜抬起身躯凑向他，他俩的身上都闪着汗珠，她脸上失去了沉着冷静，变成了性爱所带来的慵懒，双手在他潮湿的背上滑动。他压着苏珊娜，就像风儿拂过高原夏日中褐色的麦田，最终他明白了，爱上苏珊娜·班廷，就好像是尽你所能靠近真理，却不会死去。

女人躺在那里，手艺工人长满老茧的双手在她身上抚过，抚过所有她需要抚摸的地方。卡莱尔·麦克米伦在她身上移动，而她则在触摸他的脖子，双手划过脖子上的静脉和动脉，指尖感受他血液的搏动，她抬头看着他，口中发出零零碎碎的斯瓦希里语、阿拉伯语、纳瓦霍语和苏族语。

一天的时间缩短，又延长。有时他俩并排躺着，许久不说话，她的双手划过他的脸庞、胸脯、肩膀，而他也做了相同的动作。他们彼此窃窃低语，用的是一种古老而甜蜜的语言，一时间仿佛很深刻，过后却又难以回想起什么了。

暴风雪又持续了三十六个小时，苏珊娜和卡莱尔一起交谈、做饭、做爱，有时还睡觉。苏珊娜说她曾经画过水彩画，但某次搬家的时候却不得不把画板留在了旧住处。

"那倒是可以补救的。"卡莱尔说着，穿上了风大衣和皮靴，在后门上拴了根绳子，这样就可以在暴风雪中找到回家的路，然后他踩着积雪走向工作室，在厚厚的雪地中一路踉踉跄跄、摇摇摆摆。他踩着脚从后门进来，苏珊娜为他开门。卡莱尔的眉毛上沾着雪花，手中拿着几块梣木，还有科迪留下的一排工具。

第 十 九 章

除了刮起的第一道风声,唯一的声响就是卡莱尔的皮夹克与他工作室里的木板之间偶尔发出的摩擦声。他与苏珊娜·班廷第一次做爱后已经两星期了,他蹲坐在那儿,背靠着外头的北墙,笼罩在高原冬日寂静的昏暗中。他放眼眺望池塘的对面。每天,有时候一天就有好几次,他会在池塘的冰面上凿个洞,让动物们在恶劣的天气下也能找到水源。冰洞会重新冻结,于是他就重新凿。白雪下的某处正是又一个夏天仙人掌盛开的季节,还有西部雨水的甘甜气息。冰面下的某处,蓝鳃鱼正在休息,等候着温暖的阳光。

一头年幼的母鹿从马路对面的蒂鹰森林里蹿了出来。它静静地穿过星光,跃过卡莱尔房子北面的开阔地,左拐右绕地朝池塘奔去。他能够隐约听见苍白的寂静中它的脚蹄声。母鹿停住脚步,此时已经意识到卡莱尔正脚踩靴子,身穿旧外套,头戴海军烟囱帽,长发飘飘地注视着它。他平静而缓慢地呼吸着。

黑夜中一只猫头鹰扇动翅膀飞过来,停在房子附近一棵光秃秃的橡树上,脑袋转来转去。猫头鹰知道田鼠在雪下挖了地道,还知道田鼠有时会离开地道。

母鹿在池塘不远处停了下来,呼出的气体在寒天中变成了白雾。它静静地跺着一只脚,这是白尾鹿表达不确定的动作,一两分钟后又来到了一小片无冰的水面上。它喝了一点儿水,抬头朝卡莱尔这边看过来,然后又继续喝水。卡莱尔纹丝不动。母鹿需要水,不要恐慌。等到两个月后推土机和链锯来到这里的时候,就够它恐慌的了。

母鹿头上四万英尺的高空,在卡莱尔的头顶,一架夜间喷气机闪着光芒在北方的天空向西掠过。是去西雅图吗?还是去旧金山呢?他的记忆中传来一列晨间火车的声音,遥远得几乎听不见。一个星期前,推动高速公路的最终决定已经做出了。将来几年中,这里会有暂时的宁静,直到一对前车灯在夜色中闪过,一排货车的车轮将会碾过高原林荫大道。猫头鹰将不复存在,田鼠也将不复存在。所有这一切,母鹿、房子、池塘,所有这一切都将不复存在。

七十英尺外的房子里,苏珊娜在睡觉。她会过来跟他呆几天,然后离开,几天后又重新回来。她远不是变化无常那么简单,仿佛随时都会张开翅膀远走高飞。

对此卡莱尔很理解。你无法掌控苏珊娜·班廷,你只能跟她共同行动一段时间。说到男女关系,卡莱尔认为"永远"这个词根本不在她的字典里,他努力接受这一点。可是,苏珊娜离开后他还是会感到空虚,以前他从未真正有过这样的感觉。他曾经关心

第十九章

过嘉莉,那只是一种强烈的温暖与友谊。而他与苏珊娜之间的关系已经超越了他所了解的范畴,与苏珊娜·班廷接触,就像把手划过空间,听见自己的声音提出古老的问题。这些问题没有答案,但提出问题本身就已经足够了。

"爱"这个字苏珊娜是不会使用的。她有能力去爱,其实还能够爱得很深。卡莱尔能感觉到这些,在她触摸他、凝视他的时候便有这样的感觉。

母鹿喝完水,又看了看卡莱尔这边,然后开始朝蒂鹰森林那边走回去。东方出现了第一道红色的印记。

几天前的夜晚,他依偎在苏珊娜后背的曲线上,做了一个梦:那是在下午三点左右的非洲国家苏丹。一个孩子在那儿奄奄一息,肚子肿胀起来,已经饿得不行了,苍蝇聚集在他张开的嘴边。一位母亲抱着这个孩子,伸手驱赶苍蝇,一心企盼死神早日降临到孩子身上,然后也降临到她自己身上。但首先是孩子。天啊,求您发发慈悲,请让我的孩子先死吧,然后再让我死。孩子承受的痛苦更大啊!

在梦中,卡莱尔经历了奇怪的旅行。他想象出一名宇宙摄影师,身处六千万亿英里以外,那段距离光线要走上一千个地球年。卡莱尔幻想中的这个生物雌雄同体,技艺超出了人类理解的范畴,还有个直径三英尺的智慧无比的大脑,他坐在一座巨大的王座上,孤独地悬浮于各种所谓的大气之中。地势很平坦,极其的平坦,这个生物坐在王座上就可以看到方圆一百英里内的一切,而在此范围内什么都没有动。

他的宝座上连接了一台机器,人类称之为摄影机或是镜片,但鉴于机器的力量和体积,如此称呼对装置而言并不公平。这台摄影机高二百米,直径四十米,顶端装着一个镜头,向右倾斜伸出了六十米。这个生物只靠思想就能操作这台机器,不管他想的是什么,想要去哪里,宝座、生物和他的数码影像机器都会变成那个东西,变到那里,转变轻而易举、悄然无声。

多年以前,这个生物曾经拍摄到克里奥佩特拉悠闲地穿过一座埃及的院落,黄金的项链在阳光下闪闪发亮,她的嘴唇微张,迎接向她走来的安东尼。这张照片被裁剪了,安东尼去掉了,只留下了克里奥佩特拉的肖像,并且被放大挂在机器的架子上,紧靠一张长距离的夏娃肖像,这个生物多年以来已经把这张肖像研究了无数次。

一千年后,那是卡莱尔·麦克米伦死后整整一千年,这个强大的镜头也许可以循着经线的顺序,随着白昼向西倾斜,探测旋转的地球。在恒河海扇和爪哇海沟的上方,在印度洋海岸边那些拖拽空网的男女的上方,在苏丹的孩子和他母亲的上方。半个地球以外,一名男子在第一道光线下倚靠着棚屋,姗姗来迟。摄影机会拍到母鹿、猫头鹰和那名男子,焦距和放大率任由那个生物的思想所调控,他用意念将镜头放大到男子身上,一直极其细致地对准男子的眼睛和脸庞。摄影师之后将会仔细研究照片,通过剪辑,做出取舍,他的判断力十分纯粹,无法改变。

那名男子将会被舍弃。他眼中分明显露出自怜的神情,这个生物会觉得那种神情就像热带海滩上那些拉拽空网的人们,就像

第十九章

苏丹那对奄奄一息的母子。在这个生物的价值体系中，努力奋斗至关重要。自怨自怜毫无意义，更有甚者，他认为应该对之谴责。这个生物将会注视许久，也许会回忆起一亿年前，男子蹲着的小建筑所处的地方没有一朵花。而现在，男子眺望大雁向北飞去，地球将要迎来春天，然后要迎来鲜花，这个生物在之前的影像中就见过这些景象，他企盼鲜花能够在他的摄影机宝座周围盛开。他渴望看见大雁掠过冬末的天空。可是这个生物所处的地方寒冷、黑暗、干燥，色彩只有黑色的阴影以及遥远的太阳落在他和装置上微弱的黄色。吃饱了肚子，就没有自怜的安身之地，花儿会再次绽放，大雁也会再次来临。这个生物心里暗自念叨这些话语，将男子的影像扔在一边。卡莱尔突然醒了，气喘吁吁，极度压抑。

对我而言那可不是张漂亮的照片。卡莱尔就是这么想的，接着他记起了一条菱背响尾蛇，那是在旧时的旅行者称为 mauvais terres 的地方，今天被称为"邪恶的土地"，即"恶地"。他有一次经过那里。当时很凉爽，菱背响尾蛇爬上马路，在午后温暖的人行道上伸着懒腰。起初卡莱尔还以为那是人行道上的裂缝。接着他看见了菱形条纹的蛇背，于是打了方向盘，安全地越过了那条蛇。那里车辆来来往往，游客们在这片从来不以小时计时的地方花上一个小时，如果确实要计时的话，那也要以百万年的单位来计算。

卡莱尔停下货车，从车厢里拿出一把长柄扫帚，又走回去把蛇安全地驱赶到马路外面。小轿车、面包车、旅宿车从他身边驶过,卡莱尔发疯似的向他们招手示意,指着地上的蛇。司机们调整方向避开蛇,然后也回头向卡莱尔招手。蛇对于一切毫不搭理,只是在马路中央盘成一团,开始对纷纷驶过的车辆做出了反应,这是出于自我防御的保护本能,而不是出于气愤。假如这条蛇是个人,人类就会把它的行为称为勇气。

不管它是否出于盲目的本能,卡莱尔都很钦佩那条蛇,六磅的肉体抬起来抵抗成吨无动于衷的金属和橡胶。他走到距离菱背响尾蛇十英尺的地方,一辆温那贝戈的旅宿车将它碾成了一条红色和黄色,分离的尾巴拖在后面。车辆继续沿路驶去,一条男子的手臂从驾驶室露了出来,握紧拳头,伸出中指,一只手上下摇摆。该干吗干吗去,干死你和你的蛇,老兄,管你是谁。在沃尔药店吃午饭,多丽丝,就一直往前开吗?

卡莱尔目送母鹿离他远去,心想:我们完成一切后,什么都不会留下了,菱背响尾蛇不会留下,老狮子不会留下,属于这个时代的那些病态的人们也不会留下。而我呢,至少还可以移营拔寨,暂时躲开那些现代的机器。

起初他以为自己的计划行不通,后来又觉得这样做很不错,然而高速公路项目却冒了出来。正如苏珊娜所说的,也许那部分可以叫作坏运气吧,就是这条高速公路。

再试一回呗,她是这么说的。"就像斯多葛学派的哲学家那样,面对机遇你应该摆出一副高高在上的冷漠态度。试一试放弃这条路,就好比对待平常的坏运气一样。"

他知道他所需要的是做一名神秘的史前生物。神秘就好比

第十九章

"秘密"和"躲藏",史前生物则是像某些动物那样的生活方式,比如浣熊、郊狼和鹿。这些动物已经学会了如何与人类文明共存,同时又能远离文明。

卡莱尔不知道他是否还能与人类文明并存,同时又或多或少地远离他们。在嘈杂的层面中寻找一丝宁静,时不时地进入这片嘈杂之中,做些事情,拿上金子,然后拼命跑回到宁静的地方。印第安人为此起了个名字。他们管这叫作"移形"。卡莱尔在高原上试过一次,看起来还真行得通。他会再试一番隐蔽现实的生活。尽可能地呆在一个独立世界的隧道中,注视猫头鹰飞向空地,指望下次能有更好的运气。飞行没用。你无法躲避,不论想要躲避什么。他记起人类学家劳伦·艾斯利说过的话:"在霜冻的日子里寻找昏暗的阳光。"

卡莱尔曾经那样做过一次,他找到了自己的小太阳;他还可以再来一次。这不是什么完美的计划,但只比朴素差一些,好过自怨自艾。

母鹿到达了小路的尽头,便穿过马路,钻进了蒂鹰森林。太阳升起来了,柴炉里冒出的清烟在风中几乎往水平方向飘动,一直飘往八英里外的萨拉曼达。

卡莱尔依然倚靠在工具室旁,低头看着自己的双手。凭借着精湛的技艺,这双手挥舞起全世界最好的锤子。男人,是工具的使用者。他伸手去触摸科迪给他的旧工具带,这条工具带几乎成了一条护身符。然而他突然记起自己并没有把它系在身上。

那些赚钱精明的家伙以为可以一次性把他压制住,指望着通过运作他们的法律文件，搞定一切，他们就像是一名身穿西装的骑兵，用欺骗作为武器，用大草原上所谓新耶路撒冷的愿景作为武器。苏珊娜说服了他，还可以做更多的事。他还没完呢。对于拯救他的房子和鸟儿，他已不抱太大希望，但无论需要做些什么，他都还没完呢。他做好了准备，像棘轮一般卷土重来，像河流一般回转。

他花了些工夫摸索，幸亏苏珊娜琢磨出来"奥拉"与金子相关。卡莱尔经过进一步的调查，发现了一件有意思的事情，威利斯顿在数十年前为狼丘及其周围的土地提交过一份要求采矿的文件。雷·达根先生后来购买了这份文件。两年后，这块土地通过奥拉公司被联邦政府收购。苏珊娜添上了解答："Au"加上雷·达根教名的头两个字母，结果就得到了"AuRA"（奥拉）。

卡莱尔早已觉察到了一些蛛丝马迹，但却没有办法整理以前的记录。"奥拉"是关键词。当一个名字能将一切关联在一起的时候，事情就变得简单了。三丘土地公司拥有"奥拉"，三丘又是"雷达"公司的附属公司，而"雷达"公司则是达根用来掩护他各种运作的控股公司。由此继续推断，卡莱尔证实了他先前怀疑的情况：一些当地人和他们的朋友们不但策划把路线放在利物摩尔和瀑布城附近，如果只考虑最短路线的话，如此是毫无必要的，而且他们还预先获悉了这项工程的消息，并在路线沿途的关键位置购买了土地。这些土地他们以一百块钱一英亩买入，等到州际公路经过这里时，就会涨到二十倍以上的价格。三丘土地公司在这些购买生意中占据了相当大的份额。

第十九章

今天,卡莱尔做出决定,他得去找印第安人,看他会说些什么,看苏族人是否会受到激励,做点儿什么。他抬头望着天空,仰面大笑,心中记起了梦中的那名千年摄影师,最后给他留下了一幅高深莫测的图像,距今一千年后当他剪辑和舍弃的时候,或许会让他停顿片刻。卡莱尔·麦克米伦内心平静,他的心重新平静了下来,一边低声哼唱,一边朝房子走去,注视着蒂鹰从小森林穿过马路,飞向初升的太阳,感受一种遥远的信号,那里比他的骨头还要深远。卡莱尔向狼丘望去,可以看到山顶仿佛隐约有一团摇曳的火光。

苏珊娜仍然在睡觉。他脱下衣服,悄悄回到她身边。她转过身,将脸庞依偎在他的脖子中间,手指划过他的背部。"你好冷。"她一边懒洋洋地小声嘀咕,一边蹭他的身体,把一条大腿放到他的双腿之间。他的手缓缓抚过她的小腿、乳房、头发。

第 二 十 章

早茶摆在柴炉边,苏珊娜一双绿眼睛看着卡莱尔·麦克米伦。

卡莱尔说:"我觉得你是对的。一切都还没有结束。我们去找印第安人吧,跟他谈谈。你知道在哪儿可以找到他吗?"他又恢复了活力,苏珊娜能感觉到他体内充满活力,很强烈。

可是有些事情你会跟你的恋人说,有些事情你就不会说。有些事情是属于你自己的,不属于他。苏珊娜很清楚在哪儿能找到印第安人,但她却不愿说。印第安人对待她的方式很特别,让她观看感受一些东西,她相信这些东西他通常不会与别人分享。

最后,苏珊娜答道:"卡莱尔,咱们还是出去生火吧,虽说听起来也许有点儿像某部糟糕的西部电影。如果印第安人看见了,不管他在哪儿,我想他都会来的。"

她知道印第安人的确会看到火的。从狼丘的顶峰,你可以看见你想看见的一切。

二十分钟后,卡莱尔一边在池塘附近的火堆上摆放废木料,

第二十章

一边朝苏珊娜笑道:"我们是围着火堆跳舞呢,还是让它就这么烧着?"

"卡莱尔,有时候呢,你好像就是个本地人。"苏珊娜缓缓地摇摇头,面带微笑说,"就让它这么烧一会儿吧。"两小时后,敲门声响起了。

"呵呵,建筑师。"

"呵呵,吹笛子的。"

卡莱尔向印第安人请教墓地的事情以及什么样的法律才能对其进行保护。印第安人不懂什么法律,便如实相告了。

"我不住在保留地,离部落也有点远。但我会去问问的,不过部落里的人已经心灰意冷,无法再为任何事情做些什么了。"印第安人站在门廊上跟苏珊娜聊了几分钟,然后离开了。

三天前,一辆官方模样的汽车开上了卡莱尔门前的小路。重要的法律通告通常是用挂号信寄来的,但关于土地被征用修路的正式通告则是由县法官亲自递送,县法官还带了两名州警察。那些支持经济复苏的人们不愿意冒险,卡莱尔想着,自顾一笑。

翻斗车坐在窗台上,他们刚下车,它便反应过来,发出嘘嘘的声音。但卡莱尔对这些人没有丝毫不满。他们只是来做一项不受欢迎的工作,就像大狗摇尾乞怜一般。卡莱尔很讲礼貌,还给他们端上了一杯咖啡,他们反倒有些吃惊了。

他们犹豫片刻,便接受了邀请,进到屋里。苏珊娜一直在柴炉边画画,她站在画板前,把卡莱尔的旧衬衫当成作画服穿在身上。卡莱尔向客人们介绍了她,她用甜美的笑容作为回敬。这是苏珊娜·班廷会的唯一一种笑法。

卡莱尔目睹他们了解屋内的一切。他花了一年多的时间处理的木头、从天窗照进来的太阳光、苏珊娜、翻斗车、挂在墙上的五弦班卓琴。卡莱尔注意到他们一边说话,一边不时地朝苏珊娜那边瞧。毕竟,她是耶基斯县默默无闻的传奇人物,他们以前都没有跟她说过话。然后,卡莱尔和这几名男子在前门廊上站了几分钟,向西望着蒂鹰的森林。

"真是该死的耻辱,他们居然掠夺你的房子。"其中一名警察的语气非常诚恳。然后他补充道:"不过,别跟别人重复我说的话。"

卡莱尔笑道:"谢谢。我不会说的,别担心。"

县法官问道:"你觉得这条公路真的会对萨拉曼达有好处吗?"

"不会的。"卡莱尔只说了这句话,县法官就不再问了。

先前说话的那名警察在他们走下门廊的时候看着卡莱尔:"正如我所说的,很对不起。这是耻辱。"他伸出手来。

卡莱尔点了点头,握住了警察的手,然后他又跟另外两人握了手。

他们走后,卡莱尔看了一遍官方的通告,上面说,他必须在四月三十日前离开这座为科迪建造的房子。这给了他两个月多一点的时间打包搬家。这些事他一天就可以搞定。他把通告放女灶神雕像旁的壁炉上,站在那儿思索,苏珊娜从后面用双臂搂住了他的腰,脸颊靠在他背上。一个星期前,她给住在亚利桑那州

第二十章

威尔森山区的一位名叫里迪克的人寄了封信。她并没有把这封信的事告诉卡莱尔。

卡莱尔迁出日的前几天,印第安人顺便拜访了他。他主张应当摆出针对高速公路的最后象征性的姿态。开始时卡莱尔表示反对,对于印第安人视作象征性的表面行为不为所动。

可听着听着,他发现印第安人讨论的不是表面行为。象征主义,没错,但并非表面行为。印第安人谈到了"疯马",伟大的苏族战士;"甜美医者",夏安族的巫医;还有内兹佩尔塞族的"约瑟夫酋长"。他提到了冰天雪地里,村庄燃烧的气味中漫长的强行军。从印第安人的思考角度来看,高速公路并不是一件个案,明明白白就是过去一切的延续。然而现在,他指出白人们一意孤行,不信任所有那些试图争取自由和要求除了白人惯有想法之外的其他理念得到认可的人们。

"建筑师啊,我们必须重申,我们中有些人代表着另一种方式。如果想要保证我们临终时留下的回忆能够让我们微笑,我们就一定会代表那一种方式,就像'疯马'、'甜美医者'和'约瑟夫酋长'所做的那样。就像你们的文化中那个奥德修斯的传说一样,有人选择了打开袋子,放出所有的逆风,来袭击像你我这样的人们,或者说看起来是这样。如果我们无法得到顺风,那么必须让大家知道我们至少没有屈服,无论他们的风有多么大,即便风是来自墓园。我们必须以自己的方式在风中呐喊,即便我们的话语被倒吹到脸上,只有我们自己才能听到。如果你觉得这样的想法让你感到不舒服，那就是我对你的判断出了错。"

卡莱尔曾跟吹笛子的谈过几次拉科塔的苏族人为了保卫圣地而阻挠高速公路的事。也许他们应该收起那份力气，因为那样做毫无用处。但印第安人只会说部落的人们正在考虑这个问题。卡莱尔和苏珊娜开车去州府会见北美印第安运动的拉蒙·克劳·文，他是印第安人运动的强硬派老兵。一九七三年联邦政府围攻伤膝涧的时候，他和"黑马"弗兰克、劳莱利·德可拉等人就在现场。拉蒙还参与了一九七二年"黄雷"雷蒙德被打后的抗议活动，当时雷蒙德被人从腰部以下剥光了衣服，拉到内布拉斯加的戈登的美国军团舞会上绕场示众，舞会主持人还受邀狠踢"黄雷"雷蒙德，然后他被塞在汽车行李箱，最后死在了里面。

拉蒙·克劳·文不是保留地里那种软弱的印第安人。这点很明显。他一身旧工作衫、牛仔裤和过剩的军靴，坐在一张灰色的金属办公桌后面，看看卡莱尔，又看看苏珊娜。

"当然，我听说了耶基斯县那边发生的事情。麦克米伦先生，对于你所做出的抗争我很是敬重。不过恕我直言，我并不在乎你的房子。很不幸高速公路将要毁灭你的家园，但从我们的观点来看，也就是很不幸而已。

"高速公路对于我们而言是件非常复杂的事情。即使在某个印第安人部落里，也会有很多围绕最佳前途的争议。一些因循守旧的人们坚持旧的生活方式，而另一些人则采纳了白人对经济发展的态度，认为这才是我们生存的唯一希望。换言之，如果你们到保留地里去的话，你可能会惊讶地发现某些地区还支持高速公路呢。失业是我们面临的一个严重的问题,因此有些人相信高速公路可以带来新的工作。而且,有些部落首领可以轻易被收买。以前就发生过这样的事,将来也还会发生。

"至于蒂鹰,确实让人悲伤,原谅我说话过直,你们这些人担心的只是几只鸟的灭绝,而我们却要担心整个文化的灭绝。我们的民族正在毁灭,就好像骑兵仍然在用他们的枪支屠杀我们一般。现在这个过程有所减缓,但痛苦却并没有减少。"

卡莱尔提出拯救蒂鹰就是拯救了墓地,反之亦然,拉蒙一一听取,然后把苏珊娜说过的印第安人的问题又说了一遍。最后他说:"我们部落很多人已经放弃了,他们认为尽管狼丘附近有墓地,但是通过法律途径试图阻挠高速公路没什么好处。我们并不相信白人的法律,根据我们以往的经验,也没有理由去相信。不过,只是想让你们知道,北美印第安运动已经提交了暂停公路建设的申请,要求讨论古文物的安置问题。由于高速公路项目进展速度太快,我们的提案为时已晚,得到批准也没有什么希望了。对过去的关注无法抗衡经济发展的前景啊。"

拉蒙·克劳·文嘲讽似的笑笑,直勾勾的眼神坚定地看着桌前的这对男女:"你们知道我们在鬼舞仪式上曾经唱些什么吗?'白人是疯子,白人是疯子。'"

不过,他还是答应跟北美印第安运动的其他成员以及那些保守派的印第安人讨论高速公路、蒂鹰和墓地。他坦言,他最关心的还是墓地。那以后卡莱尔再也没听说过他的消息。

四月一个凉爽的早晨，阴云密布，大雨将至，卡莱尔和吹笛子的在42号公路和通往卡莱尔房子的红土狼丘路的交汇口拉了一条两人组成的警戒线。建筑工人和施工机械开到了交汇口，正准备上红土路，为后面的大规模施工进行初步的场地工作，目标瞄准了卡莱尔的房子和蒂鹰。耶基斯县的电报上说，卡莱尔和印第安人在阻碍工程的进展，四十分钟里，两百人聚集过来，造成的交通阻塞差不多堵死了42号公路。

巨大的黄色机械前后徘徊，行进的轨迹在旁观的路人眼中仿佛就是随机乱画的线路。如果地球可以说话的话，数吨重的泥土被挖掘、推动、装载、拖走，它一定会大声尖叫。这场面就像一场军事战争：红土飘在空中，货车、铲泥车和推土机的轰鸣声，人们在喊叫，还有人用手提钻将42号公路撕开，这里将建成新州际高速公路的入口，让游客们得以参观羚羊国家公园和雷·达根的"印第安神秘地"。

卡莱尔后来说："不管你对公路建设的观点如何，都得承认这是一项非常有男子气概的工程，那么大的机械，那么强的力量。在控制自然方面，它比不上核武器，但也是居第二位的了。"

卡莱尔身穿褪色的牛仔裤、旧皮夹克和工作靴，头发披肩，脑袋上系着黄色的花手帕。印第安人穿的是他的标准制服：牛仔裤和粗布牛仔衣，黑帽子和牛仔靴，西式的衬衫。他们都拿了一根小木笛，肩并肩站在一辆推土机前，这辆推土机穿过42号公路，开始向泥土路上驶去。

一车车的人们纷纷而至。大部分汽车都在高速公路上停下

第二十章

来,转进了一个停车场,然后走到了与卡莱尔和印第安人相距五十码左右的地方。人们交头接耳,对两人指指点点,摇了摇头。有几个人在微笑,有几个人在大笑,大多数人则没有笑。不知为什么,眼前发生的情景让卡莱尔早前的论断从虚幻的抽象变到了实实在在的现实之中。

更多的红土飘到了空中,飘向旁观的人群。远处,州巡逻车的警笛和旋转的蓝光,在堵塞的车队中寸步难行。本州路段的承包商F.J.雷姆金父子公司的现场项目经理,拉尔夫·普雷默走上前跟卡莱尔和印第安人交谈,以为自己可以让他们吓得放弃愚蠢的抵抗:"我请求你们二位让开道,但我只请求一次。在此以后,他妈的就是你们麻烦了,而不是我。"卡莱尔什么也没说,印第安人什么也没说。

普雷默转身走开,示意让领头的推土机向前开动。推土机司机戴着蓝色棒球帽和反光太阳镜,启动车挡,机器颠簸着向卡莱尔和印第安人行进。

人群中一名女子跑到卡莱尔和印第安人面前,是玛希·英格利,她一边叫,一边扯住卡莱尔的夹克:"卡莱尔,简直疯了,你会受伤的。别再这样了。一切都完了,难道你不明白吗?"尽管她声嘶力竭,但不断逼近的机器响声还是几乎盖过了她的话语。

"回去,玛希。他妈的,回去!我不知道这儿会发生什么。"

卡莱尔把她的手从外套上扯开,她用雨衣的袖口擦着眼睛,向后退去。他看见苏珊娜·班廷站在一边,大约三十码开外,一脸关切的神情。苏珊娜认为示威举动不够明智,因此保持谨慎的保留态度,她也如此说过。但卡莱尔和印第安人早已决定要这么做了。

  印第安人开始吹起了笛子,音色穿透了机器的轰隆,旋律与高速公路那边的警车汽笛的哀号交相呼应。领头的推土机到达他们面前三十码了,并且继续前行。卡莱尔拿起了他自己的笛子,开始吹奏,他们俩吹起了一曲简短反复的旋律。

  开始下雨了,雨水将原始的泥土变成了细滑的红色粘土。WFC电视台从瀑布城赶到了现场,一名摄影师和一名记者都站在了卡莱尔和印第安人背后。《高原调查者》派来的摄影师和记者原先是来报道蒂鹰森林的破坏,此时也加入了他们的电视台同行。

    雨越下越大……

      机器发出轰隆轰隆的声音……

        警方的灯闪到一边,从东方穿过开阔地而来……

    推土机的胎面变成了鲜红色,土地的颜色……

    汽笛声……

      男人的呼喊声……

    拉尔夫·普雷默朝推土机司机喊道:"我们对这些狗娘养的忍耐太久啦……"

      推土机向前驶进……

    卡莱尔和印第安人吹奏着笛子……

第二十章

> 摄像机拍摄着印第安人和卡莱尔，还有一名叫"鸭子"的男人站在他们身边，他穿着宽大的外套，系拢的翻领下似乎有个鼓鼓的东西动来动去。
>
> 记者很兴奋，拿着话筒喋喋不休……
>
> 州警察强行穿过人群，企图驾驶警车在越来越泥泞的土地上前进。其他的警察们朝卡莱尔和印第安人的方向奔跑、踉跄、打滑……

距离卡莱尔、印第安人和"鸭子男"十英尺的地方，推土机停了下来，三名男子扭曲的影子映在雨水冲刷的车铲上，他们的面庞和身躯都拉长成了鬼魅的形状——好似是从前的一支微不足道的军队。卡莱尔和印第安人仍然吹奏着简单的旋律，"鸭子男"则一手紧握大衣翻领，一手拉低针织帽子。推土机又开始向前挺进了。司机放下了车铲，开始将越来越高的土堆向三人推来。

与此同时，四名州警察冲到了印第安人、卡莱尔和"鸭子男"面前，第五名警察则向推土机司机怒吼起来，司机停下了机器，关闭了发动机。雨下得更大了。突然间，整片建筑工地都安静了。所有的机器都被关闭，大家只是呆呆看着。一片绝对的安静，除了雨声和州警察向三名抗议者说话的声音。人群后面有一名高大的黑胡子男子，穿一身绿色旧军装，戴一顶帽子，上面印着"地球战士"。人们站得离这位生人很远，不过他走到"女巫"苏珊娜面前与她讲话时，大家都看了他一眼，窃窃私语起来。

一辆警车终于穿过泥泞的道路和人群，在距离警察和抗议者交谈的地方二十英尺处停了下来。卡莱尔用摇头回应那些针对他的喊话。印第安人则继续吹着笛子，一名警察命令他停下来。

他并不理睬，继续吹着，警察从他手中猛拉笛子，朝他大喊道："你知道你究竟在做什么吗？"

印第安人答道："我在看水牛。"

"鸭子男"一言不发，仍然用双手紧握大衣的翻领，眼神朝四处迅速扫射。外套底下的骚动很不安分。

卡莱尔、印第安人和"鸭子男"被戴上了手铐，送上警车，坐在后座上，一名警察抓着那只野鸭子，不知道该如何处置。苏珊娜·班廷提出带走了鸭子，然后玛希·英格利又从她手中接过鸭子，说他们会让把鸭子平安地养在牧场里。

警车车门砰然关上，红光闪烁，汽笛呼号，车子摇摆着沿红土前行，后轮高速旋转起来。透过溅满泥土的后车窗，可以看见三个模糊的脑袋随着警车穿过人群，驶上42号公路，开往利物摩尔。大家的脑海中闪现出同样的想法：这一定就是这场耶基斯县高速公路战役的尾声了，最终的结果就是，在泥土和雨水中，两名长发男子戴着手铐，和一个镇上的疯子一起留下了模糊的身影，他们在四月的一个潮湿的清晨，乘坐警车向东而去。

记者们询问旁观者的评论时，大部分人都拒绝回应。有些人明显很高兴卡莱尔和印第安人被逮捕了，其他人则只是在记者试图采访他们的时候，摇摇头走开了。玛希和克劳德·英格利拒绝发言。而苏珊娜·班廷则消失了。

不过，一位名叫盖博·欧卢克的先生却简洁地回答了记者的

第二十章

问题。被问到他对于刚刚发生的戏剧性场面有什么想法时，这位手风琴手只留下了以下这几句高深莫测的话："这是一流的探戈。我所见过的最棒的一首探戈。"

建筑师、吹笛子的和"鸭子男"做出了抵抗，做出了象征性的抵抗，但却并非无济于事。卡莱尔在推土机的车铲中看到他们的身影时，就明白了。他们输了，但没有屈服。他们已经在风中呼喊过了。

公共档案显示出一个名叫卡莱尔·麦克米伦的男人。还有一个是阿瑟·斯威特·格拉斯，当记录警官问到他的年龄的时候只回答了一句"很老"。斯威特·格拉斯先生被告知如此回答不可接受，于是把答案改到了一百零五岁。他们被判了轻罪，在监狱里呆了几个小时，然后卡莱尔支付了制造公共骚乱的轻微罚金，两人就被释放了。不过，应该指出的是，斯威特·格拉斯先生表示他非常愿意在监狱里呆足时间来偿还罚款。治安法官试图与"鸭子男"交谈未果，只能宣布将他释放，免除指控。

事后，苏珊娜坐在卡莱尔的起居室里，说："阿瑟是对的，值得那样做。至少你代表了混凝土以外的精神。有一次他说，如果你不能把你的信息绑在水牛角上，那就捆在蝴蝶的翅膀上吧。至少你传出了消息，即便它只是依附在蝴蝶的翅膀上。"

耶基斯县的人们会记住抵抗的场景，在未来的几年里都会继续谈论这件事。他们会谈论一名白人男子、一名印第安人和一名公认的疯子是如何挑战推土机的，他们吹着笛子，不为身边的论调所动,即便对于其他人而言,一切几乎都很清楚,白人男子、印第安人,当然了还有"鸭子男"都是错的。此外,《高原调查者》的摄影师所拍下的那张阿瑟·斯威特·格拉斯、卡莱尔·麦克米伦和一名穿着长大衣的男子在推土机车铲下的照片还赢得了普利策新闻奖。

卡莱尔和印第安人被捕后,高速公路的施工由于大雨暂停了六天。工程重新动工时,苏珊娜和卡莱尔开车去了萨拉曼达西面,他们把货车停在路边,然后穿过五月初的原野,来到山顶上,俯瞰蒂鹰森林和卡莱尔为科迪建造的房子。

他们找到了一个位置,那里温暖的阳光柔和地笼罩大地。他们坐了下来,注视着一队卡特彼勒卡车沿砾石路向北爬去。领头的司机戴了一顶蓝球帽和反光的太阳镜,身后是一辆卡车,满载手持链锯的工人。

卡特车转上卡莱尔门前的小路时,苏珊娜双臂抱住了卡莱尔的一只手臂,眼泪顺着脸颊流下来。卡莱尔咬紧牙关,他听到卡特车上的"剥皮工人"将机车换入低速挡。司机没有停歇,只是不断地换低挡位,向小路上驶去,这场景令人难以容忍、超乎现实、永不停息,象征着一种叫作进展的东西。苏珊娜的指甲掐进了卡莱尔的手臂里,竟还毫无察觉。

推土机首先铲进了天井,三十秒后就撞到了科迪悼念馆的南墙。卡莱尔可以听见碎裂的红木发出尖锐的响声,他曾经一个个敲进去的钉子都脱开了,房子先是倾斜,然后拧成了奇形怪状。

第二十章

此时他想到了科迪,想到了从前那漫长的日日夜夜,他跟一只黄色的公猫一起睡在货车上,四周飞雪飘扬,他在汽油灯笼的光线下工作、磨砂抛光、准备操作、结束完工,准确无误地进行着中间的每一步操作。他可以看见他搜寻来的成堆木料,可以看见嘉莉在黄昏时走上房前的小路,可以看见苏珊娜在阁楼里赤身裸体,头发上插着根黄色的羽毛。他可以看见所有这些,他俯瞰这片自己曾经拥有的三十亩土地,所有的一切正在土崩瓦解。

不到十分钟,这个地方就被铲平了。接着,工作室一推即倒,推土机开向了池塘。水坝是泥土堆成的,所以没有问题,池塘中的水涌入了溪流的通道。在双倍望远镜的镜头下,卡莱尔可以看见蓝鳃鱼顺着水道冲了下去。推土机处置池塘时,一名工人启动链锯,开始锯断原先房前矗立的两棵橡树。橡树轻而易举地就倒了,倒塌时还压垮了蝙蝠屋。

马路对面,工人们手持链锯走进森林,蒂鹰飞向清晨的空中。卡莱尔门前的小路入口处,两名头戴黄色安全帽的工人正趴在汽车引擎盖上,看着一张刚刚展开的大地图。

"卡莱尔,我再也看不下去了。咱们走吧。"苏珊娜说着站起了身。

卡莱尔点了点头,踢起一小片尘土,跟她离开了。他再次回望,可以看见推土机正往池塘里填埋泥土。不出几个小时这里就会被填平了。工人们将科迪的房子和工作室的残骸胡乱丢到了卡车上,蒂鹰高高盘旋,底下一群戴橘色安全帽的工人紧握黄色链锯发出嘎嘎的声音。卡莱尔不知道蒂鹰是否知道这一切。也许知道,也许不知道。

今天结束的时候,无论是威利斯顿、卡莱尔,还是蒂鹰,都将不再留下任何的印迹,卡莱尔想都没想就决定再摆出一副小小的象征性姿态。他拾起一块石头,向推土机尽力扔去。石头落在了距离推土机八分之一英里的地方,弹了两下,停住了。石头停下的同时,萨拉曼达的水塔在橙色火焰的轰鸣中爆炸,碎片落在了旁边的县维修棚上。

成年的蒂鹰发起狂来,它们试图哄诱还不怎么会飞的雏鹰飞到空中,逃离摇摇欲坠的树木和锯子的嘎嘎声。苏珊娜·班廷用力扯住了卡莱尔的外套:"卡莱尔,算了吧,咱们走吧。"

卡莱尔拒绝动身,一动不动地站在那儿,激动地大口呼吸,像钉子一般站在地上。就在这一刻,一声猎枪的响声带来了一片平静,大家都朝路上看去。之前没有人看见生锈的旧别克从42号公路上转进了狼丘公路。汽车沿着红土缓缓向上驶来,开往蒂鹰森林,汽车开上来,直冲向工程师们研究总设计图的地方。链锯关闭了,工人们都不知道这辆别克和驾驶车内伸出的猎枪在早晨的工作中扮演的是什么样的角色。乔治·里迪克走下车来,他们都盯着他。枪口是朝上的,枪托架在了他的屁股上。

里迪克口中抖动着一支冷冷的雪茄,看着他周围的那些男人。"先生们,早上好!现在我们要谈谈条件了。不过你们的选择余地相当小。其实,只有一个选择:给我从这里滚出去!"

他将猎枪从屁股后面拿下来,装上子弹,前支架滑动时发出冷酷的唏唏声,是对他话语的注解。乔治·里迪克用手中的雷明

第二十章

顿散弹枪指着42号公路,平静坚定地说:"现在,你们所有的人都得走。"话音刚落,一伙戴着安全帽的工人就开始跑下马路,朝42号公路逃去。

愤怒与激进主义之间只相隔了一道纤细的界线。卡莱尔曾在这道界线上步履蹒跚,他和印第安人、"鸭子男"作出抗争时曾经试探性地跨了过去。而乔治·里迪克在很久以前就已走过了这道界线,他继续向前走,进入了一片几乎没有人走过的领地,他继续前行,在那里他的意识不再以正常的方式运转。乔治·里迪克已经不在乎他个人身上所发生的一切了。

多年以来,有两件东西保护了里迪克。第一件就是他极端大胆的行事方式。人们从来就不会预料到还有其他人像他那样行事,例如有一次他走进大陆氰化物公司的总部,拉掉了总接待处的电话交换机,命令接待员打开总裁办公室上锁的玻璃门,接待员是在脖子被里迪克掐住的情况下开的门。

公司总裁朝他叫道:"这可是恐怖主义!"

里迪克朝他冷冷一笑:"你他妈说对了,这就是恐怖主义。准备好恐怖的体验吧!"

除了胆大妄为,乔治·里迪克还毫无规律可循。没有定式,无法预测,难以捉摸,不可预料。他会在塞多那附近的山中小屋休养数月,走在岩石小道上,积聚怨气。然后,一种原始的膨胀力会在他体内产生,他就会重新动身了。不过,尽管他的方法愤怒而野蛮,但自从丛林生活之后他就没再杀过人。

前一天下午,本地的小伙子们放出了哈克·肯布尔,去袭击里迪克，就像他们之前对待卡莱尔那样。当时里迪克正走在萨拉曼达的主大街上，哈克便跟了上来。这一回结果却与卡莱尔那回不一样。哈克只撑了十四秒，他被里迪克一连串的空手道劈中了脖子和其他一些要害，又被一脚踢中面部，扔进了过去的莎琳杂货店沾满灰尘的窗子，便跟跟跄跄，喘起气来。马文·恩松企图援助哈克，里迪克抬起皮靴，轻松一脚便踹断了他的脚踝，他看着马文抱起脚到处乱窜，疼得号叫，于是还想踹断他的另一只脚踝。萨拉曼达警察局的唯一成员弗雷德·芒福德，从自我保护优先的意识出发，鉴于是哈克·肯布尔先动的手，拒绝逮捕里迪克。

里迪克出现在蒂鹰森林之前两小时，三名 EWU 组织的成员用车推着一桶鸡血进了雷·达根的办公室。办公室和达根停在后面的林肯大陆所遭受的破坏，事后估计有七万美元。达根趁骚乱还没蔓延到他的里间办公室，赶紧锁上了门。乔治·里迪克用伞兵皮靴踢开了门，将雷·达根紧紧压在墙上，往他喉咙里灌了六盎司的鸡血，然后只留下他一个人在办公室两百美元一码的米黄色地毯上大口呕吐。

达根公司遭受破坏后的三十分钟，另外一桶鸡血推到了高原开发公司的办公室里。玛格丽特·安德鲁从后门跑了出去，用街区另一头的公用电话给弗拉尼根先生打了电话。弗拉尼根先生此时正在首都华盛顿向一个参议院委员会表达对格兰德河创新方案的关注以及该方案对他所在的地区经济的未来所造成的潜在影响。

之后，里迪克取下旧别克上的牌照，磨掉了车上所有的标识

第二十章

数码,然后把 EWU 组织的其他成员留在通往山地的路上,并对他们说:"这次可能会失败。我打算亲自完成剩下的事情。"

里迪克启动别克车,最后在蒂鹰森林不远处的路上停了下来。他在夹克口袋里装满了弹药。右口袋是双管猎枪的子弹。左口袋是贝瑞塔的子弹夹。他在汽车引擎盖上放了一支温切斯特 94.03-30 型猎枪,旁边摆上一盒弹药,一边喝着水壶里的水,一边等待。该发生的都要发生的。他甚至不确定自己为什么要做这些,是为了终结一切吗,还是为了他脑海中牢记的所谓"别再这样"呢?

州警察抵达了现场,他们检查了情况,便开始求援。三小时后,乔治·里迪克面对着一排整整齐齐的扩音器和特警队。五六十名武装人员与他对抗,扩音器向他喊话,企图让他投降。而他好像完全没有觉察到这一切一般。

新闻组在下午三点前也抵达了现场。西北方五英里外,一团大火在狼丘上燃烧,升起一行难以辨识的青烟。里迪克看见了。

迂回行动失败了。里迪克熟练地用温切斯特朝他们头顶开火,让他们无法近身。他一点儿也不反对警察,但却知道他们会在天黑后向他发起进攻。没关系,除了斗争和惩戒,什么都不重要。

日落前一小时,一队旧汽车和皮卡转上了红土马路,朝蒂鹰森林开去。警车方阵拦住了大篷车,七十五名拉科塔苏族人和其他部落的代表(其中大多数是拉蒙·克劳·文领导的北美印第安运动的成员)下车穿过原野,不顾扩音器里发出的停步的命令,朝蒂鹰森林走去。他们把自己绑在了较大的树上，两名不顾里迪克离场令的 EWU 成员衣服沾满鸡血，开始往树干里敲长钉，以阻止链锯的作业。里迪克所做的抵抗传到了北美印第安运动的办公室，拉蒙·克劳·文说："去他娘的。咱们去做点什么吧，别像一群保守派的印第安人一样呆在这儿，等待施舍。"

　　黑夜来临。随着长钉不断敲打在树上，针对拉蒙·克劳·文的谈判交涉仍在继续。一支特警队朝里迪克的位置前进。男人们跑动、蜷伏、匍匐，并用小型无线电接收机通话。他们距离旧车只有不到三十码了，透过夜视镜，可以看见温切斯特猎枪就搁在引擎盖上。接收机里的谈话声越发小了，他们满头大汗、蓄势待发。最后的攻击。他们检查了身上的武器，便开始沿之字形路线冲向乔治·里迪克设下的路障。他们冲到面前，才发现除了搁在轿车引擎盖上的温切斯特以外，什么也没有。

　　发动最后攻击的地点以北不远处，两名男子坐在狼丘山顶上熄灭的火堆旁。他们小声说着话。其中一名男子很老，戴着一顶符珠装饰的宽檐帽。另一名男子则戴着"地球战士"标识的帽子。他们在向一名女子打招呼，那女子刚刚爬上孤丘，坐在了他们身边。

　　他们谈话的时候，瀑布城有一位联邦法官正在内心矛盾，忧虑此事的政治影响。他受到了北美印第安运动的一名律师的促请，此人一直在向法官报告蒂鹰森林附近的第一线新闻，并坚称他要对任何屠杀行动负责。苏族人的请愿得到了批准，于是法官签发了一道临时禁令，避免高速公路的建设施工穿过蒂鹰森林西

第二十章

北面的墓地,等候墓地的历史意义与真正所有权的相关问题得到解决。法官在签发禁令时写了下面这段话:

> 传统意义上,第五修正案在个人地产问题方面一直占有主导地位。然而,最近出现的索赔要求,提出者包括美洲原住民和世界其他土地上的土著,特别是澳大利亚的土著,使得法庭暂停对破坏民族遗产的许可,即便作为这些遗产一部分的遗物可能位于私人土地上。因此,此禁令的目的是为了当事人获得时间,以便对古文物处置的权利限制问题提出诉讼。

第二十一章

雷·达根正对着汽车上的电话大声叫唤,他的话仿佛机关枪一般一路射向首都华盛顿。他的林肯车上不了路了,代理商正在努力清除车上干涸的鸡血,但他还有一辆卡迪拉克,这车被他视作雷-迈克斯公司的折旧资产,不过却是他妻子的车,而且从不用于商务。

电话的另一头,参议员哈兰·斯特克平静地说道:"雷,闭嘴听我说。联邦调查局和州犯罪调查局正在调查你那儿的暴力事件。这事我们会摆平。但我要告诉你,参议员威姆斯已经接手了。朋友啊,你玩过火了。你以前干过这种事,而且全身而退。这一次可行不通了。我知道你是我的忠实支持者,可即便是我做某些事情还要有所顾忌呢,老实说,我本人对你在公路沿线买下那些土地感到非常气愤。用杰克·威姆斯的话说就是:'那个叫雷·达根的小丑想要的好处,我一点儿都不会给他。这条高速公路比他大得多,也比耶基斯县大得多。'这是威姆斯在两个小时之前说的。"

第二十一章

斯特克继续道:"你那儿发生的事情已经成了全国新闻。广播电视网不断重播卡莱尔·麦克米伦和他朋友站在推土机前的录像带,还有,不知为什么,那个疯子,我们认为就是那个乔治·里迪克,他跟他的印第安同伙已经引起了所有人的想象,说是面对白人蠢行的最后抵抗,这一类的话。天啊,人们从世界各地打电话来,为那些鸟儿说情。交通委员会更是说了些有关这个项目的坏消息,如果我们不加以小心,最后只会留下一条混凝土,中止在瀑布城附近的麦田里。"

雷·达根正要抱怨,参议员斯特克打断了他:"雷,我说了闭嘴听我说。看起来印第安人可以凭借禁止令,将这个项目至少拖延六个月。你拥有这块土地,且不论道德上是对是错,根据我与一位律师交谈的情况,法律是相当清楚的。土地是你的,埋葬在墓地里的古文物也是你的,如此说来一切很可能最终还是能在法庭上通过的。但问题不是这个,问题是:由于那边造成的不良公众关系,交通委员会正承受压力,他们可能会建议高速公路造到威奇塔,尤其是佛罗里达州正呼吁说他们人口激增,需要更多的公路资金投到那里。即便那样的情况不会发生,威姆斯也说施工拖延六个月他是无法接受的,因为那会把我们拖到冬天,实际上就等于工程拖延了将近一年。现在,他正在让工程师们日夜不停地工作,寻求改变路线的方法,但仍然包括瀑布城到利物摩尔路段。这会是一条奇形怪状的公路,但我认为他会搞定的。

"假如我是你,我就不再担心高速公路的问题,而是开始担心我自己的屁股。乔治·里迪克,或者随便谁,仍然在某个地方闲逛呢,还有你的老朋友卡莱尔·麦克米伦,他正在向你们州的司法部长汇报你和你的伙伴们在公路沿线搞的那些土地买卖呢。跟你坦白地说吧,雷,我想你遇上麻烦了,可能还是大麻烦,我也帮不了你。不仅如此,我不能表现出跟你的胡作非为有任何的联系。我们早就警告过你了。我根据你所要达到的目的,让威姆斯改变路线,将瀑布城和利物摩尔包括进来,但却做过火了。现在听好了,仔细听:我很感激你过去对我的支持,但现在我们得分道扬镳了。雷,别再给我打电话了,雷,我不想听你说了。我的建议是给你自己找个一流的刑事诉讼律师,硬撑到底。顺便说一句,如果你刚好碰上阿克塞尔·卢克的话,跟他说也别再打电话给我了。我们没有义务帮助他退休后搬到佛罗里达州或者亚利桑那州或者随便什么其他地方。再见。"

一周后,《高原调查者》一篇社论的最后三句话如此写道:

生意人兼开发商雷·达根决定将狼丘及其周围的地产转让给拉科塔的苏族人,这很值得称赞;然而,这一举措对于高原林荫大道规划的路线所造成的影响还无法确定。事实上,整条大道目前而言都不确定,对于我们这些关注本州未来经济发展的人们来说情况不容乐观。很不幸,一小撮对环境关心不当的激进分子,可能就此阻碍了我们大家通往幸福的道路。

第二十二章

卡莱尔迁出日来临前的几周里,房子的安置问题到了紧要关头,卡莱尔从瀑布城雇了一名律师,他是一名法律顾问,曾经参与过高原上发生的所有土地抗争行为。他又老又丑,真正是个啰嗦的家伙。而且他对什么人都不怎么喜欢,他将法律与逻辑一股脑地压向州政府和任何胆敢提出异议的人,要求他们为威利斯顿的房子付给卡莱尔十八万美元。

他们的抗议达到了尖叫的地步,但律师引用柏拉图的话说:"给予每个人他所应得的。"然后又用圣经里的故事来做相似的比喻,引用雅各布①的梦想,说卡莱尔躺在威利斯顿房子的岩石上,把那里变成了自己通往天堂的大门。律师用一篇《观察家》上的文章炫耀说,卡莱尔是高原地区一位伟大的手艺工人,并指出曾有二百五十七人在卡莱尔新房的开放参观日到访,这让反对派觉

---

① 《圣经》里的族长,在荒漠中发现直达天堂的梯子。

得他们简直是在破坏圣彼得大教堂①。

州政府申辩说他们可以支付那笔金额,只要卡莱尔同意让他们把房子改造成一间旅游信息中心,他们说这将给游客们留下多么美好的印象。这让卡莱尔脑海中浮现出各种景象,人们在他打磨抛光的木头上刻出"里克+塔米"的字样②;在池塘里小便,朝蓝鳃鱼丢石头。他的律师也对此做出了回应,提出这是"对一个男人献给老师的纪念碑的完全净化"。他的意思是绝对彻底的毁灭。

推土机已经在路易斯安那州和阿肯色州劳作了,日程排得很紧。毕竟,新奥尔良和耶基斯县都需要拯救。政府付钱的时候,并没有附带旅游信息中心的条件,然后律师收拾好他的文件,与卡莱尔握了握手,说:"干死他们。"他妻子想要移动他家房子里的一堵墙,他可以将其作为他的律师费用,只要卡莱尔觉得合适就行。

卡莱尔被要求搬出科迪房子的两天前,苏珊娜帮他把东西打包并拉到了她的房子里。卡莱尔经过与利物摩尔"石板舞厅"的主人谈判,用两万美元买下了这块废墟和旁边的一间小屋。那是他的下一项工程。他计算过,只要设计正确,搜寻得力,工作细致,他就可以把这里变成他和苏珊娜真正的殿堂。有生活区,有足够的空间做工作室、美术室以及让苏珊娜经营邮购业务,同时

---

① 位于梵蒂冈的天主教宗座教堂。
② 里克和塔米分别为常见的男子与女子的名字。

第二十二章

舞池保持原封不动。完成了水管和电线的铺设后,他修补了屋顶,搭建了冬天可以加热的临时住所。六个月后苏珊娜的租约期满,他们就一起搬去了舞厅。

两年后,回想起这一切,卡莱尔仍然相信自己是对的,他认为萨拉曼达已经死亡的观点是对的,狠批那些最初编造高原前景的腐败的混蛋也是对的。在同样的情况下,他还是会再这么做的。可他过去做的也许太过伶牙俐齿、太过一厢情愿、太显高尚虔诚了。他后来坦率地做出了以上这些总结。

正如苏珊娜对他说的:"卡莱尔,找到真正的邪恶是很难的,不过傻子却到处都有。萨拉曼达只是有那么些傻子而已。"

卡莱尔明白他把自己当成了与黑暗帝国抗争的虔诚战士,而他所真正抗争的大部分人,只是一群忘记了如何生存,被恶毒商人描绘的美好生活所愚弄的人。萨拉曼达以及整个耶基斯县,曾经指望一个永远不会发生的将来,当希望破灭时,又恐慌起来。

不过,他在那里也看到了一些好的方面。高速公路的线路决定后,他考虑去留时,也想到了这些好的方面。你还能在哪里听到过去时代的一流探戈呢?而且这个县即便不认可他的观点,却仍然敬佩他的技艺。尽管萨拉曼达剩下的一切仍然对他很冷淡,但瀑布城和其他地方的人们却继续为他的服务支付高价的报酬。你不必先去防弹报亭里付钱给服务员,就可以购买汽油,还有苏珊娜、印第安人、玛希和克劳德·英格利以及嘉莉,更不用提那位名叫"鸭子男"的勇敢的小个子,他遇到了好些最好的人们,他们拥有的智慧与勇气远远超过了巴迪·里姆的小聪明,也远远超过了旧金山街上醉生梦死的文化。正因为如此,他才买下了"石板舞厅",决定以他特殊的招牌手法再做一番奋斗。

高原林荫大道从西面避开了蒂鹰森林和狼丘周围的印第安墓地,于是羚羊国家公园的构想也就付诸东流了。当然,同样付诸东流的还有联邦政府在原定的公园所在地对阿克塞尔·卢克和嘉莉·德弗卢的地产的购买计划。嘉莉面临牧场的破产和丧失抵押赎取权,只好退学了。

苏珊娜不但授予卡莱尔最勇猛抵抗现实社会奖,还鼓励他去看看嘉莉,她觉得卡莱尔应该重修两人的友谊,这份友谊曾经对他和嘉莉都很重要。丹尼餐馆在高速公路完工后六个月就关门了,嘉莉在瀑布城附近经营一家新开的"西部最佳"汽车旅馆的餐厅部。

卡莱尔已经有两年多没见过她了,感觉却比两年还要长。许多回忆似乎离他很遥远了,比实际还要遥远。耶基斯县高速公路的战争和苏珊娜横插一杠,分裂了时间,弄乱了他心中的计算能力,使得战争和苏珊娜之前的事件看起来都比日历上遥远,他坐在"西部最佳"的餐厅柜台前的时候,几乎都快认不出嘉莉了。

在高速公路战役的早期,他们几次试过要重新在一起,可是,正像他所指出的那样,他们之间有种东西相隔,那就是混凝土。且不说他们彼此谈话和目光指向何方,混凝土将他俩分开了。高速公路使他们的关系蒙上了一层不快的情绪,将其埋葬了。

嘉莉的脸微微侧对着他,在跟一名女服务员说话,她态度干脆利落,穿着漂亮,头发扎在脑后,很是精致。她说完话正要走进厨房,卡莱尔说道:"我要一份热火鸡三明治,外加土豆泥。"

她转过身,先是吃了一惊,然后笑道:"你好啊,卡莱尔。"

他有些不安,问她是否有几分钟的空闲时间。他们坐到了他的货车上,他说很想念她这个朋友。他很遗憾他们俩的关系结束得有些太快,太残酷。嘉莉用手触摸他脸颊的感觉很是舒服。当她伸出手触摸他的时候,他记起了那种感觉。她表示理解,眼中含着泪水。她很高兴他来了。

她仍然触摸着他的脸颊,说道:"卡莱尔,我们在一起有过美好的一年。如果你身边的人不能是我的话,那我很高兴她是苏珊娜。"

她说她现在的生活过得不错,对此他相信。汽车旅馆的经理从达拉斯来到这儿,为的是逃避从前的一段痛苦婚姻留下的记忆,他跟嘉莉正考虑订婚。她许诺如果一切顺利,她一定会给苏珊娜和卡莱尔寄婚礼请柬的。他说他们会很乐意参加婚礼。

她面容严肃地看着他:"卡莱尔,高速公路根本就帮不了萨拉曼达。说实话,还造成了相当多的损害。只不过让人们开车去瀑布城购物吃饭变得容易些了而已,正如你所预测的那样。你能想象吗?人们竟然驱车四十英里去瀑布城买香蕉,就因为那儿的一串香蕉便宜十分钱。难道他们不考虑一下汽车的磨损、花费的时间,还有去那儿的汽油费吗?"

卡莱尔沉默不语,嘉莉一边继续说,一边开始呵呵笑道:"你听说勒罗伊那只鹦鹉的事儿吗?"

卡莱尔摇了摇头。

"好吧,我来从头说起吧。你知道的,勒罗伊这些年眼睁睁看着自己的生意日益萧条,因此总在想办法重振旗鼓。所以,他有一段时间每星期六晚上都雇用盖博去演奏。

"后来他觉得盖博的费用太高,于是突发灵感要用扩音器来娱乐大众。据说他看到电视上的某位滑稽演员用过一只。他时不时地就会提着这只愚蠢的扩音器,向大家宣布某某人的馅饼做好了。他甚至还企图用扩音器讲笑话。然而问题是,众所周知,勒罗伊可不是什么滑稽演员。

"过了一段时间,小伙子们就会乘勒罗伊不注意的时候去拿那只扩音器。这举动相当古怪,更别提还毫无趣味。每星期六晚上九点前,他们就会跟着自动点唱机,用扩音器唱歌。到了十一点,情况更加恶化,醉鬼们会为了争抢扩音器而扭打起来,他们想要用扩音器宣布诸如'嗨,阿尔玛,来这边儿,在那个东西上头坐一会儿怎么样啊?'一类的话。老天保佑,你在街上都能清清楚楚地听到他们的声音,即使站在大街上都能清晰地听到他们的吵闹声,于是勒罗伊的点子又泡了汤。接下来他又尝试了扔矮子游戏。你听说过这个没有?"

卡莱尔的脸上露出怀疑的笑容:"扔什么游戏?"

"扔矮子游戏。并不是勒罗伊发明的。似乎在我们国家的某些地方还风行过一段时间,不过也不太可能很快成为奥林匹克项目。在酒馆的一边,勒罗伊叠起了三四块旧床垫。游戏的想法我猜测是这样,看你能把这名矮子扔多远,矮子是从瀑布城雇来临时客串的。当然是哈克·肯布尔最终保持了这个项目的最高纪

第二十二章

录,至少在勒罗伊酒馆是这样。马文·恩松对此愤愤不平,但他因为那位极端分子里迪克在他脚踝上留下的伤,仍然有些跛脚,比不上肯布尔的成就。不管怎么说,这项愚蠢的活动持续了一段时间就停止了,因为人们开始抱怨这个项目不太顾及他人的感受,尽管那个矮子似乎并不太介意。

"后来勒罗伊在州南部住院的时候,一直跟一位精神病医生聊天,此人有一只名叫本尼的鹦鹉。看起来这种鸟能够长生不老,至少能活上好几十年,因此想要弄到一只很费力气。不仅如此,它还是非常难对付的爷们儿。勒罗伊宣称它能用脚弄断扫帚柄。显然,那只鹦鹉一时吃醋袭击了精神病医生的妻子,让她受了很重的伤,因此精神病医生就把妻子带到医院,让那儿的医生查看一下她的伤势。

"勒罗伊花两百美元买下了鹦鹉,捡了个大便宜,他坚持这样认为,还想着它会成为酒馆里吸引人的焦点。有一段时间确实如此。他得到本尼的第一天,就把它带到了酒吧里,放在一张椅子上。鹦鹉本尼立即跳到了地上,开始四处走动。勒罗伊说,它是在自言自语。"

嘉莉一边讲这些,一边开始大笑起来,笑得眼泪都从面颊上流下来了。笑声具有感染力,连卡莱尔也大笑起来,其实她整个故事还没讲完。光想象一只名叫本尼的鹦鹉在酒吧的地上四处走动,像勒罗伊那样满腹牢骚,就已经够搞笑了。

"还有,卡莱尔,还记得勒罗伊养的那只又坏又丑的大公猫吗?就是那只经常坐在自动点唱机上,对客人们乱叫的猫?还记得吗？勒罗伊叫它酒吧抹布。"

卡莱尔点了点头。

"嗯，本尼第一天在地板上四处走动检阅的时候，酒吧抹布也走到了房间里。那只猫一看到那只鸟，就摆出了一副猫儿著名的肚子贴地快步走的招式，开始偷偷摸摸地逼近本尼。酒吧抹布走到距离本尼只有几英尺远的地方，正要加快速度冲上去捕杀，鹦鹉却转过身看见了猫，喊道：'嗨！'"

嘉莉已经笑得浑身直颤了。卡莱尔也是如此，趴在货车的方向盘上，嘉莉的故事让他脑海中浮现出一副副场景，令他说不出话来。

"勒罗伊说酒吧抹布刚冲了一半，却突然停住了，说实话鸟儿说'嗨！'的时候它反倒往后退了。按照勒罗伊的说法，酒吧抹布动身往后门跑去，像一枚宇宙火箭一般一直加速，消失在纱门后面了。那是三个月以前，后来勒罗伊就再也没见过它了。"

正在这时，卡莱尔撞在了货车门上，双手掩面，大笑着咆哮道："什么……"

"等一下！"嘉莉一顿一顿地大笑着，一边用手帕轻拭双眼，"我还没说完。勒罗伊的生意如他所愿，渐渐红火起来。大家都想见见这只吓跑酒吧抹布的小鸟。没过多久，酒馆里就站满了手拿格兰贝尔的各色人等，围成一圈想看看本尼接下来会做些什么，说些什么。如果大家都将注意力从本尼身上转移开了，它就会在酒吧里猛冲到地上，尖叫道：'瞧那只鸟！瞧那只鸟！'

"还有，很显然本尼跟精神病医生相处的时候掌握了不少东

第二十二章

西。人们在酒吧里聊天,本尼就会坐在天花板上挂着的百威招牌上,侧耳倾听。过了一会儿,它就会加入到离它最近的人们的谈话中,说什么'这是因为你母亲造成的,你得想法克服困难'。都是些治疗的内容。

"大家都觉得这件事相当有趣,除了鲍比·埃金斯,他不知为什么从来就不喜欢本尼。他说……我引用他的原话:'我来这儿是喝酒的,不是来让一只鸟观瞻的。我已经受够了勒罗伊的狗屁玩意儿。'

"勒罗伊声称鹦鹉很敏感,还说本尼也知道鲍比不喜欢它。一天傍晚,鲍比正喝到第三杯格兰贝尔,本尼沿着吧台朝他走了过来,停在距离鲍比大约三英尺的地方,盯着他看,脑袋一歪,眼睛眨眨,然后说道:'啊哈,嗨!'"

嘉莉一模仿本尼当时的表情,卡莱尔又开始大笑起来,脑海中浮现出鹦鹉本尼与肥料帽鲍比·埃金斯对峙的情景。

"鲍比说:'他妈的给我滚出去,你这只讨厌的鸟!'他用手指蘸了啤酒,朝本尼洒去。在场的人们说这个场景值得一看。鲍比还没来得及退缩,本尼就用嘴啄了他耳朵,把它撕成了两半。勒罗伊去抓本尼,本尼却死死咬住鲍比,鲍比一边叫,一边哭,一边流着血。真是一片混乱。后来他把耳朵缝了回去,情况还行,就是留下了一道丑陋的大红疤,而且他耳垂挂下来的样子很是滑稽。勒罗伊最终还是赶走了本尼,把它送到了一家宠物商店,而鲍比也拒绝再在勒罗伊酒馆喝酒了,主要还是因为本地其他人对他造成的伤害,那些人喜欢把本尼叫作'鲍比鸟',还说:'鲍比,你和鹦鹉可以解决的。啊,幸亏不是鹰。'"

卡莱尔仍然一边摇头,一边擦眼睛:"勒罗伊现在怎么样了?"

"我猜你还没听说吧。在盖博、扩音器、扔矮子和鹦鹉之后,勒罗伊觉得到了忘记一切的时候了。大约一个月前他退休了,关了酒馆。不过他还是在开放的最后一个星期六晚上举办了结业宴会。我去参加了,很有意思,不过我不得不承认,我不断回想起你和我在那儿的美好时光。说真的,我并不是想回忆咱们以前说过的话。

"对了,勒罗伊关门的时候,许多人问起了你。他们从来就不怎么在乎你在高速公路方面的立场,但他们很尊重你为自己的信念做出的捍卫。好些人都是这么说的。连大个子老哈克·肯布尔都说,你努力拯救你所建造的房子,让他重新考虑打你的那一拳了。当然啦,他没有提到蒂鹰,那可不是哈克能够控制的。无论如何,勒罗伊在告别会上过得很开心。就连比尼·维克斯都溜了进来。自从那晚你从休伊的刀下把他救出来之后,我就没见过他。告别会结束前,他和休伊握了握手,一起喝了杯啤酒,不过休伊说这就够了,比尼还是不许跟弗兰跳舞,我注意到,此时此刻弗兰正跟一位合作社经理跳得非常近,还向他抛媚眼呢。"

嘉莉正准备回餐厅,却突然变得严肃起来:"卡莱尔,你还记得曾经住在莱斯特商店楼上的断腿老人吗?就是每天去丹尼餐馆吃午饭看报纸的那位?"

卡莱尔知道她指的是谁。就是坐在二楼窗口俯瞰高原乡村兴衰的那位老人。

第二十二章

"大约六个月前,他从公寓门口那段陡峭的楼梯上摔了下来,把好腿也摔断了。因为他已无处可去,他们就把他拉到了耶基斯县疗养院。那个垃圾伯尼把他赶出了公寓楼,还跟社会服务部门的人说不应该让他回家。然后,他们企图把那幢楼改成卖衣服的精品店,可你说对了,萨拉曼达不是卢尔德①,没有人会从州际公路上驱车六英里去买机器生产的被子和玉米壳做的娃娃。精品店维持了大约六个月。传说塞西尔·麦克林的企业已经陷入了财务危机。

"无论如何,我每两三个星期就会去看望一次老人。我真为他感到难过。他其实很聪明,而他们用药物和电视把他变成了沉闷单调的人。我认识他的这些年里,他从来没说过太多他自己的事,但他现在却变得非常消极,终日里只会盯着一些旧鞋盒看,鞋盒里保存着他的回忆。他给我看了二战时他在荷兰的阿纳姆大桥战役中获得的银质勋章。据说那天他杀了三个德国人,大腿里留下了一小枚弹片。如今这片伟大的土地感谢他的方式却是把他赶到乡下的农场里,像对待罐头厂的劣质品一般对待他。我猜老兵之家的候补名单有一英里长吧,所以他也去不了那儿,而且去了也好不了多少。如果你有机会的话,也许可以顺道跟他打个招呼。他快绝望了,我从他的眼神中看得出来。"

卡莱尔开车回利物摩尔的路上,他旧日的愤怒之情再次激发了出来。这个国家到底变成了一个什么样的地方啊?他第一千

---

① 法国天主教最大的朝圣地。

次地反问自己。金钱都花在了狂热的崇拜者所追求的一百五十美元的篮球鞋上,而这双鞋子除了能让人漂亮地跳跃,别无他用。可是很显然,老人们、垂死的婴儿们、蒂鹰,还有其他所有需要照顾的人们却什么也没有。

他跟苏珊娜讨论了这件事。几天后,卡莱尔驱车前往这家混乱不堪的所谓疗养院。这是个远离世人、被人遗忘的地方,尽是些唠唠叨叨的老人。有些人是真的有病,有些人则是因为这里的待遇而变成这样的。

卡莱尔找到了老人,他站在那儿,拄着拐杖,望着窗外。他跟另外两名男子共用一个房间,那两个人都已卧床不起了。房间里散发着体味,窗户前面还拉着层层的铁丝网。

"我是卡莱尔·麦克米伦。我不确定您是否记得我,但我曾经时常在丹尼餐馆见到您。"

老人点了点头,面色亮了一些:"哦,是的,先生,麦克米伦先生,我知道你是谁。"

他看起来疲惫、衰弱、消沉。一双卧室拖鞋,一条肮脏的长裤,沾满泥污的长袖衬衫齐肘剪断了,从来没有缝补过。

"您的断腿怎么样了?"

"进展非常好。不过也没什么不同的,反正我也没地方去。伯尼和他的红衣兵团抢走了我的房间。那是我唯一负担得起的公寓房。我陷入了困境,那房子按照现代的标准很小,但对我已经很大了。"

他们走到外面,坐在阳光下。卡莱尔注意到他们谈论天气和

第二十二章

普通的事情时，老人的思维似乎渐渐运转起来了，他的用语得当，而且会提及世界上发生的事件，并用一种略带幽默、哲人一般的口吻谈论。就像嘉莉所说的那样，他相当有智慧。卡莱尔提起他和苏珊娜打算重建老的"石板舞厅"。老人立即面露喜色，他说他曾经在"石板舞厅"度过许多个夜晚，而且在一个星期六夜晚的舞会上遇见了他妻子。

卡莱尔问他："您会打台球吗？我是说真家伙，桌子上没有球袋，三个球，用母球连吃三库撞上另外两个球，然后就赢了。"嘉莉有一次跟卡莱尔说，老人在多年前曾是全州最佳的三库台球手，而且还时常清理那些偶尔路过萨拉曼达、寻求一点旅费的台球骗子。

老脸上露出了扭曲的笑容："过去的日子里，我在绿色毛毯上玩过几个母球。靠着台球还得到了我的第一辆汽车，那是一九三八年从一名卖女性内衣的推销员手中赢来的，那是个不懂得何时放下球杆的家伙。如今很难找到一张真正的台球桌了，因为这种游戏对于喝百事可乐长大的一代太难玩儿了。他们想玩的是普尔球①，并且称之为台球，然而并非如此。"

"我跟您说啊，"卡莱尔笑道，"有一次我寻找可回收利用的东西，在里德镇一家酒馆里发现了这种老式的大台球桌。石板很完整，衬垫看起来也不错，只是需要翻新，整体是用漂亮的桃花心木手工雕刻而成的。桌子用帆布盖了好多年了。东西应该重达上

---

① 即美式十六球。

千磅,但我还是把它拆开拉回了'石板舞厅'。我想把桌子摆在舞厅的一端,这样应该就有充足的击球空间了。

"就在'石板舞厅'旁边,"他继续道,"有座小房子,其实是一间小屋,舞厅经理在那儿住过。我把它作为地产的一部分买了下来。我听说演奏探戈的盖博生活不稳定,需要一个地方住,您也需要一个地方住。你们两位合住这间老房子怎么样呢?盖博可以靠演奏音乐来减免房租,你则可以教我打三库台球。如果你愿意,你还可以帮我整修'石板舞厅'。我会做大量打磨和加工的工作,但一切都由你来定。我跟社会服务部门的人商量过了,他们没什么问题。他们也需要腾出这儿的空间,而且你是出了名的不吃镇静剂,不配合治疗的。你觉得怎么样呢?"

老人激动地看着卡莱尔。他眼中含着泪水,卡莱尔眼中也有泪花。"首先你要学会如何正确握住球杆。大部分人从来就没学会这一点。这是一项结合了物理与几何、技巧与诡诈的运动。你应该会对此感兴趣的,对吧,麦克米伦先生?"

卡莱尔点点头,呵呵笑道:"我得花几天时间把旧房子改造成能住人的地方。从今天开始,一星期后的一大早我就来接你怎么样?那样也可以给你时间打包道别。"

老人用拐杖敲打他们所坐的长凳:"这两件事情我将用二十三秒钟完成。到时候我会一切就绪的。"

然后他开始抽泣了:"麦克米伦先生,我不知道该说什么了。我在这里垂垂死去,可我还不想死,而如今我正要放弃希望,除了变质的奶油冻和发白的罐头牛肉,什么也看不见的时候,你却带

第二十二章

了这么多东西来到这儿,扑通一下放到我怀里。"

他终于放声大哭起来,所有的希望流淌下来,离开了他。卡莱尔伸手去抓住老人的胳膊,老人从裤子的右后袋里掏出了一块皱巴巴的蓝手帕,擦抹双眼。

他想要再说什么,仍然夹杂着哽咽声:"其实,我一直在想,我如何才能将他们在这儿发放的药品保存够量,然后一劳永逸地彻底用光,到那时候也许我还没有完全老态龙钟呢。"他指着拐杖说:"麦克米伦先生,到时候我会一切就绪,就在前头的门廊那边,手里提着所有的物品。现在就忍不住想'石板舞厅'了,还会想我能如何帮你重建舞厅。很可能在舞池上还会找到好些我的脚印呢。我还可以帮你搭台球桌。以前我干过这事儿。"

卡莱尔笑了,他想要说些什么,却又没说出口:"过几天再见。"

一个星期后卡莱尔去接老人的时候,他完全变了个样。卡莱尔将车停到疗养院门口,他就站在前门廊上,刮了脸,一身干净的衬衫和长裤。脚边放着一只褐色条纹的小纸板箱,一边有一道压痕。四只破旧的西尔斯鞋盒用细绳捆在一起,叠在箱子旁。鞋盒顶上有一顶陆军头盔。卡莱尔扶着他上了货车,将他的物品放在了他俩中间的座位上。

"这是翻斗车。"卡莱尔笑着,头向后转去示意趴在后座顶上的公猫。

"我以前见过一次翻斗车,就是几年前你的新房开放日那次。当时它跟我一起坐在你池塘边的草地上。我们谈过一小会儿,仰望小鹰在天上盘旋。那时我就喜欢它,如今也喜欢。"

他伸出手去。翻斗车用鼻子闻了闻,便滑下座位,坐到了老人的手提箱上,喵喵叫着。

卡莱尔换挡驶离了耶基斯县疗养院。那老人一边谈论台球桌,一边抚摸翻斗车:"最难做的就是把石板摆水平。得摆得非常平。否则的话,你就玩不了精准的台球,无法真正地运用好几何、物理、技巧和诡诈。这样就可以了,麦克米伦先生,摆平石板,精准地打球。是的,先生,我相信一切事情都是如此。"

第二十三章

傍晚，一条高速公路从新奥尔良出发，朝西北方向一路蜿蜒到卡尔加里。其中很长一段公路穿过高原，越过矮草和薄土，经过孤丘，经过公路沿线和几英里内零星分布的小镇。过路的行人常常会议论公路在耶基斯县形成的弓形路线，公路先转向东面，向北经过瀑布城和利物摩尔，然后又突然转向西面走了四十英里，最后才重新向北而去，似乎绘制这条路线的人脑子毫无条理。

从利物摩尔沿高速公路走十五英里左右，就来到了萨拉曼达小镇的西面，那是一个如今几近消失的小镇，是通往 42 号公路的出口。如果你从这个出口出去，转上 42 号公路，再向北沿着一条红土大道行驶，便会经过一片小森林，一群小鹰正飞向天空，在黎明踏上它们的旅程。小鹰刚度过了"耶基斯县战争"的难关。现在有传言说它们会被捕获送往圣地亚哥动物园进行人工养殖，远离它们夜晚栖息的森林，因为该物种在美国大陆只能再找到四只成年鸟。与森林隔着一条马路的后面是一片废墟，那里也许曾经有过一座房子。

沿着这条泥土大道继续走下去，眼前出现一座由雨水和粘土堆积而成的山峰，名叫狼丘，隐约躲藏在一堆巨石之间，坐落于小路后面一英里的地方。低空的云彩挂在山腰，遮住了坑洼不平的白色表面，轮廓若隐若现。停下你的车，走出车来，距离最近的小镇还有几英里的路程。在那里站上一会儿。寂静无声。微风袭来，又飘走，继而又来。

注意位于你南面三十个篱笆桩之外的老鹰。这是一块神圣的土地，"甜美医者"就是这么说的。你相信了。所有独自来到这片土地上的人都相信。这里没有东西会在乎你的存在，在乎你是生是灭，是否付清了账单，有没有在温暖的墨西哥海滩上跳舞然后做爱。这里除了寂静和风声什么都没有。它们不在乎，因为它们在你离开之后，还将在这里呆上很久。它们就知道那么多。

就在一朵云离开狼丘，下一朵云还未爬上来前，你可能觉得自己看见了一个身影在孤丘顶部移动。如果你带了精良的双筒望远镜，或是装备了复层镜片的一流设备，或是其他什么，你就能看清那个身影是个女人。她很模糊，毕竟距离遥远，而且云山雾罩。但你能看见她在跳舞，优雅地转身，手臂高抬。红褐色的长发披散下来，触碰到她双肩赤裸的肌肤上，触碰到裸背优雅的拱形上，随着身体的摆动而飘舞。不过你的望远镜还无法细致入微地看清她左手上的那只猫眼石戒指，也无法看清她手腕上的那条银手镯，更无法看清她脖子上挂着的那条银鹰项链。另一片云又爬上了山头，她便消失了。不过，在你视野范围外，在她身后二十英尺处，还有一双黑色的眼睛仍然能够看见她。

第二十三章

你最好此时向前,继续赶路。你可能该对刚才所见的一切守口如瓶。毕竟,那一切可能只是意识中产生的错觉而已。即便不是,你也不该管这样的闲事。早在骑士们前往小大角的途中经过这里以前,这一切就已是众所周知了。这在很久以前就已是众所周知了。

如果你沿着马路继续开上四分之一英里,就会看到二十码开外的草丛中竖着一块路牌:拉科塔苏族人领地,不得擅入。

你转过身,对你的同行人说:"天快黑了,也许我们该回那家'西部最佳'汽车旅馆,就靠近……那个小镇叫什么来着?……利物摩尔?旅行指南上说那家旅馆还连着一家餐馆。书上还说,这个地方有各种各样奇怪的传说。据说,每到深夜,你就能看到那片山丘上燃烧着火光。"

你身旁的那人答道:"好啊,那咱们就回去吧。这个地方让人有些毛骨悚然。"

你点点头,至于你通过望远镜所看到的以及你以为自己看到的东西,你却只字未提。

在州际高速公路与利物摩尔的交汇点附近,有一家旧舞厅坐落在一片湖边。夏天来临的时候,木制的百叶窗纷纷打开,你就可以站在舞池里,眺望湖面,看着高速公路上的车灯南来北去。

今晚百叶窗就打开了,音乐声也响起来了。一位老人坐在舞池旁的第二排隔间里,背靠着黑暗,面前的桌子上摆着一杯野火鸡,腿上抱着一个名叫科迪·罗伯特·麦克米伦的漂亮男婴。一只名叫翻斗车的公猫坐在老人的酒杯旁舔着右前爪,在老人的抚摸下喵喵直叫。婴儿的小拳头够不到猫,他只能伸手咿呀着:"猫猫。"

老人微微一笑,他想到自己藏在鞋盒里的手榴弹,原本准备用在律师伯尼和他同伙身上。卡莱尔·麦克米伦把他从疗养院里保释出来后,他把手榴弹留给了那儿的一名同房的病友,以防万一情况变得太糟糕。那位病友也是位老兵,老人把手榴弹交给他的时候,他笑着说,一旦时机来临他知道如何去做。

卡莱尔·麦克米伦重建"石板舞厅"的工程进入到了第三年。他估计要完成整项工程,包括所有那些必须完成的外部工作,还需要两年的时间,也许还要更长的时间。不过今晚,在苏珊娜·班廷的要求下,他在休息。苏珊娜组织了一场庆祝仪式,只为了庆祝外面水上的月光。

舞池的东头摆着一张全世界最好的台球桌,球桌经过重新修缮,台面有五英尺宽,十二英尺长。老人相信这张球桌就是他在一九三八年赢得第一辆汽车时所用的桌子。卡莱尔的台球水准已经相当娴熟。他对于技巧、物理和几何的部分都十分理解,然而,按照老人的说法,他还缺乏一点儿诡诈的手段。

然而可以理解,卡莱尔还忙于其他的工程,没有很多熟悉游戏的练习时间。除了平常的木匠活儿,除了翻新"石板舞厅",他还开始从事一点家具制造的工作。通过与县里商量,疗养院里体格健全的人们都可以帮助他完成工作。没有什么重活,只是需要许多细致的照料。

有些老人甚至坐在床上就能完成工作。他们喜爱完成一件

第二十三章

事所经历的挑战。卡莱尔是个坚持质量的人,他说活儿必须干对了,因此他们正在学习。卡莱尔还付给他们应得的工资,其中一部分专门用于改善那儿的伙食质量。他把事业上取得的微薄利润存进了一个特殊账户,说将来有一天要为耶基斯县的老年人建造一个更好的场所,以防万一他自己也需要用到。

另外,他还在写书。书名叫作《四处搜寻——旧物的新生》,他跟一家地区出版社签了合同。卡莱尔的书中需要照片,因此他买了台二手相机,一台三十五毫米的尼康相机,亲自去拍照。看来他似乎天生就有这方面的眼光,甚至连苏珊娜都那么说,这方面的事情她很清楚。如今他开始在乡间四处走动,拍摄那些虽然老旧但却能获得新生的东西,还在"石板舞厅"原先有作衣帽间的一角建了间冲洗胶片的暗室。

另外一件需要卡莱尔花时间打理的事情,是清理高速公路建设所留下的最后一些恶势力。他没有放弃,不断施加压力,最终州首席检察官的办公室开始调查公路沿线可疑的土地买卖。从中挖掘出了三起欺诈和阴谋的罪行。所有的当事人都获得了缓刑,但罚款和糟糕的公共关系让其中两人破了产。雷·达根在获罪后不久就得了中风,并且搬去了亚利桑那州。此后卡莱尔也就不再追究了。

卡莱尔的母亲温自从有了孙子后,就定期地来看望他们,每次她来,母子俩就会端上一杯酒,坐在湖边平静地干杯。

"为古老的夜晚和遥远的音乐干杯!"温总是会这么说,一边拿起酒杯,背诵这句很久以前从卡莱尔·麦克米伦的父亲那里听来的话。

嘉莉和旅馆经理的事进行得很顺利。她的左手已戴上了一枚钻戒,婚礼也将在一两个月内举行。有时卡莱尔会开车去餐厅,坐在凳子上前后摇摆,半边耳朵聆听着外头新州际公路上的车流声。

嘉莉·德弗卢对卡莱尔·麦克米伦微笑着。假如是在餐厅很安静的时候,他们就会一起坐在那里,一边喝咖啡一边谈话,此情此景如同卡莱尔造房子的时候,他们坐在那些木料上谈话一样。当时还有过其他的场景,屋外大雪纷飞,他们凝神注视着威利斯顿先生的壁炉,一边谈论人生,一边想要止住流到面包皮上的液体……最终,还做了那件事。

然而今晚,"平板舞厅"里播放着音乐。舞厅四周摆放着木料、灯具和一只火炉,比"平板舞厅"里那只旧火炉要好。卡莱尔从利物摩尔招了个小伙子做学徒,他俩打算在冬天到来之前把火炉装好。但现在还是夏天,一阵优雅的轻风从湖上吹了进来。

靠近湖面的舞池墙上高挂着一块木板,上面刻着女灶神的雕像,正下方有一行字:"献给科迪"。这是推土机冲进来之前卡莱尔从房子的门板上锯下来的。

盖博·欧卢克如今已经上了年纪,但他跟另外那位老人总能饶有兴致地交谈当年在巴黎时的往事,他们还为"石板舞厅"旁的小屋墙面该用什么颜色争论不休。别人忙着翻新舞厅的时候,盖博会在一边练习手风琴,为锤子的击打声与偶尔的咒骂声伴奏。有些日子里,卡莱尔会在湖边给盖博放一张草地躺椅,于是他就

第二十三章

可以在部分淹没在水中的灌木桩上钓蓝鳃鱼了。盖博喜欢看着那些浮标在鱼儿上钩的时候在水面下舞动。接近傍晚的时分,另一位老人会一瘸一拐地过来接他,他们会清洗他的收获,把鱼儿配上炸薯条做顿晚饭。

还有,天啊,盖博仍旧喜爱演奏探戈舞曲。有的时候夜深了,他们两人闲坐在小屋里,另一位老人会要他拿出手风琴演奏。他演奏的是巴黎的歌曲。一边演奏美妙的曲子,一边目睹他朋友走到窗口,眺望湖面,暗暗擦拭眼睛,自以为盖博没有看见。

苏珊娜有时会独自离开,而不会说她要去哪儿,他俩都没有跟卡莱尔说。他们知道这事有些古怪,但他们都明白现代的男女关系与他们记忆中的完全不同。而大部分时间她在这儿的时候,每当卡莱尔经过漫长一天的忙碌在傍晚回到家,从一辆门上印着"金凯摄影,华盛顿州贝林翰"字样的绿色货车里下来时,他们很喜欢看苏珊娜此时的表情。她出来走到货车前去接他,双手把他抱住,头靠在他胸前。他经过辛苦的劳动,一身汗臭,有些疲惫,肩上系着一根修补完好的旧工具带。

今晚,苏珊娜搀扶盖博上了舞厅北边的旧演奏台,还为他摆了一把椅子,一张小桌子,放上啤酒和烟灰缸。旧手风琴中响起的乐声从未像此刻这么动听,黄昏的暮色笼罩在高原之上。距离盖博身边二十英尺的那排俯瞰湖面的窗前,苏珊娜和卡莱尔正在翩翩起舞。一轮新日向西方缓缓移去,穿过印度洋,穿过苏丹,光芒后的远方追随着一只巨大的摄影机,这时,卡莱尔转身对盖博说:"亲爱的,如果你愿意,来一首慢步探戈吧。"

盖博点点头，喝了一小杯啤酒，放下他的幸运斯特莱克雪茄，开始演奏乐曲——真是萦绕在心，真是不加修饰，刚劲有力，既有实用价值，又能赏心悦目。不久前苏珊娜教卡莱尔学习基本的探戈步法，大家开心愉快地看着他在学习中磕磕绊绊。他跳舞不怎么样，但还过得去。至于说苏珊娜，她就截然不同了。就像盖博最爱说的那样："我不知道苏珊娜是从哪儿学的，她的探戈跳得实在是棒。"

苏珊娜穿了一袭全身的礼服，这是她做的，通心粉式的带子，淡淡的薰衣草颜色，非常合她的身材。她已有五个月的身孕，是卡莱尔的第二个孩子，浑圆的肚子在衣裙下非常突出了。她将红褐色的长发一直盘到头顶，上头镶满了银饰，包括那对大耳环。点亮这个地方的是柔和的顶灯，已经六十岁了，灯光在舞池里形成千变万化的图样，苏珊娜摆动脑袋的时候，耳环上也反射出光芒。

苏珊娜遍体银饰柔纱，卡莱尔为这个场合穿上了一套洗涤干净的衣服，棕色的军式衬衫和卡其裤。不过脚上仍然是那双工作鞋。

盖博演奏得无比美妙，他向后靠在椅子上，双目紧闭。卡莱尔把苏珊娜抱在怀里，在舞池中迈步，看起来舞姿翩翩。苏珊娜抬头朝他微笑，而他则在探戈的节奏下搂着她的腰，向后倾倒。

上面的第二排隔间里，一只黄色的大公猫依偎在一位老人的怀中，老人一边聆听音乐，一边透过敞开的窗子眺望外面的州际高速公路。老人的双手缓缓抚过猫咪的柔毛，但他其实并没有在

第二十三章

想这只猫,也没有在想高速公路。他茫然地注视着卡莱尔和苏珊娜,视线穿过他们的身子,掠过他们的头顶,越过窗外的湖面,经过那排开往卡尔加里的车灯,向外穿越时间的束缚。

老人、旧舞厅、月光下的探戈以及其他,距离所有这一切八百英里外,有一辆面包车停靠在一排橡树下。面包车的主人一年前死在联邦警察的乱枪之下。据说当时他踢开一所小木屋的门,挥舞着猎枪,在威胁警察的时候被枪杀了。

就这样,面包车在亚利桑那的群山中慢慢变成了锈铁,高原上的黄昏渐渐被一片黑暗取代,卡莱尔·麦克米伦温柔地搂着苏珊娜·班廷的腰,向后倾倒,一位老人聆听着另一位老人演奏探戈。音乐声飘向舞厅的窗外,汇入远处在高原林荫大道上来来往往的车流声。老人在想念一个叫艾米莉的女人,想念一座叫巴黎的城市,想念那里的一切……一切过往如梭之时……你并没有真正细看。

作者按语

尽管本书独立成篇,但却是我另外两部书的续集:《廊桥遗梦》和《梦系廊桥》,尤其与后者相关。看过这两本书的读者多少会对某些事件和人物感到熟悉。你们也许有兴趣知道,《梦系廊桥》细述了卡莱尔·麦克米伦寻找他的亲身父亲、《廊桥遗梦》的中心人物罗伯特·金凯的经过。

致　　谢

感谢所有在本书修订过程中看过本书并提供宝贵意见的朋友们。感谢我的编辑与出版商沙耶·阿尔哈特诙谐的谈吐与中肯的建议。感谢肯·瓦特，他有一只名叫本尼的鹦鹉，很可能已经不记得我了，但我记得将近三十年前在一次加州晚宴上听来的肯和本尼的故事。还要非常感谢我的经纪人大卫·维亚诺，他不仅帮助本书出版发行，还为本书提供了很多良好的改进意见。